捧着一颗心来　　不带半根草去

不朽师魂

李友志

向晏漪 ◎ 著

中国书籍出版社
China Book Press

图书在版编目（CIP）数据

不朽师魂 / 向晏漪著. —北京：中国书籍出版社，2016.8
ISBN 978-7-5068-5744-4

Ⅰ.①不… Ⅱ.①向… Ⅲ.①纪实文学—中国—当代
Ⅳ.① I25

中国版本图书馆 CIP 数据核字 (2016) 第 190134 号

不朽师魂

向晏漪　著

策划编辑	李立云
责任编辑	李立云　魏焕威
特邀编辑	丁礼江
责任校对	丁礼江
责任印制	孙马飞　马　芝
封面设计	罗志义
出版发行	中国书籍出版社
地　　址	北京市丰台区三路居路 97 号（邮编：100073）
电　　话	（010）52257143（总编室）　（010）52257140（发行部）
电子邮箱	yywhbjb@126.com
经　　销	全国新华书店
印　　刷	长沙鸿发印务实业有限公司
开　　本	710 毫米 ×1000 毫米　1/16
字　　数	210 千字
印　　数	4001—7000
印　　张	14.5
版　　次	2016 年 8 月第 1 版　2017 年 10 月第 2 次印刷
书　　号	ISBN 978-7-5068-5744-4
定　　价	35.00 元

版权所有　翻印必究

捧着一颗心来　不带半根草去

不朽师魂

李友志

向晏漪　著

谨以此书向中国共产党第十九次全国代表大会献礼！
向献身乡村教育的基层共产党员、人民教师献礼！
第三十三个教师节献礼！
全国330万乡村教师献礼！
关心和支持贫困山区教育的各界人士献礼！
（本书销售收入用于覃东荣教育基金会）

2014年教师节前夕，党中央习近平总书记在看望北京师范大学师生时，号召全国教师要有理想信念、有道德情操、有扎实知识、有仁爱之心，要深受学生喜欢、家长称赞、社会公认，做党和人民满意的好老师。

拐杖人生
不拐师魂

李友志
二〇一一年六月

不朽的师魂

词：彭清化
曲：邓少文

1=G 2/4 4/4

(此处为简谱曲谱，含歌词：)

师生的脑海，至今回响你亲切的教诲；家长的心里，
家境的贫寒，改变不了你助学的善举；身体的残疾，

仍然留有你家访的足迹。为了抢救学生你残废了自己的肢体；
难不住你献身教育之大义。为了不让辍学你节食收养贫困子弟；

为了教育事业，你倾注了所有的心力。倾注了所有的心
为了办学兴教，你奉献了毕生的精力。奉献了毕生的精

力。) 啊！东荣校长，东荣校长，捧着一颗心来，
力。)

不带半根草去，你那不朽的师魂，

你那不朽的师魂，永远印在大山人

结束句　　　　　慢

的心坎里。心坎里，心坎里。

有大山一样情怀的覃东荣，永远活在山区人民的心中。

覃东荣出生在风景秀丽的张家界市教字垭镇七家坪村。

教字垭镇"教"字来历不寻常，当地人视其为吉祥物。

左边这间木板房是覃东荣家唯一的祖业。

覃东荣几乎将所有的收入都用于资助学生方面，而自己家里的厨房则是破旧的土砖房。

这栋平房是覃东荣为供收养的六个贫困学生居住而修建的。

覃东荣曾在此土门潭中抢救过落水儿童，而造成自己左腿残疾。

为覃东荣扫墓的人们从四面八方涌来，站满了整座山岗。

覃东荣为教字垭镇中心完小教育史写的校志。

覃东荣在全市德育工作先进经验交流会上作成功经验介绍。

瘫痪在床的覃东荣心系教字垭镇中心完小的师生，特作《念完小》诗一首，其三弟覃正贤书。

1987年，覃东荣（二排中）与老师同六（1）班学生毕业合影。

覃东荣（二排中）同教字垭镇联校领导，各片、村小校长及部分教师在慈利考察教育时合影。

2007年9月18日，时任张家界市委书记胡伯俊（上图左）与市首届道德模范亲切握手，覃东荣之妻伍友妹（下图右）被评为张家界市首届道德模范。

2006年9月7日，教字垭镇中心完小召开覃东荣先进事迹报告会。

2012年2月17日，张家界崇实小学教职工学习覃东荣事迹，争做师德模范。

2012年2月24日，张家界市一中举行"贯彻市委书记胡伯俊指示学习覃东荣精神"座谈会。

师生、群众诗祭"拐杖校长"覃东荣。

序

欣闻《不朽师魂》这部纪实作品将要出版，我认真捧读。读着读着，字字情深，句句芬芳，感人的文字渐渐触动了我的心灵。在这字里行间，我不仅读到诸多的意外，更感受到湖湘文化、教育强省的精神脉搏在我眼前强劲地跳动，令人鼓舞，催人奋进。把每一件简单的事情做好就是不简单，把每一件平凡的事情做好就是不平凡，已故覃东荣的事迹却远不止于此，他以爱立德，立德为本，本固而道生，实现并升华了自己的人生价值。

师德如月，亘古辉映。自古以来，师德育人、化人、树人。覃东荣的言行与我们老祖宗的德育思想一脉相承。

孔子办学，创师德之范，形成了我国教育史上第一个教师职业道德规范体系。覃东荣对《论语》烂熟于心，比如：默而识之，学而不厌，诲人不倦，何有于我哉？覃东荣以自己的实际行动，诠释了以身作则、言传身教的师德。

学习孔子后，覃东荣对荀子、墨子、孟子等师德体系如饮甘露；对董仲舒的"善为师者，既美其道，有慎其行。"谨记于心；对韩愈的"弟子不必不如师，师不必贤于弟子，闻道有先后，术业有专攻，如是而已。"耳熟能详；对朱熹的"博学、审问、慎思、明辨、笃行"躬体力行。如此，他便达到了王夫之所说的"德以好学为极""欲明人者必须先自明"的臻至化境。

师德如梅，斗雪流芳。当今社会，教师是人类灵魂的工程师，担负着培养共产主义事业接班人这一艰巨而光荣的任务。教师是人类历史上一切优美崇高事物与新生一代之间的桥梁和纽带。覃东荣就是这个桥梁和纽带中的佼佼者，纵观他的光荣事迹，他是在这吐故纳新、绵延不绝之师德历史长河中绽放的一朵奇葩。

覃东荣同志从教35年，几十年如一日，爱岗敬业，严谨治校，爱生如子，无私奉献，先后担任7所乡村小学负责人，都取得了很大的成绩。在他去世多年后，当地群众仍对他念念不忘。

尽管覃东荣自己的家庭生活十分艰苦，但他却累计为贫困学生垫付学杂费、生活费三万多元，并收养了6名贫困学生。他舍生忘死，抢救落水学生，左腿落下了终生残疾。他节假日义务守校、不计报酬，加班加点折算成标准工作日2500多天，却从没向单位要过一分钱。他为了不让一个孩子失学，30多年拄着拐杖走遍了所在镇的每一个村庄，上、下陡坡时只能手脚并用，缓慢爬行，每年家访近400人。灾害来临时，他首先想到的是学生的安危和学校财产的安全。

他为什么有如此强大的动力？这与党的关怀和培养是分不开的。15岁那年，家贫如洗的覃东荣，在党的关怀下走进了学校。他曾经这样写道："我的生命是党给的，我的知识是党给的，我要报答党的恩情，我要把我的一生献给党和人民的教育事业，要让所有读不起书的孩子都有书读。"

覃东荣对工作要求严格谨慎，一步一个脚印，绝不拖泥带水。他大力推行素质教育，顶住各种压力进行教育教学改革，把一所名不见经传的贫困山村小学办成了"全国先进单位"，并荣获贫困山区率先普及九年义务教育的优秀集体，其教育目标管理经验在全省农村中小学中得到大力推广。直到去世的那一刻，他念念不忘的仍然是学校、同事还有学生。叶圣陶先生曾说："身教最为美，知行不可分。"他用自己的行动都做到了。

用"捧着一颗心来，不带半根草去"的至理圣言来形容覃东荣的一生，那是再贴切不过了。为了节省开支，学校的课桌椅坏了、墙破了，都是覃东荣和老师们自己动手修；上级来人检查工作，他从来不安排进餐馆，就在学校食堂开餐。他廉洁奉公、淡泊名利，许多老师提名他为省劳模候选人，他却婉言谢绝了；他拒绝了《人民日报》记者的专访，他说："学校搞得好，是大家的功劳，不是某一个人的。"他倒在了校长岗位上，临终前对妻子说："我死后不要买寿衣，就穿旧衣，不要开追悼会，不要立碑，把节省下来的钱多扶助几个上不起学的贫困学生，不然我死不瞑目！"如今一座土坟静静地躺在家乡的大山之中，一抹师德之魂却亘古长存。

师德如鹤，鸣响清远。一位普普通通的山村小学校长，为何辞世十余年还让人们念念不忘？又是什么原因促使成百上千的人们自发地去缅怀他、去祭奠他？他到底有什么特别之处能引起人们对他如此的崇敬与爱戴？师德善行，自在人心。只要你饱含深情地读完此书，定会找到满意的答案。

为师之道，立德为本。一名教师只有具备良好的师德修养，学生才能"亲其师，信其道"，进而"乐其道"，只有在有意与无意之间言传身教，树立起师德意识，才能完成教育新一代的神圣使命，才能不辱教师这一神圣而崇高的职业。时至今日，大多数教师都爱岗敬业、乐于奉献，并善于奉献。他们以崇高的师德和出色的教学技能培育出大量德才兼备的学生，得到了社会各界的赞誉。但因市场经济观点的错位，不当利益的驱动，也有极少数教师迷失了方向，丢失了师德和人格。因此，提倡向覃东荣同志学习具有十分重大的现实意义。著名教育学家苏霍姆林斯基曾说："请你记住，你不仅是自己学科的教员，而且是学生的教育者、生活的导师和道德的引路人。"

爱生是师德的关键，是师德最集中的表现，也是做好教育工作的基础与前提。我们要像覃东荣那样，用博大的父爱去关心少年儿童，用无私的母爱去滋养每个学生的心灵，呵护学生的生命，让学生在爱的环境里茁壮成长。

习近平总书记在2014年教师节前夕看望北京师范大学师生时，号召全国教师要有理想信念、有道德情操、有扎实知识、有仁爱之心，要深受学生喜欢、家长称赞、社会公认，做党和人民满意的好老师。这是总书记对全国教师的殷切希望，作为教师要全面落实立德树人根本任务，大力培育和践行社会主义核心价值观。

覃东荣同志用自己的言行证明了，生命的价值不在于长度而在于宽度。我相信，在践行社会主义核心价值观，实现中国梦的过程中，"覃东荣"式的好人好事会越来越多。

（作者系湖南省人民政府副省长）

2014年11月3日

学习弘扬最美师魂
建设世界旅游精品

　　读完《光明日报》2012年1月28日一版头条刊发的《岁月带不走最美师魂——追记张家界市教字垭镇中心完小原校长覃东荣》的通讯后，我被深深感动了。覃东荣同志从教30多年，几十年如一日，爱岗敬业，严谨治校，爱生如子，无私奉献，先后担任7所乡村小学负责人，都取得了光辉的工作业绩。在他去世15年后，当地群众仍对他念念不忘。他以自己的实际行动诠释了当代人民教师的崇高师德和共产党人的高尚情怀，在学生、同事和当地群众中树立了一座永远的精神丰碑。他的崇高精神和品格值得全市每一名教育工作者、每一名党员干部学习。

　　张家界是国内重点旅游城市。建市20多年来，正是因为有无数个像覃东荣一样的共产党员、基层干部，勤奋工作、默默奉献在各个岗位，张家界市才迅速实现由一个典型的老少边穷山区向国内外知名旅游胜地的跨越。2011年9月，张家界市召开市第六次党代会，描绘了今后5年的发展蓝图。当前，我们正朝着建设世界旅游精品和富民强市总目标，加快建设旅游经济强市的方向迈进，时代呼唤更多"覃东荣"式的人物。我们一定要认真学习宣传覃东荣同志的先进事迹，大力弘扬"最美师魂"，努力做到心系群众、爱岗敬业、艰苦奋斗、乐于奉献，争创一流业绩，不断开创建设世界旅游精品和富民强市的新局面。

　　要心系群众。为了不让一个孩子失学，覃东荣在担任中心完小校长13年间，挂着拐杖走遍了全镇的每一个角落，上、下陡坡时只能手脚并用，每年到贫困生家里家访近400人。当灾害来临时，他首先想到的是学生的安危和学校财产的安全。人民群众是我们的衣食父母，只有心系人民群众，自觉维护人民利益，坚持不懈为人民群众办实事做好事，才能得到人民群众的真心拥护。我们一定要切实坚持以人为本、执政为民的方针，想问题、上项目、做决策，自觉把最广大人民的根本利益放在第一位，经常深入基层、深入群众、深入实际，坚持听民意、察民情、解民忧、帮民富，努力让人民群众生活得更加幸福、更有尊严。

要爱岗敬业。覃东荣对工作严谨认真，一步一个脚印，学校很多工作都达到了全市、全省乃至全国的先进水平。直到去世的那一刻，他仍念念不忘他的学校、他的学生。一花独放不是春。只有当爱岗敬业成为一种时尚，我们才有可能实现后发赶超，尽快达到或超过发达地区、发达国家的发展水平。我们每一位同志都要爱岗敬业，把实现个人理想抱负与脚踏实地做好当前工作统一起来，立足本职，从自身做起，从现在做起，干一行，爱一行，学一行，精一行，以严谨务实的作风抓好各项工作，推动各项工作出精品、争一流、上水平。

要艰苦奋斗。为了节省开支，学校的课桌椅坏了、墙破了，都是覃东荣和老师们自己修；上级来人检查工作，他从来不安排进餐馆。作为经济相对落后的地区，要建成世界旅游精品，需要建设、需要投入的地方很多，艰苦奋斗精神不仅很有必要，而且很有针对性，即使将来经济条件好了，艰苦奋斗的精神也不能丢。我们一定要坚持勤俭节约，勤俭办一切事业，把有限的资金用到最需要的地方，以最小的投入换取最大的收益。

要乐于奉献。覃东荣自己家里生活非常艰难，却累计为贫困学生垫付学费近万元，并收养了6名贫困学生。他因抢救落水学生，左腿落下了终生残疾。他节假日义务守校1000多天，没要一分钱。奉献精神是社会文明进步的标志，也是社会和谐的内在要求。如果每一个人都多一点奉献，社会就会多一份和谐。每一位同志都要增强奉献意识，自觉奉献、乐于奉献，主动关爱他人、帮助他人，积极促进社会和谐，为建设世界旅游精品营造良好的人文环境。

我相信全市各条战线上"覃东荣"式的人会越来越多。

胡伯俊

（作者系中共张家界市委书记）

2012年2月14日光明日报

目　录

引　子 / 001

第一章	透支过度逝医院　万人涌来悼英雄	/ 008
第二章	出生乱世盼识字　沐浴党恩上学堂	/ 014
第三章	徒步千里找工作　跋涉路上遇恩人	/ 023
第四章	百里挑粮挣学费　拾金不昧心灵美	/ 028
第五章	教字铭记执教鞭　心中梦想终实现	/ 033
第六章	女童犁田挑重担　志同道合结姻缘	/ 039
第七章	儿生六天妻仙逝　痛失爱妻抚婴儿	/ 047
第八章	徒手建校感乡村　有饭同享济同事	/ 051
第九章	危难之中救学生　终生致残终不悔	/ 055
第十章	培养幼子凝毅力　跪悼慈母泪长流	/ 060
第十一章	临危受命展宏图　立体网络强校风	/ 065
第十二章	严谨治校德先行　深化教改求质量	/ 071
第十三章	勤俭治校树正气　开源节流账目清	/ 075
第十四章	座谈教改求实效　外地考察取真经	/ 078
第十五章	关爱学生深夜访　爱生如子施恩惠	/ 084
第十六章	爬遍青山访学生　收养儿童骨肉情	/ 088
第十七章	替父守校遭火灾　谢绝救济子承业	/ 096
第十八章	举步维艰抚学生　为生居住建寒舍	/ 101
第十九章	清正廉洁拒礼物　严于律己终入党	/ 107

01

第二十章	平淡人生争朝夕　淡泊名利求贡献 / 114
第二十一章	严管子女树形象　遵守制度作表率 / 119
第二十二章	净化环境驱亲友　跋涉乡村撰校史 / 123
第二十三章	编外妈妈撑蓝天　爱洒乡间人世情 / 126
第二十四章	率先普九受褒奖　爱校如家拒补助 / 133
第二十五章	调查路上身负伤　日夜护理撼医院 / 136
第二十六章	卧病榻心系师生　众校长深受感动 / 140
第二十七章	沿夫道路传火炬　身着绶带洒热泪 / 147
第二十八章	模范重病牵人心　青山依旧驻精神 / 151

附　录

缅怀东荣老校长　弘扬精神建名校 / 157

张家界市教育系统学习覃东荣事迹选编 / 168

　　选编1　张家界崇实小学　弘扬覃东荣事迹　争做师德模范　/ 168

　　选编2　传承雷锋精神　学习最美师魂 / 170

　　选编3　武陵源区教育局机关、各学校学习最美师魂覃东荣事迹 / 177

诗祭"拐杖校长"覃东荣诗词选编 / 178

《一封公开信》/ 184

覃东荣一生活动年表 / 190

不能忘却的记忆——谨以此文献给已故尊敬的覃东荣校长 石振清 /197

关于开展向覃东荣同志学习活动的部分党员、教师、群众代表签名单/201

跋　刘孝昕 / 202

引 子

青山埋忠骨，白花祭英雄。

湘西北张家界有一个人，头顶并没有辉煌的光环，他虽已离开这个世界十余年了，但每当教师节来临的时候，当地人民就会想起他，用召开报告会、座谈会等形式来缅怀他；每到清明节的时候，他的众多弟子及当地群众都会不约而同地来到他简朴的坟茔前为他扫墓、祭奠。

清明节。

草哭泣，山饮泪。

汨汨溪流，盘绕着刚被人添上新土的坟茔。成百上千的群众手持山花、清明条自发组织起来，从四面八方涌至张家界西部边远山区永定区教字垭镇七家坪村望军岩山脚下的祠堂岗。教字垭镇中心完小、张家界第二中学的师生胸戴白花、手持清明条排着整齐的队伍浩浩荡荡地涌至他的坟茔前。人群中有一位八旬老大爷拄着拐杖，拖着病体一小步一小步地往前挪动，人们纷纷给老人让出一条狭窄的通道，老人来到坟前，手扶坟茔已是老泪纵横。

岗上校旗、队旗、团旗、彩旗飘展，岗上岗下人山人海……

此时山冈庄严、肃穆，人们沉浸在一片哀思之中。

一些身在异乡、留学海外的学子，为他的家人发短信、传唁电，表达自己对这位曾为其师长的感激和怀念：美国特拉华大学博士后石振清、法国巴黎综合理工大学博士覃岭，分别从太平洋彼岸、西欧发来了唁电；中国原子能研究院彭朝华发来了短信。

悲声切切，眼泪汪汪。

在汹涌的洪水中被他舍命抢救上来的杨贤金、吴胜发敬献花圈后跪俯在坟前悲痛欲绝，久跪不起；被他收养的六名贫困学子手持花篮在坟前哀痛哭泣；困难时期时常被他分饭吃的同事赵如秋手持清明条在坟前泪流满腮；三个小孩都被他资助过的学生家长周志城率孩子们跪在坟前烧纸磕拜；数以千计的历届学生、家长、同事、干部群众伫立于坟前默默祈祷着……

这座简朴坟茔的主人就是湖南省张家界市永定区教字镇中心完小首任"领头羊"，优秀教师、优秀共产党员——"拐杖校长"覃东荣。

扫墓活动由时任教字垭镇中心完小副校长覃遵兵主持。

覃遵兵深情地高声吟道："余观七家坪中山色秀，聚集八方群众心中情。结伴同追老校长事迹，携手共创未来美好梦。在这山色清秀、松柏常青的清明时节，我为覃东荣老校长主持扫墓活动，现在我宣布：诗祭覃东荣活动现在开始。"

全体肃立，向老校长覃东荣默哀三分钟。

首先由教字垭镇中心完小少先队辅导员简介覃东荣老校长的感人事迹。少先队辅导员说："老师们、同学们、在场的所有同志们，你们好！凛冬在春风中消退，岁月在奋斗中远去。今天我们怀着无比沉痛的心情，来到覃东荣老校长的坟前。现在让我们一起追忆他的音容笑貌，缅怀他的丰功伟绩，告慰他的在天之灵。历史定格，英雄长眠。时至今日，我们无法忘记老校长生前的种种事迹。1973年5月10日，覃东荣校长正任甘溪峪小学的负责人，这天晌午，突然下起倾盆暴雨。由于山洪暴发，此时正在转移的一名六年级学生突然掉进激流中。所有在场的师生都被这一幕惊呆了，千钧一发之际，覃东荣校长飞快跑来，不假思索地从离水面三丈多高的独木桥上和衣跳了下去，在湍急的洪水中救起那位学生，这造成他左腿残疾，此年他只有35岁，可他无怨无悔！从此他以拐杖为伴，教字垭人民亲切地称呼他为'拐杖校长'。而从1985年起，两袖清风的他却收养了六个失学儿童，当时所有人都对此非常不理解，因为当时他的月工资仅100多元。为了让收养的孩子能吃饱，他每次自己少吃点，把好吃的留给孩子们。为了让收养的孩子有一个温暖舒适的家，他拄着拐杖，暑假期间顶着烈日率家人一起担沙石。1993年7月23日，我们张家界遭受了百年难遇的洪涝灾害。老校长拄拐带领几个老师去调查师生受灾情况，不幸路上身受重伤，

引　子

在医院抢救了六天六夜。命是保住了，可他在病床上一躺就是三年，他却从来没有后悔过。自他参加工作35年来，他总是为别人着想，不管是谁，只要有困难，他都竭尽全力去帮忙。而他的家人却从来没有抱怨过，还一直默默地支持着他。老校长身残志坚、严谨治校、以身作则，把一所山村小学变成了'湖南省学习雷锋先进集体''湖南省普及九年义务教育创优集体''全国读书读报先进单位''全国雏鹰红旗大队''全国少先队红旗大队'，这是山区小学的一面旗帜啊！从此老校长受到教字垭百姓、师生及各级领导的尊重与爱戴。他先后18次荣获市、区、镇优秀共产党员，先进教育工作者，优秀教师，德育工作先进个人，最受尊敬的人，三次区级记功等荣誉。如今老校长虽已离开人世，可他的精神仍然活在我们心中。我相信，这种精神还会活下去，活遍全中国，活遍全世界！"

昔日被覃东荣收养的第一个贫困生伍良平泪流满面地说："尊敬的各位领导、敬爱的老师、亲爱的同学、父老乡亲们，大家好！我代表覃校长收养的六名贫困生及覃校长的家属，对各位的到来表示衷心的感谢！覃校长是天底下最善良的教育工作者。他是我的恩人，是我的'再生父亲'！当时我连书包都买不起，是覃校长一家人收养了我们六个失学儿童。他送自己的三个子女上学都相当艰难，却还要供我们吃住，并送我们上学长达六年。我们六人的学杂费、生活费、学习用品都用他微薄的工资来支撑，直到把我们培养成才。他自己却欠下一身债务。他去世时，乡亲们为他的遗体穿衣时在他家却翻不出一件像样的衣服，只好含泪将两件破烂不堪的运动衫作为寿衣穿在他的遗体上！呜呜……覃校长，我对不住您啊！呜呜……呜呜……我要以覃校长为榜样，像他一样做一个对社会有用的人，继承弘扬他的精神，尽自己的绵薄之力扶助那些读不起书的贫困学子，将覃校长扶贫助学的火炬一代一代地传递下去。在此，请让我们六人与贤金、胜发大哥齐声叫一声覃校长'父亲'吧！"

教字垭镇联校原校长罗振声深情地说："当今社会，像覃东荣校长这样思想过硬、廉洁奉公、高风亮节的人不多。我和他一起工作了十五年，他的确是当今社会特别是党员干部、教师们学习的楷模！他这种以身作则、无私奉献、忠于职守的职业操守，值得各行各业领导干部、职工学习。作为教师，就要像覃东荣那样关爱学生；作为学生，就要像覃东荣校长那样做人，做一个有理想、有道德、有文化、有纪律的社会主义新一代。"

接着少先队员覃玄表决心。她说："我们永久地怀念您，青山秀丽映衬着您的光辉事迹，您从平凡的人生走过。您清贫治教，用平凡生活忠诚党的教育事业。您的点点事迹，走进了《光明日报》头版头条，走进人民网、新华网、湖南红网。今天，您的事迹走进我们的心中，我们将记住您的教诲，弘扬您的精神，好好学习，为中华民族伟大复兴，为实现中国梦，努力进取，争做品德高尚、知识丰富的社会主义新一代……谢谢大家！"

其后现场师生及群众集体朗诵当代诗人臧克家的诗《有的人》：

（领读）有的人活着，（全体）他已经死了；（领读）有的人死了，（全体）他还活着。（领读）有的人（全体）骑在人民头上："呵，我多伟大！"（领读）有的人（全体）俯下身子给人民当牛马。（领读）有的人（全体）把名字刻入石头，想"不朽"；（领读）有的人情愿作野草，等着地下的火烧。（领读）有的人（全体）他活着别人就不能活；（领读）有的人（全体）他活着为了多数人更好地活。（领读）骑在人民头上的（全体）人民把他摔垮；（领读）给人民作牛马的（全体）人民永远记住他！（领读）把名字刻入石头的（全体）名字比尸首烂得更早；（领读）只要春风吹到的地方（全体）到处是青青的野草。他活着别人就不能活的人，他的下场可以看到；他活着为了多数人更好地活的人，群众把他抬举得很高，很高。

紧接着集体声情并茂地朗诵自己写的诗：

（领读）多么自然的场景 整个星系最为耀眼的主持者 来到我们学生之中 和我们走到一起（全体）此时我们的光、热和能量 在平凡的轨迹中运行 追求着中华复兴之梦 回忆着数年来的老校长事迹 耿耿忠直的性格 倾注着他的一生 在别人的光芒里 沿别人的一种力量顺行 （领读）老校长啊！（全体）你无形中的生活 收养着六个贫困学生 倾注给他们爱 给我们一种奉献精神 （领读）老校长啊！（全体）你追求单纯与乐观 关心着同事与学生 （领读）牺牲自我（全体）在事业中无怨无悔地探寻 让我们在充满激情的旗帜下 寻找你的足迹 （领读）老校长啊！你保持着一种信念与追求（全体） 用廉洁之心融入生活 （领读）让世界更加美满（全体）铺给我们一条宽阔生活之路 （领读）老校长啊！（全体）你的事迹 数也数不清 印在我们的心中 （领读）你的这些琐碎生活 （全体）给我们的心注满幸福的力量 我们珍惜着你的教诲 完成你未竟的事业 （领读）用我们的双手（全体）谱写出不息的中华复兴梦想！

时任教字镇中心完小校长熊劲松深情地说："各位朋友、老师们、同学们，今天我们怀着沉痛的心情来为老校长覃东荣同志扫墓，一是为了表达对老校长的尊敬之心，二是为了寄托全体师生对覃老校长的哀思之情，三是让我们师生进行一次传承中华美德教育。1981年，覃东荣老校长来到我们教字垭镇中心完小工作，直到1996年58岁离世。他15年如一日地努力工作，为教字垭镇中心完小今天的繁荣与兴旺洒下汗水，也为一代代的教字垭镇中心完小人留下了用之不尽、取之不竭的精神财富。他从教35年，把自己的全部心血献给贫困山区的教育事业。他身残志坚、大公无私、爱生如子、甘于清贫、淡泊名利，他为了学校的工作奉献了一生。'问渠哪得清如许？为有源头活水来。''拐杖校长'覃东荣用他的大爱、真爱、挚爱和博爱，用他的灵魂诠释着一个共产党员的本色。他是人民教师的一面镜子，是一本真实的教科书，是当代师德、师魂的鲜活教材。我们全体师生要以覃老校长为榜样，将他的廉洁奉公、舍己救人、扶贫助学、清贫治教的崇高精神世代传承下去……谢谢大家！"

七家坪村党支部书记兼村主任李会根激动地说："老师们、同学们、父老乡亲们，媒体记者们，大家上午好！我叫李会根，现为七家坪村党支部书记兼村主任。我们今天怀着无比沉痛的心情自发涌至'拐杖校长'覃东荣的坟前，来祭奠他的英灵，来缅怀他的崇高精神。我是他的学生，覃东荣校长是天底下最善良的教育工作者，他是教育战线中涌现出来的光辉典范。他去世十多年了，但老百姓对他仍念念不忘，他在当地群众心中树起一座不朽的精神丰碑。我们今天自发为他扫墓，是因为我们这个时代需要这样的人，老百姓需要这样的党员、这样的教师、这样的人民公仆。他是目前贯彻落实中央'八条'、省委'九条'及市委出台密切联系群众、改变工作作风等一系列具体学习的楷模，他已成为党员干部、教师、群众自觉学习的榜样。他是在关键时刻站得出来、危急关头敢于舍生取义的优秀楷模。在人民的生命安全受到威胁的紧要关头，他用血肉之躯捍卫了人民的生命安全。

他为了抢救落水儿童，从三丈多高的独木桥上跳入滚滚洪水，以左腿骨折的代价换回了落水儿童宝贵的生命，年仅35岁的他成了'拐杖校长'；他拖着残腿拄着拐杖，手脚并用爬遍青山劝接贫困学生上学；他为节约学校经费开支，十多年义务守校，很少回家；他始终以一个共产党员的标准严格要求自己，上级领导来校检查工作招待他们时，他要学校其他分管领导作陪，而他同老师们一起吃大锅菜；1985年他每月的工资只一百多元，送自家三个子女读书都相当艰难，却毅然收养了六名贫困学生，六年如一日地把他们培养成才；他去世后，家里一贫如洗，留给家人两万元的债务，几件旧衣及两件破烂的运动衫竟是这位拐杖校长的寿衣！这样的人，这样的共产党员，这样的人民教师，怎能不让百姓爱戴尊敬呢？

当今社会，像覃东荣校长这样思想过硬、廉洁奉公、高风亮节的人不是很多。他的精神值得每一个党员干部、群众学习。他是时代的先锋、党员干部的楷模、教师的榜样。覃东荣是我村的骄傲，是我村的精神财富，是我村的魂！在此，我衷心希望以覃东荣校长感人故事为题材改编的电影、电视剧、话剧等早日与观众见面！

我们要以覃东荣老校长为榜样，继承弘扬他的精神，努力把我村打造成湘西北具有旅游文化品牌的社会主义小康村，为实现中国梦做出我们应有的贡献！"

随后七家坪村党支部原书记吴光林、吴正齐，同事赵如秋、覃建新，群众李光银等相继作了感人肺腑的讲话。

时任教字垭镇党委委员王凌燕作总结讲话。她说："老师们、同学们、乡亲们，大家上午好！今天，覃东荣同志扫墓活动搞得很好，搞得很成功，这样的活动今后还要多搞。一个去世十余年的小学校长，为什么每年还会有那么多人为他扫墓祭奠？刚才大家的讲话解开了我心中的谜团。覃东荣同志的感人事迹震撼了我，教育了我。他虽去世这么多年了，但他舍己救人、收养失学儿童，大力推行教育教学改革的伟大献身精神永不磨灭。他是新中国成立以来我镇最受人尊敬的'拐杖校长'，最优秀的共产党员，他是我镇的骄傲！他的精神值得我镇每一个党员、干部群众、师生学习。他是时代的先锋，党员干部的楷模，教师的榜样。我们这个社会就需要像覃东荣同志这样的人，希望大家从今天的扫墓活动中得到启迪，以他为榜样，以覃东荣同志精神为动力，努力把我镇打造成全国旅游文化名镇，为早日把张家界市建设成世界旅游文化精品添砖加瓦，做出我们应有的贡献！覃东荣同志永垂不朽！"

教字垭镇中心完小的少先队员、张家界第二中学的共青团员举起右手在坟茔前宣誓铭志："要学习覃东荣老校长无私奉献、一身正气、为教育事业奋斗终生的精神。在学校做个好学生，在社会做个好公民，在家做个好孩子，积极要求进步，时刻准备着为社会主义建设奋斗终生。"

今天诗祭汇成河，明日梦想实写多。踏着校长未完路，再谱中华复兴歌。

学生先小学后中学，从低年级到高年级按班级依次缓缓走到坟茔前，将亲手制作的白花及亲手写的缅怀覃东荣老校长的诗歌轻轻地放在坟茔上，山花、白花、诗歌、清明条、清明笼堆满了覃东荣的坟茔！

扫墓活动中人民网记者颜建忠，红网张家界记者站记者廖秋萍，张家界日报副社长王文钊、记者唐生英、覃兴华、杨远明，张家界电视台副总编李文锋、记者龚晓敏、肖凤娇、欧拥政、毕虹琳、李文彬、覃松辉等媒体记者在现场进行了采访报道。人民网、中国网、凤凰网、新浪、网易、新民网、和讯网、中国经济周刊、经济网、湖南教育电视台、红网、三湘都市报、张家界日报、张家界电视台、张家界在线、张家界新闻网、张家界网、张家界旅游网、永定新闻网等媒体对诗祭"拐杖校长"覃东荣活动进行了专题报道。

是什么力量驱使人们要为这位已故多年的乡村校长扫墓致哀呢？

一个贫困山区头顶没有辉煌光环普普通通的小学校长，去世十余年为什么还不能被人们遗忘呢？

这个动人的场景，实在是令人深省啊！

第一章
透支过度逝医院　万人涌来悼英雄

湖南张家界。

1996年6月1日，儿童节。

这一天本来是儿童最快乐的日子，按说孩子们该蹦蹦跳跳、快快乐乐地庆祝自己的节日。可是这一天，整个教字垭地区都沉浸在忧郁焦急的气氛之中。教字垭镇中心完小的师生及全镇的干部群众也都时刻牵挂着他们的老校长覃东荣，因前几天张家界中医院来了电话，说他们尊敬的覃东荣校长在世上的时日已不多了。

覃东荣因公负伤躺在病床上，脑海里还在思考怎样早日重返学校和课堂！他知道，只有把自己的病治好了，才有可能再去为学生上课。为此，他积极配合治疗，但是，因为他的身体透支太多，虽然他顽强地在医院坚持治疗了两年多，最后还是药石无效。

这天下午5时15分许，覃东荣在病床上吃力地对妻子伍友妹说："友妹，感谢你三年来一直护理我，遇到你是我这辈子的福分。我一生主要做了两件事。一是在洪水中抢救出两个落水儿童；二是我们夫妻共同收养了六个失学儿童，为了供他们吃住、上学，虽欠了两万元的债务，但值得！看来这些账我还不了了，只有靠你偿还了。我走后，告诉师生和乡亲们，不要为我开追悼会，不要为我搞宣传，不要为我立碑，寿衣就穿我自己的旧衣，要多扶助那些即将失学的贫困生，不然，我死不瞑目！"说完，覃东荣的头一歪，心脏停止

第一章 透支过度逝医院 万人涌来悼英雄

了跳动。

他永远告别了与他朝夕相处的妻子、孩子，永别了他心爱的学生及与他同甘共苦的同事，离开了他奋斗一生的教育事业。这一年，他才58岁。

真是：

> 青鱼甘溪教字垭，历程三旬校为家。
> 桃李天下无数计，盛年正茂却倒下。

这天，苍天悲泪，老天也鸣不平。

本来晴空万里的天空，突然间乌云翻滚，电闪雷鸣，瓢泼似的暴雨在大声哭泣！当晚，教字垭地区教育办的几名领导听说覃东荣同志逝世的消息后，连夜派车，将覃东荣的遗体运回生他养他的故土七家坪（那时张家界地区没有火葬场，人逝去了都是土葬）。

灵车运回七家坪时已是第二天凌晨三点，当时没人声张，但乡亲们还是知道了，他们有的拿着手电筒，有的提着马灯，有的打着火把，撑着雨伞早早地等候在通往覃东荣家小路的两旁。覃东荣的遗体一下车，人们就用伞遮着车门，生怕他们的"拐杖校长"被雨淋着。接着，大伙簇拥着，抬起装着覃东荣遗体的担架缓缓前行。

遗体运至覃东荣家后，乡亲们帮助装殓入棺，那棺材是镇完小帮助置办的。人们为他换寿衣时，在他身上原来穿的旧衣口袋里没有发现一分钱，只找到一张陈旧发黄的材料纸，上面记着他生前借别人多达两万元的账单。

覃东荣家没有衣柜，衣服都堆放在一张破床上，几个乡亲含泪在那破床上翻来翻去找了好长时间，却找不到一件像样的衣服，不是补丁就是有洞。有的乡亲们实在看不下去了，哭泣着说："覃校长啊，覃校长，你每月还有几百元的工资！难道你生前连买一件衣服的钱都没有？人家扶贫助学都是有钱人，而你家三个儿女都在读书，自家本来就穷困潦倒，还收养六个失学儿童。你看你，去世后竟找不到一件像样的寿衣，东荣弟，你……苍天啊，你作的什么孽呀！"

没办法，乡亲们最后只好将几件旧衣和两件破烂不堪的运动衫作为寿衣穿在他遗体上。那腐烂得能看得见骨头的双脚，也只穿了一双有洞的袜子和一双旧布鞋。在场的人见了这场面无不为之流泪、叹息……

坐在旁边的伍友妹也很难过，但她深知丈夫是不会责怪她的，因为他们夫妻做的都是善事。穷一点，装殓差一点，不算什么，丈夫生前多次叮嘱过她，死后不要为他花费钱，连寿衣也不要买，说只要有旧衣穿就行了……

这就是被当地百姓称为一身正气、两袖清风的"拐杖校长"！

这就是以校为家、义务守校、加班加点不计报酬，把自己的一切献给贫困山区教育事业，被教委领导誉为"一条山区教育战线默默耕耘的孺子牛"！

这就是清正廉洁、高风亮节的"焦裕禄式的共产党员"！

这就是"捧着一颗心来，不带半根草去"的教育楷模覃东荣！

当人们沉浸在一片悲哀之中时，突然，一阵呼天抢地的哭喊声又响起。人们不约而同地望着覃东荣校长的灵柩，只见灵柩前跪着七个青年模样的人，五男二女，原来他们是被覃东荣校长曾经抚养及抢救过的学生。

第一个被覃东荣校长抚养的伍良平用头使劲地磕着地，抽泣着说："覃校长啊，覃校长！我们的好校长……您怎么走得这么早！您是为了抚养我们这些贫困学生才累倒的！我们还没有报答您半滴恩情……呜呜……您自己舍不得吃，舍不得穿……东借西凑，拼命抚养着我们，供我们上学。覃校长……覃校长啊……我们对不住您！哪怕只为您称半斤糖、买一件衣……我们的心里也会好受些……我对不住您啊！覃校长……我太无用了！呜呜……"

一个三十多岁的高大汉子，头碰灵柩，悲痛欲绝。他，就是当年被覃东荣校长从汹涌的洪水中舍命救起的学生杨贤金。此刻，只见他手扶灵柩，痛哭流涕地说："覃校长啊……覃校长……我的再生父亲！我的救命恩人……我还没有报答您恩情……您就这样走了！……呜呜，我对不住您啊！……那么大的洪水……除了您……谁敢救！您瘫痪在床三年，我没有侍候您一天……您这样走了……我的良心不安啊，我太无能了！呜呜……"

在灵柩前哭泣不止的，还有赵如秋。此时只见他号啕大哭道："覃校长啊，你走得太早了，当年你看我把红薯当正餐，经常吃不饱饭的你两年如一日，坚持每餐给我分饭吃……呜呜……没有你的爱心，我赵如秋可能已不在人世了，你的大恩大德，我永世难忘！你是为了贫困山区教育事业累死的。我赵如秋一生一世最佩服的人就是你，你把自己的一切献给了党和人民的教育事业，我们甘溪峪村的父老乡亲永远不会忘记你啊！呜呜……"

覃东荣的长子覃梅元，自父亲去世后，一个人忙里忙外，三天三夜茶饭未进，脸脚未洗、脚底与袜子都黏在一起，他几次晕倒在父亲的灵柩旁。此时覃东荣的眼睛始终睁着不闭，覃东荣的几个亲友想让他的眼睛闭上，未能。他们哭泣着说："梅元，你父眼睛睁着不闭，你来一下。"

覃梅元走过来用手抚摩着父亲那骨瘦如柴的脸，痛哭流涕地说："爹，爹爹啊，您走得太早了！您这一走，叫我如何是好，我们三姊妹该怎么过？爹，爹，您是一个苦命人。我母亲生下我只六天就去世了，您同爷爷奶奶把我抚养大，容易吗？呜呜……我还没有报答您，您没有过上一天好日子就这样走了！爹，我对不起您啊！爹，您放心，我会像您那样做一个对社会有用的人，做一个让别人瞧得起的人。我会继承您的遗志，沿着您开辟的扶贫助学之路走下去。我会想尽一切办法，成立一个教育基金会，让我们贫困山区读不起书的学生都上得起学！爹爹您放心，我会照您讲的去做，不会让您在九泉之下不安的。爹爹，您就放心地去吧！呜呜……"覃梅元的话刚一落音，父亲覃东荣就安心地闭上了双眼，乡亲们放心了。

这时，乡亲们想让伴随覃东荣多年的拐杖随他而去，伍友妹哭着说："不，不能，东荣说过，拐杖不能随他而去，他要将那根拐杖一代一代地传下去。"乡亲们只好作罢。

第二天，覃东荣病逝的消息在全镇传开了，到中午时分，成千上万的师生、家长、干部群众，竟都自发地冒雨从四面八方涌至望军岩山下的七家坪，他们都想见尊敬的覃校长最后一面，都想为他送行。永定区教委副主任覃程、办公室秘书熊永清代表区教委、区教育工会，赶来慰问覃东荣老校长的亲属。覃程副主任问覃东荣老校长的亲属，有什么要求，覃东荣妻子伍友妹说："东荣去世前留下遗言，他死后不开追悼会，不宣传，不立碑，不向组织提任何要求。"

人们还是要违背覃东荣老校长的意愿，自发地为他举行追悼会。人们胸戴白花，臂缠黑纱，在低沉的哀乐声中，整个会场显得庄严、肃穆。追悼会由教字垭教育办副主任胡大勇主持，教字垭教育办主任吴伯云致悼词。

集体默哀三分钟后，吴伯云主任悲痛地说："各位领导、乡亲们、老师们、同学们，我们今天自发地冒雨来到这里举行追悼大会，沉痛悼念覃东荣同志。他是为了贫困山区教育事业累倒的，是在调查师生受灾情况的路上负伤致残的！他对教育事业的贡献是巨大的，他的逝世是我们教字垭镇教育事业的巨大损失，我们永远不会忘记他！"

吴主任哽咽着，实在读不下去了，等情绪稳定后，他擦干眼泪，继续说："当学生发生危险时，他宁愿舍弃自己的生命。他为了抢救落水学生，造成左腿残疾。他为了不让穷孩子失学，拖着残腿拄着拐杖踏遍了我们教字垭镇的每个角落。他为了早日普及九年义务教育，在自家三个子女读书、家境相当穷困之下，毅然收养了六名辍学儿童，不仅供他们吃住，还供他们上学。在他那爱心的感召和帮助下，教字垭镇中心完小没有一个学生因贫困而失学，率先在全省普及了九年义务教育。他是一名真正的共产党员，他不仅是老师们的榜样、党员、干部的楷模，而且是全社会的楷模。他是新中国成立以来我镇最优秀、最受人尊敬的'拐杖校长'，他把一所山村小学办成了全国先进单位……覃东荣校长永垂不朽！"

一篇不到五百字的祭文，吴伯云主任竟然说了20分钟！

6月3日早晨，老天爷可能也被覃东荣的事迹所感动，被成千上万的悲哀声所感化，一会儿，太阳冲破了重重乌云，探出头，万道光芒照射着大地，照射着覃东荣的灵柩，照射在前来为覃东荣送行的人们的脸上，压在人们心中的巨石终于落下了，天放晴了。

为了送英雄最后一程，为了看覃校长最后一眼，四乡八里的人早早地站满了从覃东荣家到望军岩半山腰覃氏祖坟那2里长的崎岖山路。送葬队伍宛如一条长龙，蜿蜒陡峭的山道上，人山人海，天哭地泣！

上午十一点，覃东荣正式入土。入土时没有鞭炮声，也没有举行仪式，只有一阵阵催人泪下、惊天动地的哭喊声！这哭喊声胜过鞭炮声，胜过闪电，胜过雷声！覃东荣的同事在流泪，覃东荣的学生在哭泣，成千上万的群众在哽咽，大山在痛哭……

人们尊敬的"拐杖校长"，学生的好"父亲"，老师的好同事，大山的好儿子——覃东荣在坚强地为党和人民的教育事业拼搏35年后，终于支撑不住，倒下了！真正地倒下了！

他，走了，悄悄地走了！走时没有一点儿响声，他走得那样早，走得那样匆忙，走时甚至连一件像样的寿衣都没有！中国现代教育家陶行知有诗云"捧着一颗心来，不带半根草去"，覃东荣献身祖国的教育事业35年，真正做到了这一点。覃东荣虽去世了，但他在贫困山区人们的心中仍然活着！

这样默默耕耘的一条孺子牛，他不会走，他也舍不得走，贫困山区的教育离不开他！即将失学的贫困儿童还等待着他手脚并用爬地去家访啊！覃东荣没有走，这样一位清正廉洁、一身正气、两袖清风的共产党员，人们怎会让他走？

覃东荣的精神不能丢失，我们这个社会正需要他那廉洁奉公、淡泊名利、勤俭节约、高风亮节的崇高精神！

安息吧，覃东荣老师！青山是您的归宿，大地是您的温床！

安息吧，覃东荣校长！

第二章
出生乱世盼识字　　沐浴党恩上学堂

　　地处崇山峻岭中的张家界市永定区教字垭镇,有一块狭长的冲积平原,平原中有一条河弯曲流过,此河名曰茹水河。河东名曰罗家岗,背靠朝天观;河西名曰七家坪,以前名字为姚家坪。或许因"姚"与"摇"同音,摇来摇去,摇得这一带年年灾荒,战乱不止,鸡犬不宁。本地人认为此地名不吉利,决定更改地名,因这里住着覃、吴、李、陈、张、曹、钱七姓人家,故人们就把此地更名为七家坪。

　　七家坪四面环山,北面的山像一座圆柱形的甑子,人们把它取名为甑子岩。"甑子岩,甑子岩,只准吃来不准攒,谁若攒了来年不要来",这是在当地人们之间流传的俚语歌谣。七家坪西北角瓦渣峪后茂古岭的半山腰有个猫脑壳顶,顶的左侧约20米处有块平地,叫飞机塔。因民国时期一架直升机没汽油了迫降于此,四乡五里的人赶来看热闹而得名。猫脑壳顶的下面有个高约4米,宽约2.5米,长约6千米的黑洞,一直延伸到中坪的麻溪峪。

　　据传说,山下村民家如有大务小事需要碗、杯、勺、筷,尽管来借。只要你在洞口往里走5米烧点香纸,说出你的来意,一扇石门会自动打开,东西点好后,石门会自动关上。假如需要借甑子可到甑子岩去借,那里大、中、小三种型号的甑子都有。但到后来,山下有个贪心懒汉到石洞借东西后,少还了1只碗、10个杯子、10把勺子,石门震怒,从此就紧闭不开了。

　　七家坪东面的山最高、最奇、最秀丽,那里是张家界国家森林公园的著名

第二章　出生乱世盼识字　沐浴党恩上学堂

景点朝天观。

七家坪西面是连绵不断、高低起伏的山脉，仰望去，巍峨高耸，像一位英姿的女将军镇守边关，当地人把它命名为望军岩。

相传唐朝中期，天下战乱不止，七家坪一带许多男丁被征去守卫边关。山下有一户贫穷人家，男女喜结连理时只有十七岁，小两口相敬如宾，恩爱有加。新婚妻子突然获知第二天丈夫强行被征去服役，小夫妻难分难舍。

一个炎热的夏天，一名道士云游至此，他看到这里景色优美，就在千年桂花树下摇扇乘凉。道士手抚胡须对乘凉的人说："此处风水极好，十八年后必出个将军。"众人不信，道士拿着浮尘而去。

十个月后，第二年农历三月十八午时，天空突然出现两道彩虹。这户女子产下一女，重十斤有余，骨骼粗大，眼大有神，声如洪钟，大哭不止，直到天黑才慢慢停下哭泣。

丈夫被征兵服役四年，同乡的一些男丁早就回家，其妻思夫心切。每月农历初二、十二、二十二申时，该妇女都会准时站在高耸的望军岩山顶上眺望，寻找丈夫的身影。

幼女长到七岁时，同母亲一起站在望军岩山顶上寻找父亲的身影。

幼女到私塾读书时比同龄孩子高一个头，下课玩耍时伙伴们都听她的，就是比她大三四岁的孩子也听她指挥。该女聪明伶俐，悟性高，读书过目不忘，教书先生很是欣慰，说她长大后会有个好前程。

不知不觉过了三年，该女已满十岁，力大无比，臂力过人，想学武艺，全村决定筹措银两送她拜有名望的武术宗师学武艺。

半年后，一天风雪交加的夜晚，少女迷迷糊糊随两个白胡子老道来到一个山洞里学武艺。少女家人知道后很着急，找了许久没有音信。少女学艺用功刻苦，一点就通，六年后武功大进。

少女回到家时已满十七岁，吵着出外寻找父亲，其母担心不允。少女要爷爷、奶奶给母亲说情，母亲终于答允。

少女外出，爷爷、奶奶、母亲再三叮嘱保护好自己，不管有没有父亲的消息，早点回家，免得家人担心。

少女在路上女扮男装，一直往北走。少女来到京城，参了军，因她武艺高强、作战勇猛、有胆有识，被封为少将军。少将军在军中托人打听父亲的消息，一直没有音信。少将军打了几次大胜仗，识天文地理，运筹帷幄，有勇有谋，又体恤士兵，深得官兵拥护，不久又被封为将军。

以后每年每月的农历初二、十二、二十二申时，该妇女都会准时站在望军岩山顶上寻找丈夫的身影，开始陪同该妇女一起站在望军岩山顶上有十几个人，后来越来越少，最后只有她一人。

该妇女第一年站在望军岩山顶上寻找丈夫身影时21岁，一直站到她84岁，坚持了63年，从一个少妇变成了一个老太婆！

刚满84岁的老太婆拄着拐杖从山下艰难地爬到望军岩山顶时已至黄昏，突然暗无天日，随着"嚓嚓"两声巨响，两道白光电击望军岩山顶，老太婆被一团青烟卷入望军岩中，与岩石化为一体。

玉皇大帝被该女子的真情所感化，遂将该女子的丈夫化作一只雄狮镶嵌在望军岩南400米的山峰上，将该女子的女儿将军化作一个金箱子含在雄狮的口中，当地人把它取名为狮子垴。

望军岩山顶是一块宽阔的平地，站在上面向东望去，只见一匹锣（罗家岗）、一只鼓（古城坪，宋朝前是一座城）。此山自古以来就是兵家必争之地，历代在此征剿贼匪的将军都攻占过此山。谁先抢得这个山顶，谁就可以居高临下，依仗地理优势消灭敌人。

狮子垴下面的七树塔有9个天坑，深不见底，至今臭气未消。战争后清理战场时，把死人往天坑里丢，奈何天坑再深，也投不完漫山遍岭的死者，有的只好简易埋下。

七家坪西南角有一株五人都合抱不下的千年桂花树，枝繁叶茂，远远望去，就像一把绿色的天堂伞。一到中秋节，桂花盛开，香飘千里，四乡八里的人都跑来摘桂花插在自家的花钵里。大树的四周有四株小桂花树，生气勃勃，香气逼人。酷夏，人们纷纷来这里避暑、下棋、讲故事、打渔鼓筒。农忙季节，下大雨时，百多人挤到树下避雨，外层人都不会被雨淋湿。

中华古籍有"东夷、西戎、南蛮、北狄"之说，教字垭古属南蛮之地，交通闭塞，文化落后。此镇原来的老地名叫垕垭，这一带自古至今都居住着以土家族为主的少数民族。

溯流探源，土家族的开山鼻祖又是清江武落钟离山之巴廪君。相传4000余年前，舜放驩兜于澧水崇山，中部部落入主南蛮，乃成先祖另一支系。春秋之后，巴庸二国被秦、楚所灭，巴、越、濮、僚、旦、庸诸人种相继流落武陵山，与原住民一起筚路蓝缕，开启山林，铸造民族历史，最终磨合成一个土人共同体——毕兹卡族。毕兹卡古时又称南蛮、旦蛮、苗、濮、巴、武陵蛮、倰中蛮、五溪蛮、板盾蛮、天门蛮、土官、土人、土丁等。土家人由于一直生活在群峰连绵、地势险峻的大山中，又素以剽悍、勤劳、勇敢著称，为人大都朴实善良，但是交通闭塞，文化水平落后。

据《澧洲志》和《荆襄外志》记载，康熙末年湖北荆州人伍铁岩，字致麟，获贡生之名，任训导之职，屡试不第，四方游说。看到这里山清水秀、风景宜人，土家人仁慈厚道。而这里的人们知识匮乏，文化相当落后，便在此创办私塾，设馆教书，被传为佳话。

两百多年后，教字垭本地也出了一位闻名遐迩的教育工作者——"拐杖校长"覃东荣。伍先生的精神在覃东荣身上留下了一道深深的烙印，覃东荣以他为榜样，把自己的全部心血都献给这里的教育事业。

"七·七"卢沟桥的隆隆炮声，也震撼到偏远的湘西七家坪。山民们从逃难人口中知道日本人挑起了民族战争，还隐隐约约听说政府不抗日，只围剿红军。

1938年农历三月十一早晨，湖南辰沅道大庸县西教乡七家坪村的农妇吴幺妹（1916—1980）生下了一个男婴。因这男婴出生在太阳刚映红天空之时，其父覃服周（1918—2000），字遵勉，即给孩子取名为覃东荣，象征东升太阳之意。孩子的祖父覃章锦有些文墨，又给这孙子取字正松，名东云，号冬云。同时作了首诗庆贺曰：

前山天门对园开，后依狮岭望军岩。
左侧天子张家界，右邻教字书箱岩。
大河弯曲环舍过，桂中五桂抱庭开。

园圃一帜迎风展，芳名留世永不衰。

这首诗把七家坪的地方风物、史事及对孩子所抱的期望都写进去了，全家人听了高兴不已。但现实却很残酷，因为覃服周家境并不富裕，他当父亲时刚20岁，正处乱世，日本鬼子快占领半个中国，而覃氏一族家道也日益衰落。

本来七家坪覃氏的先祖原在江南，因功升官也风光一时，并领陕西覃地，以地为姓。后曾居汉中府南郑县潼关卫铁炉巷，再迁四川重庆府州排巷金鸡村，复徙瞿塘、施州，又迁湖南永定关门岩、犀牛、下湾，最后定居七家坪。

覃东荣的曾祖父覃文菊拥有近百亩古城坪良田，当时在七家坪可以算得上较为富有的一户。覃东荣的祖父覃章锦，字国学，号绣芝，生四子一女。

1931年，覃章锦与妻吴氏筹资40块光洋修了一栋气势宏伟的五间大木板房。房子修好后，覃章锦按四子的年龄大小从北到南依次给他们分了房子。

覃东荣的父亲覃服周在四兄弟中排行第二，也分得了一间，结婚后独立成了家。覃服周到20岁时已是当地有名的摔跤能手、耕作能手，犁耙栽种，样样都会，为人又心地善良。新中国成立前曾任两年保长助理，后因看不惯当时国民政府的腐朽政治而辞职。

覃东荣的母亲吴幺妹是本地吴家逻人氏，父亲是西教乡这一带首屈一指的锣鼓师，她家世代务农，算是名望之家。吴幺妹在其父的熏陶下，富有同情心、顾全大局、教子有方、礼貌待客、勤俭治家，人称贤妻良母，是个女中强人。她虽身体差，常年生病吃药，没读过私塾，不识一个字，但丈夫却很尊重她，四个儿子最听她的话。吴幺妹把家管理得井井有条。

覃东荣的四叔覃遵众（1926—2006），后改名陈有文。陈有文于1943年茶师毕业后，在3000多名考生中以第三名的优异成绩考入贵州省师范大学地理系。毕业后，历任贵阳团市委军事体育部长、贵州省政府县团级业务处长，贵州省体委政治处长，贵州省体委纪检副书记，贵州省体育总会常委，贵州省体委主任，贵州省老年书画研究会会员，为贵州省党政、体育事业做出过较大贡献。

覃东荣出生后，因家庭贫困，到了七岁读书的年龄还未能上学。此时二弟覃正柏已四岁多。看到同龄的孩子都到私塾读书，覃东荣羡慕不已，他多么渴望拜师识字啊！可家里实在穷得揭不开锅。母亲看出了他的心思，觉得很对不住他。

母亲有病，干不了体力活，但她经常给孩子们讲一些民间故事和当地的一些名人趣事。深秋的一天晚上，蔚蓝的天空镶嵌着一轮明月，月光沐浴着大地，幼年的覃东荣与二弟覃正柏又缠着母亲讲故事。

吴幺妹说："好吧，今天月亮很圆，不扫你两兄弟的兴致。我就给你们讲个清朝康熙年间湖北荆州人伍铁岩在我们教字垭办学的故事，你们要认真听，听后要谈感想哟。"

覃东荣着急地说："好，妈妈，您快讲吧！"

吴幺妹说："康熙末年，湖北荆州人伍铁岩三十岁左右来到教字垭，看到这里的人们愚昧，缺少文化，于是便决心在此创办私塾，为这里的教育发展做点贡献，遂在垩垭南侧的关庙设馆教书。"

"由于伍先生学识渊博、教学严谨，又任劳任怨、勤勤恳恳，经他教育，一批又一批的学生被送出。这些学生中，有的成才当了官；有的成了名，当了先生开堂讲学；有的从事经营，成了儒商。而这三十多年中，伍先生竟未给家里写过一封信。后来，他的大儿子从襄阳的一个学生口中得知父亲的音信，便跋山涉水前来寻找，哭着央求他回家，但伍先生舍不得离开。乾隆五年，即1741年，伍先生已是六十九岁的高龄，他的三个儿子及两个孙子带着他爱人的血书再次央求他回家。在他的子孙下跪两天两夜的真情威逼之下，伍先生老泪纵横。弟子们及乡亲们看到此情景，也纷纷劝伍先生回家看看。"

"依依惜别之时，弟子们要求伍先生留言。伍先生思索片刻，便在关庙西侧200米处书卷山下的河边石壁上欣然提笔写下了一个五尺见方的'教'字。当地人民深感先生教化之德，把这个'教'字刻成窝形字，免致磨灭。其字虽经两百年的风风雨雨，迄今犹存，栩栩如生。伍先生千里迢迢来到这里办学，其忘我办学的精神令人感动。他在此播下了文化的种子，对开辟蛮荒教育事业做出了巨大的贡献。新中国成立后，当地百姓为纪念伍先生办学的功绩，即把原来的地名垩垭改名为教字垭。"

覃东荣听得非常认真，他对母亲说："妈妈，我也想去读书，学习文化知识，长大后也要当个秀才，像伍先生那样办学堂教书，你看怎样？"

母亲笑道："你的梦想很好，家里要是有钱，一定要送你上学，可惜我们处在乱世，家穷送不起你读书啊！"

覃东荣天真地安慰母亲道："妈妈，不急，再等几年，说不定世道变了，家里就会好起来的，穷人家的孩子也能读书了。"

当天晚上，覃东荣想，一个外地人都对我们这里的教育这么执着，这么尽心尽力，我作为土生土长的本地人若不把这里的教育办好，愧对伍先生，愧对先人！

随后这一家又相继增添了三弟覃正贤、四弟覃正毛。人口增长了，田地并没增长。一家六口，连吃饭都成问题，哪还有钱供孩子们上学。父亲为此常自责无能，母亲亦常常以泪洗面。

覃东荣从小就十分懂事，为了照顾有病的母亲和几个弟弟，他主动承担了作为长子的责任。

为了生计，覃服周与二哥覃遵灼一起，在靠趴龙潭河边的张家嘴自家良田合伙开了一处碾坊。

那碾坊是三间岩砌房子，房顶盖着茅草。靠河的一间有一直径6米的碾坊。碾坊由一个高8寸、宽2寸的岩槽和一绕岩槽转动的碾轮组成。在水碾坊上游400米远的土崩岩处筑一河坝，一条水渠将水源引向碾坊。源源不断的水流冲动碾坊下面的木叶子，木叶子转动，石碾就可转动起来。中间一间是榨坊，南边的一间是放原料和油桶的。

两兄弟收费低、出油率高，且榨的油质量好，附近的人都在这里加工茶籽、菜籽、桐子。两兄弟的榨坊生意开始红火起来，榨成的茶油、菜油、桐油销售到长江中下游的几座大城市。

然而好景不长，人间有情水无情。一年夏季，一次瓢泼暴雨下了三天三夜，洪水顿时淹没了沿河的庄稼和土地。

到第三夜，发狂的洪水发出怒吼，巨大的轰鸣声和摇动的床惊醒了两兄弟。两人赶紧跳下床，此时水已漫过膝盖。看到榨坊里的东西源源不断地往外流，覃服周想抢点东西，二哥遵灼马上拉着他道："三弟，快跑，来不及了，逃命要紧！"两兄弟逃走不到10分钟，只听"轰隆"一声巨响，榨房倒塌。

两兄弟多年苦心经营的油坊，就在这一瞬间被无情的洪水化为乌有。兄弟俩蹲在张家嘴一户农家的屋檐下，双手抱头呜呜大哭起来，直到天亮。这次洪灾洗走了兄弟两千多斤菜籽、茶籽、桐子，冲走茶油、菜油、桐油一千多斤……

从此，覃服周一家的生活又变得艰难起来。

为了减轻家庭负担，覃东荣帮父亲挑起了家中的重担。煮饭、洗衣、砍柴、种菜、放牛、农活等他都干，覃东荣做梦都想读书。

覃东荣的梦想终于变成了现实。新中国成立后的第四年，1953年快满15岁的覃东荣，终于在共产党和政府的关怀下来到位于教字垭老仓库的大庸县立第十三完小读书。

报名那天，有的同学还认为他是老师，因为他的个头长得比老师还高。他报名才读一年级，大家都对他投以好奇的目光。有位同学取笑他道："你这么大个汉子，怎么还和小屁股们混在一起读书呀？"

覃东荣笑道："我愿意嘛，过去咱家穷，送不起我读书，现在解放了，我也要扫盲呀！不然，怎么叫解放！"

那位同学又大声叫道："好，你是个解放大哥哇！"

说得同学们都笑了起来。

覃东荣不管这些，只是对大家付之一笑。他深知这读书的机会来之不易，应该好好珍惜，所以，决定要尽最大努力学习。当他踏入课堂，手里捧着书本时，早已热泪盈眶。一个贫穷家的孩子，到15岁，终于实现读书的梦想，他怎能不感慨万千！那一刻，他心里真有说不出的高兴啊！

当年，这所完小开设的课程有语文、数学、史地、自然、公民、劳作等学科。校长叫唐国平，系模范教师，县教联常委，有实干精神，水平较高，业务熟悉。

在唐校长的带领下，全校教师认真教学，学生认真上课。考核教师的教学质量，首先要看学生的成绩，评优评模看班上的平均分数以及学生的及格率，升学率和德、智、体全面发展的情况。

教师坚持早学习、晚办公的坐班制，每位教师除教好日校的学生外，还要办好一所夜校，配合运动搞好社会宣传，如宣传"三反五反"和防止"细菌战"，积极投入小学整顿运动。

此时已是大龄少年的覃东荣主动帮老师做一些力所能及的事，学校领导和老师都很欣赏他。因为他是穷人家的孩子，懂事早，又十分渴望知识，因此学习认真刻苦，不仅各门功课名列前茅，还主动打扫卫生，团结同学，关心小同学。论年龄，他是班上最大的一个，比班上一般的同学要大一倍多，同学们都俏皮地管他叫"解放大哥"。

覃东荣最喜欢上史地、公民课，因为从这些课中可以了解中国的形势、历史。而学校当时也很注重学生的思想品德教育，经常邀请老红军、老八路讲述革命战争年代的故事。

覃东荣深知幸福来之不易，如果没有共产党，自己也不可能踏入学堂读书。他在感动之余，曾在笔记本上写道："我们穷人在旧社会连猪狗都不如，更不用说读书识字了。是共产党让我们翻身做主人，才有机会进学校。我的生命是党给的，不是共产党的帮助，15岁的我就不可能进学堂读书识字；我的知识也是党给的，我要报答党的恩情，报效祖国，把我的一生献给党和人民的教育事业，要让所有读不起书的贫下中农子弟都有书读……"

覃东荣读书的同时，他的三个弟弟也相继入学读了书。有一天晚上，母亲吴幺妹将四兄弟招到一起训话道："你们四弟兄上了学，读了书，就要好好珍惜这读书的机会。现在，咱们家还很穷，但穷也要穷得有骨气、有志气。你们长大后，将来不管干什么事，首先都要学会堂堂正正地做人，要心中装着老百姓，不要忘本！"

母亲的这番话，对覃东荣触动很大，他把这语重心长的嘱咐当成座右铭，一辈子铭记于心。

第三章
徒步千里找工作　跋涉路上遇恩人

　　1955年冬天，天气格外寒冷。时入腊月后，教字垭一带山区被一片冰雪覆盖。此时，17岁的覃东荣因学习努力，成绩突出，在校两年，已跳级读到了五年级。

　　放寒假前，覃东荣回到家里心神不安。母亲发觉他似有心事，问他有什么事，他不说。其实，他是在考虑为减轻家庭的经济负担，更好地让三个弟弟完成学业，想外出找工作挣钱。几天来，他悄悄与在同一个学校读书的族兄覃正业商议，决定放寒假去投奔在贵州省体委工作的四叔陈有文，以便找份工作。两人想，若把此想法告知家人，必遭父母反对，故瞒着家里，干脆来个先斩后奏。

　　就在年关临近的一个风雪交加的夜晚，覃东荣趁父母熟睡，悄悄地从床上爬起来，含泪给父母写了张留言条，放在破旧的饭桌上，然后泪流满面地朝父母睡的床磕了几个头，轻手轻脚地走出门外。此时，族兄覃正业已在屋外等候多时。这时两人上身都只穿两件破烂的衣服，下穿一条单裤，脚穿一双草鞋，各背着一床烂棉被，覃东荣口袋里揣有一张已发黄的《中国地图》。两人打着火把，迎着凛冽的寒风上路了。

　　第二天拂晓，覃东荣的母亲吴幺妹一觉醒来，发现长子不在床上，心里一惊。她在屋里屋外找了个遍，还是没有发现长子的踪影，不觉心慌。突然，她发现饭桌上有一张纸条。

　　吴幺妹不识字，大叫道："覃服周，快起来，快起来！你大儿子不见了，这里有一张纸条，你看一下。"

覃服周连忙穿好衣服，跳下床，急步走过来，拿纸条一看，傻眼了。

吴幺妹看到丈夫脸色突变，眼眶湿润，心想不好，急道："你倒是念给我听听，上面到底写的是什么？"

覃服周哽咽着念道：

两位大人：

对不起，实在对不起！让你们受惊了，请原谅儿子的不孝。不要为我担心，我没事，不要寻找我。你们醒来时，说不定我与族兄正业已到了温塘。此次我俩出去，事先没有对你们两位大人说一声，是怕你们伤心，怕你们不同意。为了让你们两老过上好日子，让三个弟弟完成学业，并把他们培养成才，我想放弃学业。我都17岁了，应挑起家庭的大梁。我与正业兄要去贵阳投奔四叔，找份工作。我俩会照顾好自己的，勿挂念，到贵阳了再给你们写信。

不孝儿子：东荣
1956年1月21日晚泣书

母亲吴幺妹听完信的内容后，方知长子已出远门多时，追赶已来不及了，不禁泪如泉涌，大哭道："儿啊，是妈对不起你们，你们出去怎么不事先给父母说一声？你们要去，父母不拦你们，我们好歹给你们筹措点盘缠！这么远的路，你们身上又没有钱，叫我们做父母的如何安心哟！"

覃服周倒是很镇定地劝说妻子道："你哭啥，他俩都那么大了，不会有事的，就让他们去闯闯吧，年轻人到外面去见见世面才会有出息！"

覃东荣和覃正业走时，身上各带有10元钱，这些钱，供路上吃饭都不够，更不用说乘车了。因为从大庸到贵阳，差不多有近两千里路程，两人竟决定徒步去投亲。

为了节约费用，两人走近道，翻山越岭，根据地图，边走边问，每天行程约80华里。这样，两人头天夜里从教字垭出发，经过罗水、黑潭、温塘、润雅，第二天黄昏到了永顺的石堤西。在石堤西的集镇上，各人仅花1角2分钱下了一碗面条充饥。

第三章　徒步千里找工作　跋涉路上遇恩人

当晚无钱住宿，两人就在一户人家的屋檐下铺上几张厚纸，再在厚纸上铺上棉套。覃东荣那床又薄又烂作为垫套，覃正业那床厚一点作为盖套。为了防止脚臭，两人睡一头。

天一亮，两人马上卷好铺盖，在集镇各吃碗面条后，又继续赶路。沿途经吊井、大坝、泽家、保靖、复兴、花垣、团结、边城、洪安、迓驾，走了10天才到达今重庆市的秀山。

再往南走，就是贵州的地盘了。经过松桃时，已是腊月二十八了，人们都在忙春节，他们两人却忙着赶路，走到贵州东部重要城市铜仁时已是大年三十。

这天，两人各背着一床烂棉被在铜仁城内向南走去，突然肚子饿得咕咕叫，都想找家面馆吃点儿东西。突然，一家很简陋的面馆映入两人的眼帘。两人忙走进去，放下棉被，招呼老板下一碗面条。面馆老板约六十多岁，头戴毡帽，马脸，一对"3"字形的大耳直垂双肩，深陷的一对眼睛炯炯有神。看到这两个衣衫褴褛的青年各背着一床破烂棉被，在这大年三十，到面馆声称只要一碗面条吃，心里感觉特别疑惑，忙问其究竟。

当两个年轻人讲了准备去贵阳投亲的故事后，面馆老板听了很吃惊。他是一位心地善良、富有同情心的老年人，顿生怜惜之情道："原来是这样，你们真了不起！从湖南大庸到贵阳有近两千里，你们徒步这么远去投亲，真令人佩服，令人佩服！"说罢，面馆老板就要两人在他家过年。

两人不肯，背着烂棉被就往外走，老板急步上前，扯住两人的手，诚恳地说："年轻人，在家靠父母，出外靠朋友，今天是大年三十，你们俩吃碗面条怎么行？怎赶路？我们都是穷苦人，我们也是做父母的，你们恐怕很长时间没吃顿饱饭了，今天就在我家过年吧！"

两人听他这一说，感动不已，马上给面馆老板磕头，面馆老板连忙把两人拉起来说："不要这样。"

覃东荣激动地说："你们老两口太好了，心地太善良了，我们遇到了大好人，你们的恩情，我俩永生永世都不会忘记！"

老板娘这时把饭菜摆上桌，热情地招呼说："孩子，你们受苦了，快坐下，快坐下一起吃年饭吧！"

两位年轻人自从离家出走后，已有十多天没吃过饱饭了，今天看到这桌丰盛的菜，不禁泪流满面。面馆老板说："年轻人，不要想那么多，快吃，多吃点！天色已晚，今晚就在我家好好洗个澡，住上一宿，明天再走。"两人饱含眼泪地吃了这顿年饭。

晚上，面馆老板又领二人到澡堂洗了澡，再送两人上二楼睡觉。这一夜，覃东荣躺在床上激动不已，久未入眠。他想，今天真是遇到了大好人，以后我也要像面馆老板一样，真诚地帮助受苦人。

第二天大年初一清早，面馆老板又留两人吃早饭。饭毕，两人对面馆老板和老板娘深深地各鞠了三个躬，然后各背着一床棉被，与面馆老板一家人洒泪告别。

接着，两人继续日行夜宿，又途经玉萍、镇远、施秉、黄平、福泉，5天后到达贵定。此时已到中午时分，天上飘着鹅毛大雪。

两人路过贵定县政府大门时，忽然被一个中年好心人看到。这位中年人在刺骨的寒风中，见两个衣衫破烂且穿得很单薄的青年，脚穿草鞋，各背着一床烂棉被东张西望，满脸愁容，冷得哆嗦不已，心里顿生怜惜，当即走上前关切地问道："年轻人，你们是哪里人？到哪里去？遇到了什么困难？"

"我们是湖南大庸人，去到贵阳投亲找工作，走到贵定身无分文了。"覃东荣如实回答道。

"啊，你俩是大庸人，走了这么远的路？还要到贵阳去投亲？真不简单！"

中年人随即在身上找来找去，找出20元钱，深情地说："这点儿钱你们拿着，这么冷的天，你们穿得也太单薄了，快去买件衣服、买点东西吃吧，从这里到贵阳不远了，你们可以买车票坐车去，我还有事，就不送你们了。"

覃东荣问："恩人，您能告诉我您的姓名和住址吗？等我们到贵阳找到亲戚后，好还钱给您。"

"小伙子，不必了，这是我的一点儿心意。天冷，你们赶紧买件衣服，再吃点东西，买车票去贵阳。"中年人又说道。

"好，好！谢谢恩人帮助！"两人不禁泪流满面，立刻对着中年人离去的方向深深地鞠了一个躬。两人随即问旁人，得知这位中年好心人就是贵定县的副县长。

两人得了20元钱的资助，也舍不得买衣服，各下了一碗面条，走到贵定车站买

第三章　徒步千里找工作　跋涉路上遇恩人

了去贵阳的车票。汽车在公路上奔驰着，覃东荣静静地注视着窗外，思绪万千，激动不已。自从与族兄离家出走十七天，路上得到一些好心人的帮助，特别是铜仁的面馆老板和贵定县的副县长的无私帮助令他终生难忘！

当晚深夜，兄弟俩乘车到了贵阳汽车站。两人在贵阳汽车站候车室的地面上铺上破棉被睡了一宿。

第二天，经多方打听，兄弟俩终于找到贵州省体委。门卫将两人带到覃东荣的四叔陈有文办公室门外。

门卫说："陈主任，你的两个侄儿来找你！"

"他们在哪里？"

"就在门外。"

门卫随即将两人带进来，陈有文看到两个衣衫褴褛的青年各背着一床烂棉被，头发长长的，满脸污泥，脚穿草鞋，木讷了半响。

1943年，四叔陈有文出外赶考时，覃东荣只有5岁，虽时隔12年，四叔的容貌覃东荣记忆犹新。覃东荣走上前，说："四叔，您不认得我了？我是东荣，您三哥覃服周的长子，他是您侄儿覃正业。"

陈有文想起来了，说道："哦，你就是东荣侄，三哥覃服周的长子。"

"嗯。"

陈有文急步上前，抱住两人，哽咽着说："孩子，你们来怎么不事先给我写封信？我也好给你们寄点盘缠，这么远的路，你们步行走了快二十天，真是受苦了！"说罢，叔侄三人抱头，都激动地哭了。

随后，四叔陈有文带着两个侄儿理发、洗澡、吃饭、买衣服。当陈有文了解到两侄儿来贵阳是为了找工作时，深情地说："侄儿，你们学历只有小学水平，如何去找工作？没有文化，怎么去工作，怎么报效祖国？春季快开学了，三天后，你们马上回家，要好好读书，起码争取考上初中和高中，你们家穷，我会资助你们读书的。等你们有文化了，国家自会用你们的！"

覃东荣和覃正业听了四叔的话，点头称是。

结果，陈有文带两侄儿在贵阳玩了三天后将他们送到贵阳汽车站，买了回大庸的车票，并给了每个人10斤粮票、30元钱。

第四章
百里挑粮挣学费　拾金不昧心灵美

春季很快又开学了，覃东荣按时赶到了大庸县立第十三完小继续读书。教字垭这时是一个有四五千人的集镇，其地位于大庸西北约25千米，现在的黔张常高速铁路、张桑高速公路、杨家界大道、省道228公路与教温二级旅游公路的交会处，向西可通往桑植、龙山、重庆，向北可通往武陵源著名景区天子山、湖北。该镇自古以来是湘、鄂、渝、黔四省市的贸易集散地和交通枢纽。

这里地域广阔，人口众多。新中国成立后，这里曾划分为大庸县第五区行政办事组，下辖六个公社，即教字垭、桥头、中湖、罗水、禹溪、兴隆。偌大的地区仅有一所1925年兴办的国民小学，这与当地人民对文化的渴求有着很大差距。奈何乡土贫瘠，未能使受教育层次得到发展。撒播文化的种子被深藏隐埋，它急需阳光雨露破土。在教字垭人民的深情希冀中，这一历史性的时刻终于盼来了。

1956年，大庸县人民政府决定在教字垭镇中心完小附设初中班。1958年，在教字垭集镇西北500米的荷叶岗，又修建了大庸第二中学。当教字垭镇中心完小附设初中班时，覃东荣因刻苦用功，已连跳三级，小学六年只用三年提前毕业。1956年，他以优异的成绩考上了大庸二中初中班。那年是首次招生，招两个班110人，他分到初一（1）班。

初中虽考上了，但家中仍一贫如洗。二弟覃正柏读小学五年级，三弟覃正贤读小学二年级。三兄弟在同一所学校读书，穿得都很单薄。

第四章　百里挑粮挣学费　拾金不昧心灵美

俗话说"多衣多寒冷，无衣自不冷"。数九寒冬，寒风刺骨，每天覃东荣上穿两件破烂衣服，下穿一条单裤，脚穿一双草鞋去上学。母亲说过，人穿补丁衣不打紧，但衣服要洗干净，不要让别人闻到臭味，瞧不起你。因母亲体虚多病不能沾冷水，夜深人静时，覃东荣等三个弟弟熟睡后，就将一家人的衣服洗干净，再烧堆大火将衣服烤干。第二天清早，当二弟、三弟及四弟看到昨天还是脏兮兮的衣服，现在变得干干净净，都知道这是大哥洗的，心中感动不已。生活上的困难能克服，求学欲望也丝毫不减，但学费从哪里来呢？自从考上初中后，覃东荣就在为这个发愁。家里若供养不起，上初中岂不成难事？

正当覃东荣愁眉不展之际，父亲覃服周听到了一个消息，到大庸沅古坪粮店挑"死库粮"可挣钱。父亲覃服周立刻问长子覃东荣、二子覃正柏愿不愿去干这活挣钱，兄弟俩都说愿意。

何谓"死库粮"？因当时大庸东部沅古坪一带人富粮足，只是交通闭塞，不通公路，粮食运不出去，只能靠人工挑。沅古坪离县城较远，约有60公里，道路崎岖难走，两天才能挑一个来回，挑一百斤有二十斤的谷物报酬。这对覃东荣一家人来说，真是个令人喜出望外的好消息。

第二天清晨，覃服周父子三人便与大伙一起挑着箩筐，浩浩荡荡地向东走去，路上挑粮的人络绎不绝。下午3点，一行人赶到沅古坪集镇，吃过晚饭，住宿，到凌晨3点便在粮店排队等候装粮。等了约两个多小时，才轮到覃东荣三父子装粮。粮食装好后往西向县城赶去，到下午5点之前，必须赶到大庸县粮食局交货。

这一百二十里路程，12个小时挑粮，基本上没有休息的时间。当然，体力好的劳力，还是可以坚持干这活的，体力不好的话，就根本吃不消，好在覃服周父子三人都还体力不错。

当日，三父子都按时赶到县粮食局交了粮。虽然很累，但心里都很高兴。因为覃东荣算了一笔账，父子三人每次能挑250多斤，如果天气好不下雨，这样挑下去，一月可以挑15个来回，一个暑假可以得到600多斤的谷物报酬。这就足可解决三兄弟的学费问题了。

父子三人挑了数日。一天下午，天气沉闷，丝毫没有风，覃东荣汗流浃背地挑着一百多斤的担子,一个人走在一个山间小路上被落下了。突然,他看见前面不远处有一个黑色的四方小东西,走近一看,原来是一个钱包!他马上放下担子,捡起来一看,哦,我的天啊,有七十多元钱。这在当时,可不是小数目。此时没人看见,可覃东荣想起母亲经常说的话,决定把钱交给县粮食局。

当日下午,到县城后,他把钱包交给了收粮食的工作人员。县粮食局的领导正好在场,当即表扬了他,并问他叫什么名字。覃东荣说,我的名字不重要,你们不要问了,只拜托你们快找到失主。第二天,县粮食局领导找到了失主。那人取回钱包时,发现里面的钱一分不少,于是想拿点钱感谢捡钱人,但却不知捡钱者的姓名,只知道是一个十七八岁挑粮勤工俭学的穷苦学生。

此事传开后,覃东荣的一些伙伴、同乡纷纷责怪他,说:"世上只有你最憨、最傻、最蠢,蠢得哟没药整。当时又没有人看见,你父子三人就是挑一个暑假的'死库粮'也得不到那么多钱。"

覃东荣说:"人穷要穷得有骨气,穷得有志气。你们不知丢钱的人有多急,说不定人家还正等着这笔钱急用呢,不是自己劳动所得,坚决不要!"

旁边的父亲覃服周听到长子这一番话后,心里很高兴,当即支持长子的做法。

这个暑假过去后,覃东荣和两个弟弟靠勤工俭学得来的收入,终于又入了学。

初夏的一天早晨,天空下了一场大雨。一会儿阳光冲破乌云,万丈光芒普照大地,被绿荫遮蔽的校园内,树绿屋青、鸟语花香。

覃东荣上课时,忽闻到一股臭味扑鼻而来,顿时心存疑惑。教室里怎么会有这样的气味?他环顾四周,老师正在绘声绘色地讲课,同学门正在聚精会神地听课,好像还没有人发现臭味。他仔细一闻,我的天哪,哦,自己右脚上破烂的袜子挤到脚尖撑成一团,脚尖怎么光滑有水。

原来臭气是从自己的胶鞋里散发出来的,他脸上忽然一热。他环顾四周,好像还没有人闻到,于是立即系紧鞋带,以便被同学闻到,然后认真听老师讲课。

不一会儿,下课铃响了,覃东荣觉得自己轻松了许多。由于操场积水太多，不能做课间操。下课后，覃东荣快步跑到学校西侧的溪沟里，把脚从胶鞋里取出，一股难闻恶臭的气味几乎把他自己熏倒。他马上脱下袜子，先把臭脚放在溪水里彻底清洗干净，再把臭鞋子、臭袜子在清水中搓洗干净，晒在溪沟旁边的树枝上，等稍稍干了，就连忙穿上。这时，他感觉胶鞋不臭了，心里很高兴，便快步跑回教室做起作业来。

中午，看到老师及条件好的学生纷纷去学校食堂吃午饭，而他连早、晚两餐都吃不饱，更不用说有中饭吃了。当火辣辣的夏阳照得师生纷纷在教室避暑，覃东荣却走到学校垃圾堆里看看有没有可写的演草纸、可穿的袜子，或像样的鞋子一类的丢弃物。

覃东荣在垃圾堆里搜寻了半天，只找到几双破袜子和鞋子，拿到溪沟里洗干净，再晒在溪沟的岩石上，然后躲在荫凉处看看书、读读英语。等晾干之后，立即把袜子与鞋子装在备好的布包袱里，回到教室。虽然觉得有点儿饿，但他觉得，只要能念书，饿点儿算什么。放学后，覃东荣把捡来的袜子、鞋子带回家，不仅供自己穿，还供三个弟弟及父母穿。

1959年9月，21岁的覃东荣初中毕业后，以优异的成绩考入了大庸一中高中部。当时高中部只招两个班，覃东荣分到高一（3）班。由于兄弟多，家庭条件差，他每餐只能吃一角的菜。这种菜表面看起来都是油珠，实际上是"跑马油"浮在上面，中间、下面没有油水。这种菜吃后容易饿。晚上12点睡觉，凌晨6点起床。中间虽然只有6个小时，可他怎么也睡不踏实，至少要起床3次小便。

翌年元宵节过后，到开学的日子了。

正月十六，天刚吐鱼肚白，覃东荣草草吃了早饭，背着行李，拖着疲惫的身躯又出发了。他要走70多里山路赶到大庸一中报到。

因天气异常寒冷，路上很少有行人。由于经常吃不饱饭，22岁的他骨瘦如柴！一路上恍恍惚惚，他刚走到茅溪街公路出口，突然感觉心里极不舒服，一阵恶心、呕吐，竟倒在潮湿的公路旁，双手捂着肚子翻来覆去地滚。

天无绝人之路，此时恰好一名青年学生朝这边走来。那青年发现一个衣衫褴褛的男子双手捂着肚子滚来滚去，心里一惊，马上跑上前一看，哦，是老同学覃东荣!原来这个学生叫曹太儒,是覃东荣的同乡,又是覃东荣初中同班同学。他见覃东荣病得挺重,脸色苍白,双手捂着干枯的肚皮,豆大的汗珠从瘦弱的脸上直滚下来。曹太儒扶不动覃东荣,心急如焚地在路上寻人救援。不一会儿,一个三十多岁的中年男子推着板车过来了,曹太儒心里一阵欢喜。中年男子听完曹太儒的讲述后,二话不说,径直推着板车往覃东荣身边跑去。只见高大的中年男子一弯腰就将覃东荣抱上了板车。接着,中年男子拖着板车快步向县城奔去。曹太儒跟在后面跑着,跑着跑着便跟不上了,板车离曹太儒越来越远,那中年男子的身影渐渐消失了……

后来,那中年男子将覃东荣拖到大庸县人民医院,医生了解情况后很受感动,马上对覃东荣进行抢救。当大庸一中高一(3)班的师生闻讯赶来时,覃东荣已好了许多。值班医生对覃东荣的班主任说:"幸亏你的学生被一个拖板车的中年男子送得及时,否则恐怕会有性命之忧!"

覃东荣的班主任率众弟子在医院找了个遍,也没有找到救他学生的那个中年男子。覃东荣情不自禁地流下泪水。这位中年男子拖着板车,往返80多里,做了好事却不留名,不图回报,他的品德是多么高尚啊!

覃东荣暗自发誓:自己要努力学习,多学本领,走向社会后,要像救他的恩人那样多做好事,才是对恩人最好的回报啊。他从此学习更加勤奋、刻苦,成绩一直在全班名列前茅。直到覃东荣参加工作后,他还坚持不懈地寻找这位救他的中年男人,但杳无音信。

覃东荣即将离开这个世界之前,还对他的子女说,他一生中最遗憾的是没有找到救他的那位恩人,希望继续帮他寻找,并反复叮嘱子女,曹太儒老师和那位拖板车的中年男子救了他的命,要永远记住这两个恩人!

第五章
教字铭记执教鞭　心中梦想终实现

　　父亲的苦苦支撑，加上在贵州省体委工作的四叔覃遵众的无偿资助，覃东荣读完了高中。由于家中没办法送他上大学，1962年9月，已满24岁的覃东荣高中毕业后，当上了民办教师。

　　覃东荣任教的第一所学校是在大庸县西郊枫香岗公社西南13千米处的青鱼潭小学。此地位于澧水北岸，校园前有一块冲积平地，因澧水上游黎家滩河里有一对大岩石，极似青鱼，再加之这里雨量充沛，潭中一年四季清澈见底，故当地人把这个地方称为青鱼潭。青鱼潭西依三家馆，东临周家河，南与后坪中山隔河相望，北面是柳竹成林、风景宜人的白露仙山。半山腰有一处像公鸡模样的岩壁，壁缝涌出清凉可口的泉水，一年四季从不断流。泉水蜿蜒而下，流经一个小山包。山包中坐落着三间土房，这就是老大娘罗永九的房子。

　　1962年秋季，大庸县教育科根据青鱼潭人民的要求，开始筹建小学。可村里无资金，一时修不好学校，村民罗永九从小没读过书，看到一些适龄儿童没教室上课，决定将自家的堂屋让给学校做教室。

　　县教育科就派覃东荣到这所小学当民办教师，当时学校只有一间教室，设两个班，即复式班，每班十多个学生，共有三十多个学生。覃东荣虽没读过师范学校，但是天生倔强的他为了提高教学水平，一有空就向同行请教，有时甚至晚上经过周家河、龙盘岗、泗坪，跑到枫香岗中心小学向有经验的老教师请教。一学期结束，他开始渐露头角，教学水平逐步提高，学生都喜欢他上的课，他所教科目不久即名列全乡同年级第一。他教学认真、工作负责、做事踏实、以身作则，很快就得到各级教育主管部门领导及学生家长的好评。

覃东荣的家离青鱼潭小学很远，走近道翻山越岭，要经过教字垭、禹溪、官坪、马儿山、昌溪、漩水林场、白露仙山，至少要走八个小时。一般情况下，他很少回家，有时要隔两个月才回去一次。上班时没有做完的工作，他都要在节假日做完。

经过负责人覃东荣两年的精心管理，青鱼潭小学有很大起色，生源增多，由一个班变成了四个班，附近几个村的孩子纷纷到这里读书。这所小学很快被大庸县教育科评定为"先进工作单位"。1964年5月，由于覃东荣成绩突出，思想积极进步，经邓国凡、陈泽厚的介绍，光荣加入了中国共产主义青年团，同年被评为大庸县"五好青年"、湘西州"最受尊敬的人"。

由于覃东荣在青鱼潭小学教书有了名气，当时他的故乡七家坪小学正缺当家人，上级教育主管部门决定调他回七家坪小学任校长。正在青鱼潭干得热火朝天的覃东荣怎么舍得这里的学生、这里的乡亲和这里的山水？乡亲们听到这个消息后，也舍不得他走。

有的学生家长跑到枫香岗学区找到学区主任，要求把覃校长留下来。学区主任说："这是组织决定的，我们想挽留，也留不住，不能更改啊。"有个八十多岁的老大爷拄着拐杖，和几十个村民来到学校，对覃东荣说："东荣，你是好样的！你是我们的好老师，我们都舍不得你走，我们的孩子离不开你，我们期待你以后还会来这里教书。"

覃东荣被乡亲们的真情所感动，眼含泪水，说："乡亲们，同学们，感谢这两年你们对我工作的支持，以后有机会，我还会回来的！"说罢洒泪而别。村民和学生目送覃东荣进入深山老林，直到看不见他的踪影才依依不舍地返回家里。

回到故里七家坪小学后，覃东荣又全身投入到了教学工作中。学校地处茂谷岭下的半山腰，是一栋四合院木板房，被成片的绿竹青树环抱。从下往上走21台2米宽的石阶，就看到由两扇门组成的大门。门是土红色的，门的顶上成"人"字形，盖的是小青瓦。大门外有一块平塔，东西两边各有1米长、20厘米宽、80厘米高的长方体岩坐凳。走进大门,只见四合院内共有16间房子,四合院中间有块由长方形岩板铺成的宽敞的塔子,塔子东西两边各有一个长方形池塘。池塘的三方抵过道,一方抵塔子,池塘比塔子低50厘米,塘里不仅有水,池塘边还放有阴沟,可把污水排出池外。

四合院内共住着四户人家,西厢房是吴胜群家,靠大门的南厢房是吴明双家,东厢房是吴胜祥家,靠山北厢房是吴莲光家。因为当时的七家坪村还很穷,村里无钱修学校,本村的适龄儿童想读书却无教室,这四户人家便决定各让出一间房作为教室。

由于校舍不够,这所学校开始只招一至五年级5个班。一、二年级1个教室,是复式班,三、四、五年级各一个教室,共有4个老师,一个老师教复式班,其余三个老师各教一个班。

有人说,本大队人调到本大队学校教书会对工作有影响。但覃东荣调到本大队后,他的工作不但没有受到影响,反而做得比以前更出色。

秋季开学的那天,覃东荣精心组织了一场开学典礼。100多个学生整齐有序地坐在四合院中间的平地上,认真听他讲话。覃东荣深情地说:"老师们,同学们,我们虽然现在没有自己的教室,是因为我们的国家刚解放不久,还很穷。但我相信,不久的将来,党和政府会为我们修新教室的,困难是暂时的。我们这所学校是社会主义学校,不是有钱有势人的学校,她是在中国共产党、毛主席的领导下专门为劳苦大众的子女读书识字、培养社会主义劳动者的学校。我们一定不会辜负共产党、毛主席的期望,我们要把这所学校办成有特色、有影响的社会主义学校。"会后,师生都感触极深。

当时因学校条件艰苦,只有供学生上课的教室,却没有供老师办公的办公室,更不用说有老师办公的桌椅。没有办公室,备课批改作业怎么办?覃东荣想到一个办法,他让裁缝给他缝了一个大布袋。放学后,他把自己的教科书、备课本、学生的各科作业装在布袋里,背回家。在家点上煤油灯或枞膏油备课,批改学生的作业直到深夜。第二天凌晨五点起床,煮饭、炒菜,吃饭后早早地来到学校,站在大门外等候每一位师生,然后把学生的作业本放在座位上,要学生及时更正。

就这样，他七年如一日，风雨无阻，天天背着几十斤重的大布袋，来校上课，回家备课改作业。时间长了，他的肩上起了一道深深的痕迹，背偏向一侧，变了形。当地学生及家长亲切地称他为"包袱校长"。

覃东荣对学生在学习上、纪律上都落实一个"严"字。覃东荣不仅要管好自己的班，还要管好全校，因为他是校长。管不严，父之过。教不严，师之惰。覃东荣认为放纵学生，任凭学生自由发展，是对学生不负责。学生现在认为你好，长大以后会埋怨你的。教学生不仅要教知识，更重要的是教学生如何做人。

覃东荣校长表面看起来比较凶，其实他内心是最善良的。他看到班上陈自明、李光银、覃正春等学生因家庭贫困买不起笔、墨、纸、砚、本子等学习用品，他自己省吃俭用给他们买。

覃东荣不仅重视学生的文化成绩，更注重学生的思想品德教育。覃东荣看到本村二组李二婆是个孤寡老人，膝下无儿无女，手脚不方便，生活困难，便发动学生帮她煮饭、洗衣、抬水、砍柴、打扫卫生，深受当地群众的一致好评。

1967年初春的一个星期天，教字垭公社大桥大队大桥生产队安排吴月生与本队社员覃正庚到县城购买春耕用具。中午时分，吴月生与覃正庚肚子饿得咕咕叫，正要进大庸县城最繁华的南门口码头"工农"大客栈吃饭时，恰巧遇到老同学覃东荣。

吴月生便半正经半开玩笑地说："今遇老同学，你又是老师，我俩是农民伯伯，中午你可请我俩吃饭？"

覃东荣笑了笑，说："讲的什么话，都是为人民服务，我请你俩吃顿午饭的钱还是有的，走，进去吧。"

三人进店落座。吃饭先购买餐票，再凭票开餐，购荤购素任自己挑选。为了节省开支，吴月生提议三人各买一盘小菜。菜票买好，哪知送菜的是一位年近六旬的老职工，竟把三盘小菜错送成三盘青椒炒肉片。

覃正庚风趣地说："老师傅，你可以退休了！"

送菜的这位老职工不明其意，答道："我身体还好，还可以再干几年。"

吴月生与覃正庚正要动筷子时，覃东荣着急地说："两位老同学，等一下，这不能吃，这菜要么退回店里，要么加钱。"

吴月生与覃正庚笑而不语，覃东荣说："笑什么，人要穷得新鲜，穷得硬气，必须加钱，否则不吃！"说完覃东荣给客栈找了差价。

客栈老板夸赞覃东荣品行好，这位老职工很感激覃东荣，然后三人安心地吃起来。

同年6月的一天，灿烂的阳光透过木窗射进漆黑的教室，照在学生的脸上。七家坪小学四年级三十多个学生正在聚精会神地听覃东荣上语文课。上到一半时，不料覃东荣的胃病发作，严重得很，疼得他昏倒在地。同学们吓呆了，几个大同学跑上前扯、拉，却怎么都扯不起来，有人吓得跑到教室外大喊"救命啊，救命啊……"房主吴明双及几个附近的村民听到呼救声，急忙跑进教室一看，覃东荣倒在地上，昏迷不醒。几个村民一起用力，才把覃东荣扶到学生的课桌上休息了一会。当时，覃东荣脸色苍白，豆大的汗珠不断地滚落下来。

过了一会儿，他渐渐苏醒了。他第一句话就问："同学们，上课了没有？"村民建议送他到医院检查一下身体，买点药。覃东荣摇摇头，说："谢谢！不要紧，过会儿就好，没事！"说罢，他艰难地站起来，又慢慢地走上讲台，继续给学生上课。

学生们看到覃校长把自己的腹部紧抵讲台吃力地上课，都非常担心。一位同学哭泣着说："覃校长，您病得太厉害了，您休息一下，我们会好好地自习看书的！"

覃东荣忍痛微笑着说："不要紧，不能耽误你们的学习，继续上课吧。"学生都感动得说不出话来，脸上都流下了心疼的泪水。

后来才知道，覃东荣因家庭贫困，兄弟多，经常把饭让给弟弟及儿子吃，饥一餐，饱一餐，营养不良，导致他患上了严重的胃病。

"文化大革命"开始的第二年，即1967年，全国一片混乱。为了争观点，大庸许多地方的革命群众分成了两派，两派闹武斗很快波及七家坪小学。

9月，七家坪小学学生开始闹武斗，学生罢了课，两派人马各自用石头、木棒、小匕首、梭镖等武器严阵以待。

覃东荣气急了，不顾个人安危，在校园内挺身而出，一声厉吼："放下武器，不准打斗！你们要打就打我！"两派的学生头头被覃东荣校长的威严所震慑，放下武器，低下了头。覃东荣和其他老师一起，当场收缴了木棒30根、梭镖10根、小匕首8把、菜刀8把。七家坪小学学生闹武斗的局面，在覃东荣、吴硕六、吴修文、吴明伦等老师的制止下，终于得到了有效控制，从此学生又可以安心地上课读书了。

1969年3月，由于学生数量迅速攀升，为适应贫下中农子女上学的要求，七家坪大队队委会决定将七家坪小学搬迁到七家坪大队部。并由4个班扩展到6个班，办一所完全小学。当时大队部只有3间教室，就租用覃二婆的两间房和吴登化的堂屋做教室，总共6间教室6个班，生源由100多人迅速发展到200多人，附近几个村的学生都纷纷到七家坪小学读书了。

那时，教师的思想政治教育抓得很紧，几乎每个周末学区都要召开中小学负责人会议。当年冬季的一个周末，寒风刺骨。覃东荣与各校校长一起走进会场，坐下来倾听学区领导传达会议精神。

开会不到一刻钟，坐在覃东荣身旁的曹太儒发现覃东荣脸色苍白，两手颤抖，直吐酸水，在长达两个多小时的会议中，曹太儒看到覃东荣边轻声呻吟边坚持记笔记。呻吟声很小，只有紧挨着他坐的曹太儒才听得出来。会上学区主任还肯定了自从覃东荣任七家坪小学校长五年来，七家坪小学在德育、少先队、教育管理、教研教改、教学质量、体卫、夜校等方面所取得的成绩。该校各项工作在全学区、全县都处于领先地位。

会议结束后，只见覃东荣弓着腰艰难地走出来。曹太儒问覃东荣是不是病了，覃东荣说，家里大米很少，他几天没有吃过饭了，今天来开会时，只拿两个冰冷的红薯边走边吃，引起胃病复发，直吐酸水。

曹太儒说："东荣，你脸色不好，我陪你到医院检查一下，买点药，你没钱我这里有。"

覃东荣强装微笑，吃力地说："谢谢！这是老病，不要紧，过几天会慢慢好的。"说完，他忍痛弓着腰，向北七家坪小学走去。

第六章
女童犁田挑重担　志同道合结姻缘

覃东荣调回七家坪小学后，在努力工作的同时，也开始考虑自己的婚姻大事。1964年冬季，有人给他做媒，认识了一个名叫向佐梅的农家女孩，向佐梅是大庸县中湖公社石家峪大队天子堰人。

天子堰坐落在武陵源袁家界风景区的著名景点八仙山西边，位于鸡母娘嘴的半山腰，那里有一个天然生成的堰塘，深不见底，此堰以前叫天自堰。

何谓天自堰？传说很久以前，一个风雨交加的深夜，电闪雷鸣，只见天空中出现一道闪电，随即"嚓嚓"一声巨响，地动山摇，房屋倒塌，鸡母娘嘴与小观音山之间的地带突然下沉，形成了一个方圆百多亩的堰塘，当地人便把它取名为"天自堰"。

据考证，天子堰这一带其实一直是向氏家族居住的地方。因为早在北宋末年，向氏土酋参加钟相、杨幺领导的洞庭湖起义，失败后逃到青崖山（张家界）水绕四门隐居。南宋末年，天下战乱不止，向氏土酋的三个儿子向龙、向虎、向彪都已成年，三兄弟在水绕四门揭竿起义，向军被朝廷的军队打败。所幸的是三兄弟之中的长兄向龙留下一脉，隐居水绕四门。

过了若干年，到明朝初期，靖安土司向氏的儿子向大坤又在袁家界揭竿而起。

向大坤自幼习武，悟性极强而且力大无比，学得一身好武艺，为人重义有计谋。成年后，向大坤听说朱元璋派兵10万攻打覃垕，便来到七年寨决心与覃垕一起战斗。几年后，因覃垕的女婿叛变，覃垕被捉，七年寨被官兵攻下，起义军大败，向大坤化装成道士侥幸逃脱。

洪武十六年（1383），向大坤在袁家界开荒屯垦，积蓄粮草，在矿洞峪炼铁打造兵器，在袁家界下坪松子岗修建天国皇城。向大坤正式宣布建立"天国政权"，自称"向王天子"，高举义旗，附近几个县的穷苦百姓纷纷响应，向朱明王朝宣战。

朱元璋听说九溪蛮的向大坤自称"向王天子"，大怒，立即派重兵前去征剿。两军在三关寺、闸口关相遇。起义军人少抵挡不住明军，明军一路追杀，起义军不得不向青崖山撤退，起义军上袁家界后，在天自堰周围的高山密林里埋伏起来。当明军追杀到鸡母娘嘴的半山腰时，天空突暗，狂风大作，飞沙走石，暴雨如瓢，起义军一鼓作气，从四周冲下，杀声震天，明军溃不成军，纷纷落入万丈深渊的天自堰中，无一生还。

从此，朝廷再也不敢派官兵讨伐九溪蛮，人们在这里一直过着世外桃源的日子，民丰地肥，安居乐业。后来，当地人们为了纪念土家英雄"向王天子"，就把天自堰改名为天子堰。

天子堰一年四季水清塘满，当地人看堰塘里的水太满，怕水满堰崩，便开始寻找水源，发现堰东鸡母娘嘴山中有两股碗口大的水源，源源不断地流入堰中，一股水源从冒水洞流出，另一股水源从牛鼻子洞流出。当地人想封住一个洞口，便用岩石、石灰将牛鼻子洞封住，把水源挡回去。每每失败，水源不仅没有减少，反而还在增加。后来有一位白发苍苍的老者路过听说此事，手抚胡须，大笑道："可以用女人的月经布片堵住。"山民照办，果真奏效。

牛鼻子洞的水源堵住后，堰塘里的水逐年减少。犀牛藏不住了，从堰中飞出，路过大观音山之西双合岩山顶时，留下两个脚印，接着向北方飞去，不知去向。犀牛飞走后，堰中的鲤鱼精耐不住寂寞也飞走了，听说飞到桑植县竹叶坪乡汩湖村的一个阴沟里隐藏起来了。

堰中央还有一株柳树，传说这株柳树为何不会被塘水淹死，反而更生机勃勃，是因为柳树根的下面是莲花穴。每到春夏交季时节，在晴朗的夜晚，堰塘对面大观音山半山腰的山民看到天子堰的上空亮堂堂，像是无数朵莲花竞相开

第六章 女童犁田挑重担 志同道合结姻缘

放，甚感奇怪，便纷纷跑到堰边看个究竟，当时，只见万道光芒相互映射，好看极了！有一位富商路过此地，听说后想以巨资买下莲花穴，以便自己过世后埋在莲花穴里，会福禄永世，子孙满堂，但山民们不答应。

在天子堰之北，有一座郁郁苍苍像青龙似的仙山，当地人把它取名为青龙山。青龙山半山腰的牛栏湾组，住着几十户向氏家族。到向氏延字辈这一代，有一个性格倔强的生产能手名叫向延阁（1921—1990），向氏李桂妹（1026—1967），系教字垭乡香炉山村李家湾人氏。

夫妻俩膝下有二男三女，长女向佐梅（1945—1966），因生在正月，故又名珍妹，天资聪颖、知书达理、贤惠厚道、孝敬父母、勤俭治家。向家世代务农，辛勤耕作，一直过着清贫的生活。向佐梅家境窘迫，几个弟妹需要人照料，向佐梅小学还没读完就含泪回家帮父亲做活，照料弟妹。由于人口多，生活条件差，父亲向延阁劳累过度，不幸患上慢性支气管炎。

1958年初夏，正是高寒山区农忙季节。一天上午，艳阳高照，太阳格外晒人，大地沉闷。正在田坎下割草的向佐梅听到父亲在犁田时咳嗽不止，背驼腰弓，不觉心疼，立即爬上田坎，放下背篓，卷起裤脚，几步走到父亲身边，央求着说："爹，您看您，病得这么厉害，您在树荫下歇会儿，女儿替您犁！"

说罢，向佐梅从父亲手中接过犁，右手掌犁，左手拿着竹条，学着父亲的样子吆喝着，犁起田来。当爹的心疼不已，泪珠滚下说道："女儿，你还小，才13岁，如何拖得动犁，犁得好田？"向佐梅懂事地说："不会慢慢学，爹，您在树荫下歇会儿吧！"父亲没办法，因自己身体不好，只好上岸坐在树荫下，给女儿指点指点。向佐梅年纪虽小，但悟性高，一教便会，不到一年就掌握了犁田、耙田的要领，成为本地有名的耕作能手。

湘西的一方风水，养育着一方土家人。

秀水青山出美人，原住民人家的美，不是仅仅在外貌，更是在心灵。天子堰碧青水绿，清澈见底。周边垂柳倒映塘内，形成一幅优美的山水画。秋夜，是那样宁静、安谧，犹如一幅构图绝妙的油画。在朦胧粉红色的晚霞下，天子堰边，来了一群身材苗条、轮廓优美的妩媚少女。湘西山水，赋予她们美妙的音容。大自然，修炼了她们健美的身段。令人遗憾的是，山区农民供养不起孩子上学深造。尤其是女孩子，能上完小学六年级的就不错了。

老祖宗传下来的"耕读为本"史训，到了20世纪60年代中期，就只剩下"耕"作为本了。所以，山区男孩子将出路放在当兵入伍上，女孩子就指望嫁一个有"米本本"的脱产干部了。

当年，覃东荣虽为人民教师，但其身份却为"民办教师"。这个名词与职业，人们似乎已经忘却。而20世纪60年代，这个职业还是颇能吸引人"眼球"的，26岁的覃东荣，在当时，能当上民办教师，还算是幸运的，加上年轻，有文化，自然赢得了很多山乡少女的青睐。到了1963年，向佐梅已经出落成一个十八岁的少女。她的美，既有天仙般的英姿，又有月光般的灵秀。每当晚霞降临，她从淡红色的光环中走向银灰色的巨石旁，月光从浓郁婆娑的树隙间，流泻到她的身上。她，面山而立，默默凝望着巍巍群山和奔腾变幻的彩云，就像一尊天笔制作的女神雕塑。这样一位美丽能干的土家少女，自然也吸引了众多的仰慕者。

1964年春节过后不久，处于高寒地区的石家峪寒气袭人。西北风"啪啪"地拍打在行人的脸上，行人冷得直打哆嗦。天子堰山顶的积雪很厚，压断了许多树枝，一尺多厚的积雪不怕春阳的照射，仍不融化，坚定地俯视着山下所发生的一切。

湘西这块贫穷落后、精神愚昧的土地虽然解放15年了，但父母包办婚姻的堡垒却丝毫没有动摇。善良可怜的父辈们认为，大人过的桥比子女走的路还要长，父母包办的婚姻不会错，一定能让子女幸福！

经媒人介绍，向延阁欲将长女向佐梅嫁给邻村一户人家。受婚姻自由思潮影响的向佐梅看不上那家青年，誓死不从。为这向佐梅与性格暴躁的父亲闹僵了，父女之间的隔阂越来越深。向佐梅整日忐忑不安、闷闷不乐，乡亲们再也看不到向佐梅往日的笑容了。

千里姻缘一线牵。

向佐梅的堂舅母覃银妹听说外甥女的遭遇后，认为外甥女的做法是对的，新社会了父母不应该包办子女的婚姻，很同情向佐梅的处境，为缓和向佐梅与父亲的关系，覃银妹决定接外甥女到自家住上一段日子。

第六章　女童犁田挑重担　志同道合结姻缘

覃银妹是覃东荣的堂姐，家住张家嘴，与覃东荣家隔河相望。覃东荣的父母早就要侄女覃银妹帮长子物色一个对象。覃银妹与丈夫李启华经过反复衡量，认为覃东荣与向佐梅都是进步青年，志同道合，很般配，便有心撮合他们结成百年之好。

暑假的一天早晨，覃东荣起得很早。红彤彤的太阳从东边朝天观的山顶南侧不远处冉冉升起，映红了东方的那片彩霞。覃银妹要长女李家秀到河对面把大舅覃东荣叫来。

"大舅，我妈要你穿好点，赶紧到我家去。"李家秀说。覃东荣马上意识到，银姐这么急着要他过去肯定是看对象，不知是哪家的姑娘，想着想着，不觉脸红起来，马上打开箱子，取出那件平时舍不得穿的黄衣服，穿上就往银姐家赶。

初秋的茹水河快要断流了，水深不过膝盖。两舅甥卷着裤脚过了河，一路小跑，不到二十分钟就到了张家嘴。覃东荣走到银姐家门口一看，只见堂姐屋里坐着一位剪着学生头、瓜子脸、皮肤白皙、端庄清秀的女孩，正在和银姐说话。覃东荣心想，这位女子就是我今天要看的对象，长得蛮漂亮的。姐夫李启华提着一把椅子要覃东荣在向佐梅的对面坐下。两人的目光对视了一下，向佐梅害羞地低下了头。一会儿，李启华将覃东荣叫到屋外，覃银妹趁机问向佐梅满意不满意，向佐梅不好意思地点点头。李启华从内弟覃东荣那满脸的笑容中知道，覃东荣很满意。覃银妹走出屋外与丈夫嘀咕一阵后，要覃东荣进堂屋与向佐梅好好交流一下。覃银妹留覃东荣吃了早饭，饭后覃东荣回了家。当天下午，向佐梅随堂舅妈覃银妹一起回到久别的家。

第二天，覃东荣买了礼物，请求堂姐夫李启华到向佐梅家说媒去。此时，向佐梅的父亲向延阁怒气未消，在媒人覃银妹夫妇及妻子李桂妹的再三劝说下，答应先到覃东荣家看看再说。

这一年，覃东荣的二弟、三弟正在读初中，四弟正在读小学，家境一贫如洗，饭都没有吃的，更不用说谈婚论嫁了。

覃东荣大伯家的堂兄堂姐早已从永顺师范学校毕业，成了国家教师，家境相对宽裕些。覃东荣的大伯娘杨小妹常常想起自己的丈夫覃遵燧为了人民的解放，27岁就壮烈牺牲了，是二弟与三弟含辛茹苦帮公公把自己的两个幼儿抚养成人。现在三弟家过得相当艰难，大侄儿覃东荣很快要扯家了，就与二弟媳吴大妹商量尽自己最大的努力帮三弟家一把，让三弟把儿媳娶进屋。

扯家的日子定于农历九月十三。

这天是星期天，深秋的阳光照得人暖洋洋的，舒服极了。为了让这次扯家给女方留个好印象，要让覃东荣家提早有个准备，免得到时来个措手不及。

覃银妹把长女李家秀叫到跟前，再三叮嘱："家秀，明天是你堂大舅扯家的日子，但妈很不放心，因你堂大舅家太穷了。我今天下午就去石家峪你梅表姐家。妈给你布置个任务，明天早晨你吃了早饭，站在七家坪坪中间的郭坟包上，你看到我们来了，赶紧跑到你大舅家报个信，好让他家好好准备一下。记住妈妈的衣服，明天妈妈就穿这套衣服，千万要记住，不然你堂大舅的婚事就吹了！"

第二天，李家秀与父亲李启华早早地吃了早饭，过了茹水河，两父女分路了。父亲李启华往西到覃东荣家去，李家秀往北到郭坟包望风去。

郭坟包高5米、方圆20余米，地势较高，向东可看见罗家岗，向西可望到覃东荣堂大舅家。李家秀站在包上目不转睛地望着东方，许久不见母亲、表姐她们来。她想坐下休息，又怕误事，这样对不住堂大舅。她索性踮着脚向东望去，还是看不见母亲与表姐她们的踪影。

她有点儿不耐烦了，跺了跺脚，还是不敢坐下来休息。功夫不负有心人，两个小时后，只见河对岸走过来一男三女。哎哟！前面那个穿着一套青色衣服的很像母亲，中间那个穿着蓝色上衣、青色裤子，剪着学生头的不正是梅表姐吗？母亲与表姐穿的衣服她记得很清楚。李家秀揉了揉眼睛，仔细一瞧，是，果真是妈妈和梅表姐她们！

顿时，她高兴得手舞足蹈起来，马上跑下郭坟包，往西狂奔，边跑边喊："来了，表姐来了，表姐来了！"路上行人看到一个十二三岁的女孩边喊边跑，认为她癫了，李家秀却不管这些，只顾往覃东荣大舅家跑。

听说女方扯家的人快来了，覃东荣家顿时沸腾起来。

人们有的扫地，有的抹桌子，有的抹椅子，有的挑水，有的烧茶……真是忙而不乱！覃东荣的大伯娘杨小妹拿着一套自己平时舍不得穿的青色新衣服，一跑进覃东荣家就说："幺妹，快换上这套衣服，你身上那套补丁衣怎么见你亲家！大妹，你快帮幺妹换上。三弟，快带上侄儿跟我来，把我家的米、腊肉、鸡蛋、红糖拿来！"

一会儿，不知怎么回事，众人哈哈大笑起来，覃东荣循着众人的目光看去，原来笑的是自己的母亲。母亲显得很不自然，身上的这套青色的新衣太小了，把身体箍得紧紧的。母亲的身材要比大伯娘高大得多，难怪母亲穿上大伯娘的那套新衣服显得这么尴尬！

在众人的大笑中，女方来扯家的向佐梅及其父母三人，在媒人覃银妹的陪同下已来到覃东荣家。

男女双方落座后，媒人覃银妹把男女双方一一作了介绍。覃东荣按照风俗给女方三人及媒人两夫妇敬献了蛋茶。茶毕，向佐梅的父母站起来，在屋里看了看，向延阁打开米坛一看，米是满的，然后女方三人同媒人覃银妹夫妇到房屋周围看了看。

向父向延阁说："好是好，就是屋太窄，四兄弟只有两间房怎么住？"

"没有房子，只要人不懒，勤劳肯干，可以修嘛！"向母李桂妹说。

九月间还有腊肉吃，这在当时还是相当不错的，这次扯家，女方总的来说还是满意的。顾全大局的覃东荣大伯娘，在侄儿这次扯家中无偿贡献了一坛子米、一块腊肉、三十多个鸡蛋、一包红糖，为覃东荣家赢回了脸面。从此，杨小妹、吴大妹、吴幺妹三妯娌患难与共，精诚团结，在当地传为佳话。

覃东荣与向佐梅恋爱，没有浪漫的罗曼史。他俩的恋爱，在互相帮助下萌芽，在比学赶帮中迸出爱的火花。覃东荣家中贫穷，向佐梅就经常到覃东荣家帮忙。向佐梅学习基础差，覃东荣便主动抽出时间，帮助向佐梅补习文化。两颗年轻的心越靠越近，终于迸撞出爱情的火花。

43天后的农历十月二十六，恰好又是一个星期天。乡亲们为覃东荣和向佐梅举行了简短而隆重的婚礼。

这天，新郎覃东荣穿的还是那套平时舍不得穿的黄衣服，新娘向佐梅穿的仍然是那套蓝色的上衣、青色的裤子。迎亲队伍从凌晨五点打着火把走起，一直走到正午，步行60多里，将新娘从石家峪迎娶到覃东荣家。

司仪吴文圭要新郎新娘拜堂，覃东荣说："新社会了，还拜什么堂！"说完走在新娘后面径直进入洞房。这次婚礼，覃东荣办了12桌，总共用了6斤肉！参加婚礼的人中，有一半是覃东荣的学生。乡亲们虽没吃着喜糖，但乡亲们的心里是甜的；乡亲们吃的虽然是萝卜饭，没有油水的菜，但乡亲们认为这顿饭是世上最美的佳肴。

深夜，乡亲们不想耽误覃东荣老师的睡眠，因他明天还要给他们的孩子上课，所以都纷纷走了。

第七章
儿生六天妻仙逝　痛失爱妻抚婴儿

　　向佐梅嫁到覃家后，看到丈夫覃东荣与二弟覃正柏都在教书，三弟覃正贤、四弟覃正毛正在读书。家中农活只有公公覃服周一个人忙，实在忙不过来。公公年纪大了，又身患前列腺炎，吃不消，向佐梅要公公干点轻松活，自己犁田、耙田。邻居纷纷夸奖说："覃家真有福气，得到这样一个好儿媳，不仅绣得一手好针线，还会犁田，干得起男人的活！"

　　第二年春季，覃东荣不幸患上重病，不得不住院一个星期。为了不耽误丈夫教课，从来没有上过讲台的向佐梅硬着头皮走进教室给学生们上课。

　　说来也怪，学生都很喜欢听她上课。放学后，学生李家友对母亲说："妈妈，我们班今天来了一个新老师，姓向，讲课好懂，声音好听，我们都很喜欢她！"山区女孩自幼聪慧，心灵手巧，连上讲台教书，也一学便会。这样的事，在讲文凭，凭职称工作的今天是很难想象的。覃东荣在向佐梅的关心下，很快恢复了健康，重上讲台。向佐梅内外操持，使覃家变了样。男耕女织，日子虽不富裕，但也十分温馨、和谐。

　　夫妻恩爱，相敬如宾。两年后，1966年农历六月十八，晴空万里，炙热的太阳暴射着大地，好像太阳快要落下来似的，酷热难当，过一会，又雷声阵阵。

　　就在这一天，一个胖乎乎的男婴诞生了。当地人说，天子堰也有发怒的时候。据山民祖辈传说，凡是大灾之年，或者有人得罪了天庭，天子堰就翻洪水,大晴天会突然电闪雷鸣。

"天有不测风云,人有旦夕祸福",老天专门捉弄那些苦命人!

果然,就在这个男婴出世第六天,覃氏家族的族长及族中有学问的长者纷纷云集覃东荣家,正在给婴儿起名,筹备送祝礼事宜时,灾难突然降临到勤劳朴实的覃东荣妻子向佐梅身上。

这天中午,正在月子中的向佐梅突发高烧不退。午时的烈日炽热难耐,猛烈地肆虐着大地,乡亲们冒着酷暑急忙把向佐梅抬到教字垭中医院抢救。

当时的医疗条件是那样简陋!

医生的专业技术是那样低劣!

接诊的那位医生说要迅速降温,必须用冷水擦抹身子。谁知擦抹不到半个小时,向佐梅体温急剧上升,口吐白沫,心脏停止了跳动,肚子胀得鼓鼓的,竟然告别了出世仅仅6天的骨肉!

这一噩耗犹如晴天霹雳,但斯文理智的覃东荣没有为难那位医生,只是暗恨自己当时没有照顾好爱妻,心存愧疚。

此时,晴朗的天空突然变脸,电闪雷鸣,下起了暴雨。

那时人民的生活都相当艰苦,一贫如洗的覃东荣家,又如何拿得出钱买棺材?

正当覃东荣一家人欲哭无泪、焦急万分时,本生产队好心人李尚志看在眼里、急在心上,由他作担保,连夜带人将他岳母的棺材借来,乡亲们与七家坪小学的师生含泪将向佐梅安葬。

面对出世只有6天就失去亲生母亲的婴儿,覃东荣悲痛欲绝,在屋南那株千年桂花树下铺上凉席大哭了7天7夜,茶水不进,几次昏死过去。他曾想一头撞死与爱妻同扑阴曹地府,但看到旁边饿得"哇哇"直哭的可怜婴儿,他的心软了,下不了决心,"我死了婴儿怎么办?"

乡亲们看到此情景,不由纷纷落泪。众人纷纷劝他:"覃校长,人死不能复生,节哀顺变吧,好好地把你们的骨肉抚养成人,这样才对得起你那命苦的贤妻!"于是,覃东荣接受大家的劝说,打消了轻生的念头。

婴儿的外婆李桂妹得知长女向佐梅过世的噩耗后,昏倒在地,痛不欲生。

第七章　儿生六天妻仙逝　痛失爱妻抚婴儿

她听说外孙骨瘦如柴，立即叫人把外孙抱来喂养。由于外婆的次子向佐顺只比外甥大半岁，两舅甥一人一个奶。当时向家也很贫穷，饭都吃不饱，营养跟不上，一个幼儿都喂不饱，怎能同时喂饱两个幼儿呢？

覃东荣听说后，只好派人把婴儿接回家。为了把婴儿抚养大，覃东荣东借西凑每月筹20元请奶妈，自己却吃不上，穿不好，婴儿慢慢长胖了，覃东荣却渐渐消瘦了……

外婆李桂妹因思念苦命的长女和可怜的外孙心切，忧郁成疾，在长女去世不到一年三个月，含泪告别了人间。

前后不到一年三个月，相继失去两个亲人，对覃东荣的打击太大了。为了纪念婴儿的母亲向佐梅及外婆李桂妹，覃氏族人给这个婴儿取名为覃梅元。

对于一个贫困农民家庭，每月拿20元钱请奶妈谈何容易！

覃梅元半岁时，覃东荣不得不把他从奶妈家接回。由于突然断奶，覃梅元在竹窝里饿得啼哭不止，奶奶吴幺妹心疼不已，不禁老泪纵横。

当时没有像现在这样有营养丰富的奶粉、米糊，只有靠人工磨出来的粗米糊喂养度日。奶奶一日三餐给长孙擂米糊糊吃，不知磨了多少餐，磨了多少米，熬了多少个夜晚，就连擂米糊用的菜刀把子都磨得只剩下半截了！

一年后，覃梅元能吃点饭了。当时家里太穷，全家7口人，可以说一年没有吃上几餐像样的大米饭。每餐锅中放半锅水，水烧开后，倒下半升米，等米煮开花熟了，奶奶为让这个没娘的孙儿吃得好一些，用锅铲在本来米饭就不多的半锅沸水中舀出一平碗饭，而后在很少能见米饭的半锅沸水中放入洗干净的杂粮或野菜，再用锅铲搅拌均匀，放下盐，这就是大人们的伙食。

开餐时，覃梅元面前摆的是一碗白米饭，而爷爷、奶奶、父亲、二叔、三叔、四叔吃的都是稀得能照出人影的杂粮或野菜汤！四叔看到侄儿的这碗白米饭，馋得直流口水。

娘去世后，哪有孩子不缠自己的亲爹？哪有自己的亲爹不想多抱几次自己的骨肉？可是覃东荣以工作为重，婴儿一岁能吃点饭后，就一直由奶奶吴幺妹喂养着，他把全部精力又都投到教学工作中去了。

每天早上，覃东荣要去学校上课，孩子追赶着大哭，吵着要爹爹抱，覃东荣只好忍心含泪离去。当时罩东荣身穿蓝色的对胸衬衫，孩子吵着要奶奶抱到岩槽门外找爹爹。只要一看到有人穿蓝色的衣服，孩子以为是爹爹就追赶着大哭。

"我要爹爹，我要爹爹抱。"

奶奶吴幺妹实在拗不过，哭泣着说："孩子，他不是你爹爹，不是你爹爹，你爹正在学校上课呢！"

孩子就是不听，哭得更厉害。祖孙俩哭成一团，奶奶吴幺妹只好坐在岩槽门外，向北望着七家坪小学，盼望儿子早点归来。

第八章
徒手建校感乡村　　有饭同享济同事

1971年1月，大庸县教育组看到覃东荣绩效突出、为人正直，正式录用他为国家公办教师。

同年3月，组织上将他调到兴隆公社宋柳小学任校长。翌年7月，经叔伯幺妈石家勋介绍，覃东荣认识了比他小13岁的农家姑娘伍友妹。

伍友妹父母都是农民，母亲有病，上有一哥哥、一个姐姐，家庭也比较贫困。伍友妹身高只有一米五，心地却很善良。覃东荣认识她后，两人相互了解了一段时间，彼此都感到比较满意。他们在众亲友的祝福声中，结成了姻缘。婚后，伍友妹积极支持丈夫的工作，所有的家务活全包了。

1972年8月，兴隆公社学区决定，派一名有工作经验、管理有方的老师到本学区最偏僻、条件最艰苦的甘溪峪小学任负责人。政治学习讨论中，正在宋柳小学担任校长的覃东荣毛遂自荐，自愿去甘溪峪小学工作，伍友妹也很支持他，组织上于是答允了他的请求。

甘溪峪小学坐落在武陵源核心景区的朝天观山下的峡谷中。有谚语曰："大庸有个朝天观，山尖伸到天里面。"可见朝天观的高险。朝天观山顶呈阶梯形，地势不平坦，却很开阔，方圆数百亩。朝天观最高海拔1246米，东、南、北三面连山，西面是800米的悬崖峭壁。站在山顶，俯视山下，有一览众山小的感觉。极目远望，向东可望及武陵源城区，武陵源核心景区的黄石寨、夫妻岩、三姊妹、袁家界等景点尽收眼底；向西可看到一块狭长的冲积平原镶嵌在群山环抱之间，弯弯曲曲的茹水河向南流去。密密麻麻的农舍一堆堆、一簇簇，犹如春蚕杂乱地贴在桑叶上。夕阳西下，晚霞映照在山岗上，格外美丽。

朝天观山顶有一座寺庙，面积约3000平方米，始建于汉明帝时期。方圆数百千米以内及附近三县交界地的乡民，常常前来烧香拜佛，络绎不绝。但到后来，处在深闺中的朝天观寺庙还是逃不脱劫难，遭到严重破坏。

如今，寺庙的大体轮廓依稀可见，由三块大石条组成的寺庙大门、近十块功德碑挺立在山顶，四周用石条砌成的墙脚盘亘在山峰上。从石门走进去，转过几道弯，在庙宇的正中，会见到一间由附近热心香民搭建的茅草屋。解救人间疾苦的观音菩萨坐北朝南，茅屋内，香、纸、蜡应有尽有。烧香祈祷后，施主可自留香纸钱。朝天观上蜜蜂采蜜的蜂桶几十个，蜂糖绝对正宗，游客来朝天观祭祀观音菩萨后，都会买几斤蜂糖带回家。

本地人想弘扬宗教文化，搞活当地旅游，几家开发商有意向把寺庙照原样建造起来，想修建一条从甘溪峪小学直通朝天观山顶的观光索道。

朝天观下，山青岩陡，宏伟壮观。

树木葱郁的半山腰有一处岩壁，岩壁缝隙中有一股碗口大小的泉水直泻而下，流经朝天观山脚时汇成清澈见底的小溪。此溪无论怎样天旱，从不断流，水质甘甜，遂取名甘溪，甘溪流经由两个包组成的峪，故当地人把此地取名为"甘溪峪"。

覃东荣第一次来到甘溪峪小学，看到校舍破烂不堪。窗户是通的，用岩石砌成的墙面高低不平，四周还有很多洞，站在教室里往上看，能看到许多亮点，稀稀疏疏的瓦片让人心寒！下雨天则"外面大落，屋里小落，外面不落，屋里还在落"。覃东荣看后心里很难过，不觉眼眶湿润。为了学生的安全着想，覃东荣立志改变这一状况，为师生建一所舒适安全的校园。

9月1日，在开学典礼上，覃东荣深情地说："老师们、同学们，只要我们自己的心没有破裂，校舍破点不要紧。我们要自力更生，发扬愚公移山、艰苦奋斗的精神。愚公一家人能把一座山挑平，我们有200多名师生，难道就比不上一个愚公吗？要修教室，要沙、要石头，我们的甘溪河里有的是。我相信，只要我们大家齐心协力，上级领导会关心我们的，我们会有新教学楼的。"

第八章　徒手建校感乡村　有饭同享济同事

随后，覃东荣打报告，四处寻求资金。他带领崔业英、向绪华、赵如秋、吴国祥、杨贤周、赵兴佳、伍国清等老师，利用中午、放学后和有月光的夜晚，在溪里挑沙、运岩。

一个烈日当空的中午，天气炎热，大地像火烤似的。瘦弱的覃东荣校长挑着一担沙上坡时，脚一滑，跌倒在地，沙撒落一半，扭伤了腰。但他还是吃力地站起来，忍着剧痛挑着半担沙，仍一步一步地往前走着。

这一幕恰好被一个六年级学生看见了。他很感动，立即跑到校长面前，深情地说："覃校长，您受伤了，不要再挑了，您歇会儿，我来帮您挑！"说罢，他把覃校长的担子抢了过去。覃东荣说："孩子，要小心，慢些走！"

附近的乡亲被老师们的精神所感化，都纷纷加入到挑沙运岩的队伍中来，这些举动感动了上级领导，在兴隆公社、甘溪峪大队以及各级教育主管部门的支持下，几个月后一栋两层8间砖石结构的教学楼竣工了，师生们终于可以在宽敞明亮的教室里上课了。

覃东荣担任校长的32年间，他有一句名言，叫做"善政不如善教"。他不仅关爱学生，更关心他的同事，"有福同享，有苦共当"是覃东荣经常说的一句话。

早在困难时期，覃东荣就具备了关爱他人胜过自己的秉性。

甘溪峪大队民办教师赵如秋每月只有5元津贴，他家人口多，父母年老体弱，疾病缠身，三个弟妹又小，生活过得很艰难。赵如秋只好每天带红薯到学校当正餐。

看到赵如秋天天带煮熟的红薯到学校当早、中餐，覃东荣急在心中。一天午餐时，他把赵如秋老师叫到自己的房间，问明情况后，说："小赵，天天吃红薯怎么行？从现在起，你吃我的饭，我吃你的红薯。"

赵如秋眼含泪水，哽咽着说："覃校长，那怎么行？你家也困难，一家六口人全靠你那点微薄的工资，负担也很重。你自己也经常吃不饱饭，我还年轻，挺得住！"

覃东荣心疼地说："一个人天天吃红薯怎么行？我怎忍心看见你天天吃红薯当正餐？小赵，来，我们两人分吃这四两饭，吃不饱，再吃你的红薯，咱们互补。"

　　此时赵如秋泪如雨下，感动得说不出话来。覃东荣端着四两饭走过来，将自己碗中的大部分饭拨入赵如秋的碗中。覃东荣说："小赵，别哭，男子汉大丈夫，有泪不轻弹，吃吧，不要想那么多！我的饭就是你的饭，只要我有一口饭吃，就绝不让你一个人吃红薯。困难是暂时的，我们共同渡过这个难关。我相信，日子会一天天好起来的！"

　　就这样，覃东荣两年如一日，在饥饿难忍的情况下，每餐都会把自己的四两饭分一半给赵如秋，使他度过了困难时期，安心地教学。赵如秋老师不负他的期望，教学水平不断提高，成了甘溪峪小学的一名教学能手。

第九章
危难之中救学生　终生致残终不悔

覃东荣从小就在茹水河边长大，没少和河水打交道。他有一身游泳的本领，常常派上用场。参加教育工作以来，他在老家七家坪小学和兴隆公社甘溪峪小学教书期间，就曾舍生忘死，两次救过溺水的学生。

第一次救学生是在望军岩山下的扒龙潭里。那地方位于七家坪、竹园坪、张家嘴三地的交界处，此潭是茹水河中最大、最深的。说它大呢，几百人同时在潭中洗澡、游泳都显得很宽敞，不拥挤；说它深呢，潭水深不见底，没有一个人能一口气钻到潭底抓把沙子上来。即使六月，无论外面怎样热，潭底的水却冰冷刺骨，人钻到潭中过半时还是抵御不住冰冷的寒气，不得不返回水面。

遇到天大旱，三个大队各组织抽水机从此潭中抽水灌溉各自的良田。无论抽多久，当潭中的水下降3米，直到一对极像棺材的石盖子出现后，水面就不会再降了。有人不信，在岸边做了记号，加了几台大型抽水机，几天后，水面还是不动。到底是什么原因？直到现在还是个谜。当地的百姓都称扒龙潭是一个"救命潭"。

1969年8月25日，星期天，午时的太阳炙烤着大地，酷热难耐。几个小孩就跑到扒龙潭洗澡降温。刚跳下水的吴胜发同学，突然抽搐，挣扎了几下直沉水底，年纪小的伙伴站在岸上身如筛糠，哆嗦不已，年纪大的伙伴就大声呼救："救命啦，救命啦！有人沉到水里了，快来人哪！"

此时，从教字垭学区报到回家的覃东荣正路过此地，听到呼救声后，飞快地跑到岸边，来不及多想，奋不顾身地跳入潭中，几经努力抓住吴胜发，将他托出水面后，随即向岸边奋力游去。

覃东荣把吴胜发抱到阴凉处，只见吴胜发脸色惨白，肚子胀得鼓鼓的。本已疲惫不堪的覃东荣来不及休息，立即把他肚里的水倒出，再给他做人工呼吸。覃东荣忙了半天，只听"哇"的一声，一口污水吐出，吴胜发终于哭出了声。吴胜发同学得救了，早已筋疲力尽的覃东荣脸上这才露出了笑容，才用右手擦去脸上的汗水。

当天下午，吴胜发的父母领着儿子，带着礼物来到覃东荣家。吴胜发的母亲哭着说："覃校长，如果不是您舍命相救，我家胜发可能已不在人世了，您的大恩大德，我们永世不忘，这点儿东西您就收下吧！"

覃东荣摸着吴胜发同学的头，对胜发的母亲说："胜发是我的学生，学生有危险，抢救学生是我们老师应该做的。若当时我不在场，遇上别人，别人也会伸出援助之手的！请你把东西提回去，胜发的身体还很虚弱，正需要营养，好好给他补补！"

覃东荣坚持不要道谢，更不肯收礼，吴胜发的父母只好千恩万谢地把礼物又提了回去。

覃东荣第二次救学生是在甘溪峪大队的土门潭里。

那是1973年5月10日，这天早晨，大雾笼罩着崇山峻岭，天气异常燥热。时任甘溪峪小学校长的覃东荣披着晨雾，巡视校舍。晌午，老天变脸，突然乌云翻滚，电闪雷鸣，飞沙走石，瓢泼似的暴雨倾盆而下。

由于山区沟多雨急，不到4个小时，山洪暴发。甘溪峪小学前那条弯弯曲曲的小河，似骏马脱缰，蛟龙出海。它震怒了，咆哮着，发出惊吓的怒吼。此时，围困在学校的学生，必须马上转移，然而，学校西南方200米处的土门潭岩槽，系转移学生的咽喉，潭上唯一可以通过的仅一座一尺五寸宽的独木桥，桥下是三丈多高、黑不见底的洪流。由于久雨不晴，桥面长出一层薄薄的青苔。怎么办？大家看着校长覃东荣。雨，越下越猛，丝毫没有停下来的趋势。学生如果继续困在学校，一旦天黑屋垮，后果将会不堪设想。覃东荣与老师们紧急磋商后，当机立断，决定各班提前放学，护送学生转移。

第九章　危难之中救学生　终生致残终不悔

这个山村小学,共有七名老师,只有覃东荣一个公办教师。覃东荣将另外五名老师护送学生的路线安排好后,对赵如秋说:"小赵,我们两人护送学生从独木桥上转移。"于是赵如秋老师在前面带队,覃东荣断后。学生队伍像一条水龙似的离校转移。

其时,土门潭已浊浪排空。呼啸的山洪疯狂"扬威",大有风雨压来山欲倒的架势。潭下,水流湍急。过桥人若稍有闪失,便会跌入无情的洪水。

突然,六年级学生杨贤金一个趔趄,从独木桥上不慎脚一滑,掉到了离桥三丈多高的土门潭中。潭中的水是漩涡水,时令虽值初夏,洪水却冰冷刺骨。四周岩石突兀狰狞。同学们被这一幕情景吓得呆如木鸡,有的都吓哭了。在前面带路的赵如秋老师更是急得团团转,他就一个劲地大声疾呼:"救命哪!救命哪!有人掉到潭里去了,快来人呀!"

覃东荣听到呼救声,飞速跑到桥边。只见跌落在潭水中的学生杨贤金正在汹涌的漩涡中挣扎,渐渐下沉。救人紧急,刻不容缓!说时迟,那时快,只听"咚"的一声,覃东荣来不及脱衣,猛一下从三丈多高的独木桥上,纵身跳入滚滚洪流。当时赵如秋老师及岸上的学生吓了一跳,浑身哆嗦不止,都替覃东荣校长捏着一把汗,大家紧紧地注视着土门潭中正在挣扎的师生俩。

洪水打着漩涡,泛起汹涌的浪花。覃东荣在土门潭漩涡中旋转,他使尽了浑身力气,可无论怎样游,都不能游到杨贤金的身边。于是,他咬紧牙关,借助漩涡的力量,拼命地向杨贤金靠近,想尽力抓住正在挣扎的学生。几经努力,覃东荣总算抓到了杨贤金,心里一阵欢喜,使劲将他托出水面,然而,一排洪浪打来,两人又被洪水淹没。覃东荣在与滔滔的洪水搏斗中,左腿不幸撞击在乱石上,钻心般疼痛,削弱了他的力量。可他强忍剧痛,一手托着学生,一手拼命向岸边划游。

这时洪水仍在上涨,两人被湍湍激流冲向下游100米处,覃东荣已是筋疲力尽。岸上的学生齐声大喊:"不好,覃校长与杨贤金被洪水冲走了,快来人啊!"在这千钧一发的时刻,赵如秋老师和闻讯赶来的几位会水的村民迅速跳下河,合力把两人打救上岸。此时,覃东荣因左腿伤势过重,失血过多,已面呈土色,但他的左手仍然死死地抓住杨贤金的右手。

覃东荣因舍命救学生杨贤金，左腿骨折。被救学生杨贤金吃了半肚子的水，水被倒出来后，经过人工呼吸渐渐苏醒，脱离了危险。当他的母亲赶来时，看到儿子安然无恙，而恩人覃东荣光着脚躺在地上，已是气息奄奄，不禁抱着儿子跪在覃东荣面前，失声痛哭："覃校长啊，覃校长，您拼着性命把贤金从洪水中抢救上来，自己却搞成这样，这么大的洪水，谁敢救！您要是被洪水冲走，该如何是好？您一家五口谁来照顾？叫我们如何安心哟？"

为了师德，为了抢救落水学生，正值"而立"盛年的覃东荣失去了一条腿，沦为终身残疾。从此，他只好以拐杖为伴，人们亲切地称他为"拐杖校长"，但他无怨无悔。

一星期后，杨贤金的妈妈领着儿子提着几十个鸡蛋和一双新凉鞋来到学校。杨母对覃东荣说："覃校长，您为了救我家贤金，左腿骨折，您的一双凉鞋被洪水卷走了。这几个鸡蛋您补补身子，这双凉鞋，您就收下吧！"

"这些鸡蛋，您还是提回家，让您家贤金补补身子，他身体虚弱，惊吓过度，更需要营养。我已托人买了一双凉鞋，这双凉鞋就算是我送给贤金他爸的吧！"覃东荣边说边指着自己的脚。覃东荣硬是不收，贤金的母亲只好含泪把鸡蛋和凉鞋提回家。

第二年正月的一天，杨贤金的父母再次领着儿子杨贤金来到覃东荣家。杨贤金的父亲哽咽着说："覃校长，我们这个孩子的命是您舍命换来的，为了救他，您才35岁却挂上了拐杖，您就让贤金认您为干爹吧！"说罢，就让贤金跪下，认覃东荣为干爹。

覃东荣拄着拐杖急步上前，把贤金拉起来说："孩子，别这样，快起来，坐到椅子上。学生有危险，抢救学生，是我们做老师的天职！假如那天，我没有把您家贤金救起来的话，我愧为人师，愧为校长，我哪里有脸面去见乡亲们？请不要这样，每一个学生都是我的孩子！"

覃东荣这次舍己救人的事迹，很快在甘溪峪大队广为传颂。不久，中央媒体的一位记者，听说此事后，曾千里迢迢前来采访。但覃东荣把名利看得很淡泊，他对记者说："作为一名教师，师德是第一位的，抢救学生，是实施师德的具体行动，是应该的。一个真正的人民教师，图的是卓有成效的行动，而不是功名利禄。我抢救杨贤金同学,是我分内的事,无论谁碰上,都会这样做。所以,我不希望自己应该做的事,让媒体来宣扬,请你谅解吧!"覃东荣的一番肺腑之言,把热心的记者深深地感动了,为尊重他的意愿,这位记者就放弃了这次采访。

  1974年正月,覃东荣的妻子伍友妹来到甘溪峪小学,照顾残疾丈夫的生活,做一些力所能及的事,为丈夫分忧。1975年农历四月初五,覃东荣的次子出世,乡亲们来到学校看望婴儿,胖乎乎的,非常可爱,老支书有文化,为孩儿取名为覃峪生,覃东荣夫妻也特别高兴。

第十章
培养幼子凝毅力　　跪悼慈母泪长流

　　自从覃东荣两次舍己救人的事迹传开之后，当地的人们更加爱戴他、崇敬他。寒冬腊月，杀年猪了，乡亲们到学校排着队，想要接覃东荣校长去吃饭，以表谢意。覃东荣多次婉言谢绝，实在拗不过，吃饭以后也会留下几元钱，这就是覃东荣做人的原则，不然他心里会不安的。

　　1976年，"文化大革命"的最后一年，对中国人民来说，这是极不平凡的一年。因为这一年中国上空乌云密布，三颗巨星坠落，相继失去了周恩来、朱德、毛泽东三大伟人。全党、全军、全国各族人民沉浸在一片悲哀之中。

　　对老一辈无产阶级革命家充满阶级感情的覃东荣悲痛欲绝，在沉痛悼念伟大领袖毛主席的追悼大会上，覃东荣悲哀地说："老师们，同学们，没有共产党，就没有新中国；没有毛主席领导的人民军队打败蒋家王朝，我们这些穷人的孩子就不可能进学堂读书识字。毛主席的逝世，是我们中华民族的巨大损失，也是全世界人民大团结的巨大损失！现在，我们要化悲痛为力量，更要用实际行动来抓好教育工作，以此来报答他老人家！"

　　覃东荣是这样说的，也是这样做的。为了增加学校收入，购买更多的教学用具，他主持会议决定，烧炭搞勤工俭学。老师们看到覃东荣的腿不方便，就说："覃校长，砍柴烧炭的事交给我们，你就别去了。"

　　放心不下的覃东荣还是拄着拐杖，坚持同老师们一起去朝天观的半山腰砍柴烧炭。

第十章 培养幼子凝毅力 跪悼慈母泪长流

10月7日放学后，正在炭窑边锯柴的覃东荣躲闪不及，不幸被滚下的大檀木打翻在地。几名老师将他扶起来，覃东荣脸色苍白，右手摸着腰，疼痛不已，但他咬紧牙关，不哼不叫。老师们立即将他背回学校，想送他去兴隆医院住院。可覃东荣连连摆手，说："谢谢！住院要花钱，就不必了，过几天就会好的。"随后，覃东荣暗自托人去兴隆医院抓几服解疼的中药煎着喝，从不向上级反映情况，报销一分钱医药费。

1975年9月，覃东荣的长子覃梅元已满9岁，该读四年级了，覃东荣为了培养他的独立生活能力，想辅导他的功课，决定把他带在身边。从覃东荣家到甘溪峪小学走近道要翻几座山，穿过茂密的树林，成人步行至少要3个小时。甘溪峪小学8名教师除覃东荣、伍国清是公办教师外，其余6人都是本大队的民办教师。在开学工作会议上，覃东荣宣布，他自己星期天晚上必须赶到学校上班、守校，其余老师可以星期一早晨赶到学校吃早餐。

作为学校负责人，到学区开会的日子很多。深秋的一个星期天的下午，覃东荣与家人早早地吃过晚饭，就拄着拐杖与长子覃梅元一起上路了。

过了茹水河，半小时后到了罗家岗。覃东荣要去兴隆学区开会，孩子要到甘溪峪小学去。两父子该分路了，覃东荣叮嘱覃梅元路上要小心，多长些心眼，要勇敢，不要害怕，手里的木棍千万不能丢！这根木棍是覃梅元的爷爷覃服周专门为长孙准备的，一米长，坚硬无比，是檀木材料制作的，光滑圆溜，很适合小孩子使用。覃梅元紧握木棍，背着书包，目送父亲拄着拐杖沿公路往北一瘸一拐地走去。望着父亲高瘦的身影，覃梅元从内心更加敬佩父亲，认为父亲是一个对工作极端负责任的人。

覃梅元很不情愿地拿着木棍，一个人走在通往甘溪峪小学的山路上，翻过一道山坡，来到水渠上，随后经过枞榔峪水库，进入深山老林。一个9岁的孩子在荒无人烟而且有野兽出没的森林里行走，确实让人放心不下！

夕阳通过树叶射入茂盛的树林，小鸟在树枝上尽情地欢唱，路旁的蟋蟀叫个不停。突然，听到"噗"的一声，不知什么东西从覃梅元的身边飞起，把他吓得一大跳，出了一身冷汗。

覃梅元收住脚，凝神屏气，本能地抡起木棍往前打去，没打着什么东西，环顾四周，哦，原来是一只野鸡停在枞树枝上。覃梅元听奶奶吴幺妹说过，走山路、夜路唱唱歌，解开纽扣，可以壮胆，随即他就唱起"向前，向前，向前，我们的队伍向太阳……"这首歌，唱着唱着，唱出了威风，唱出了勇气，胆子果然大了，镇静了许多，他精神抖擞地拿着木棍，威风无比。前面山尖上的几头野猪，听到覃梅元那雄赳赳高昂的歌声，不敢过来，远远地避开了。

覃梅元翻过几道山梁，看到了一片农舍，狗叫鸡飞，心里舒坦了许多，压在心里的石头终于掉了下来。傍晚8点，他到了学校，拿出钥匙打开房门，烧水洗脚。正洗时，一位姓崔的女老师走进房间。崔老师五十多岁，长脸，直直的鼻梁，一对炯炯有神的眼睛，头发披着，身穿蓝色的上衣，黑色的裤子，脚穿一双布鞋，是甘溪峪小学老师中年纪最大的一个。她爱人是大队的秘书，家里有电话，正是因为覃东荣在兴隆学区打电话给崔老师，拜托她到学校照看一下他儿子，他今晚开会很晚，回不了学校，在兴隆学区住下了，所以崔老师才专门来找覃梅元。崔老师温和地说："梅元，你年纪小，晚上一个人睡在学校，你爸不放心，要我给你搭伴。"

覃梅元说："谢谢您！崔老师，我不怕，您回家吧。"

第二天清早，老师们陆续来到学校吃早餐时，知道了这件事，都纷纷责怪覃东荣说："覃校长，我们什么都佩服您，唯独这件事我们对您有意见，你让你长子独自一人穿过深山老林到学校来，这就是您的不是了。他只有9岁，山上有野兽出没，一个大人在荒无人烟的森林里行走都很害怕，更何况一个儿童！您就不担心？"

覃东荣说："谁不心疼自己的孩子？没办法，开会总不能把小孩带在身边，这样对开会会有影响。孩子从小要培养胆量，培养独立生活的能力，长大后才能成为对社会对国家有用的人。"

老师们说："原来是这样，覃校长，我们错怪你了。既然是这样，你怎么不早说？凡是星期天你要去学区开会，我们几个男老师可以轮流在枞榔峪水库边接他，他怪可怜的，真勇敢！"

后来经过几次这样的单独行走，覃梅元就练就了不怕妖魔鬼怪、不畏野兽的坚强性格。

覃东荣原打算把长子带在身边是想多辅导一下他的功课，可事与愿违。晚上覃东荣不是备课，批改作业，就是做一些白天没有做完的学校工作，每天工作到凌晨才睡下。

的确，覃东荣一生中很少辅导三个子女的功课，他不是不想给自己的孩子

第十章 培养幼子凝毅力 跪悼慈母泪长流

辅导功课，而是根本抽不出时间。但长子覃梅元自己学习刻苦、认真，没有辜负父亲覃东荣的期望，成绩在班上总是名列前茅。

1978年农历四月二十四，父亲覃服周六十岁大寿，正在甘溪峪小学工作的覃东荣不能回家给辛劳的父亲拜寿。覃东荣在夜深人静时，含泪挥笔作《贺父亲六十大寿》诗一首，以报答父亲养育之恩：

> 黄口学耕读，随伯务阳春。
> 长成至青壮，保长抓壮丁。
> 日如惊弓鸟，夜深怕犬声。
> 大伯气难忍，弃农参红军。
> 剿匪身先死，遗孺孤零零。
> 兄姐尚年幼，待哺育成人。
> 家父与二伯，照护为己任。
> 弱冠成家业，养家苦操心。
> 苦力少生计，与伯辟新径。
> 合伙开油坊，苦作房建成。
> 日间锤声急，半夜仍未停。
> 费尽一身力，换来微酬金。
> 用来养老小，寒衣添几层。
> 兄姐成园丁，父伯皆欢喜。
> 吾父花甲时，犬子不在身。
> 愿父身强健，福禄满南山。

1972年9月至1979年8月，整整7年，覃东荣一直担任甘溪峪小学校长。在他的带领下，不仅把甘溪峪小学办成了一所完全小学，还根据群众的需要，附设办了初中班，生源兴旺。邻近几个村的孩子纷纷来这里读书，学生很快由200多人发展到300多人。老师认真教，学生认真学，甘溪峪小学很快成为大庸县先进单位，他本人两年被评为"县级先进教育工作者"。

1979年9月,兴隆学区调覃东荣到罗家岗小学任校长。此时,二弟覃正柏是教字垭乡镇企业有名的拖拉机手,三弟覃正贤从吉首卫校毕业后在桑植县人民医院实习,四弟覃正毛正在永顺民族师范学校读书。因母亲吴幺妹胸部经常疼痛,日渐消瘦,覃正贤把母亲带到自己实习的医院进行检查,医生诊断为乳腺癌晚期。这犹如晴天霹雳的消息,震撼着覃东荣一家人,覃东荣哭了。一月后,二弟覃正柏与三弟覃正贤护送母亲到湘西自治州人民医院动手术。

1980年正月初三,母亲吴幺妹经医治无效病逝,终年63岁。覃东荣回想母亲得重病一年半来,自己没有护理过她几天,没有尽一个做儿子的孝心,不觉哀痛不已,跪在母亲坟前大哭了三天三夜,哭声震撼山谷,听者亦悲泪,边哭边悼念道:

> 吾母吴幺妹,生在吴家逻。
> 贵德掌上珠,理明贤淑妹。
> 桃李嫁家父,夫唱妇相随。
> 持家勤劳作,养我四兄弟。
> 白天家务忙,夜间少得睡。
> 吾等口中食,孺子身上衣。
> 温饱时牵挂,呵护身不离。
> 哺儿渐长大,入校去学习。
> 儿等均成才,贤母心中慰。
> 含辛数十载,心血未白费。
> 六四儿结缘,六六得贵子。
> 儿生刚六天,烧急妻仙逝。
> 慈母喂幼孙,刀把磨去半。
> 幼孙变少年,吾母劳成疾。
> 花甲又添三,绝症竟不起。
> 医药难奏效,乘鹤往西归。
> 儿是不孝子,忠孝两难全。
> 呜呼吾母亲,儿难报您恩。

第十一章
临危受命展宏图　立体网络强校风

母亲去世后不久，覃东荣又被组织调到教字垭公社中坪小学任校长。这年暑假，教字垭公社学区经过集体研究决定：扩大办学规模，办一所具有竞争力的完全小学，将邻近的凉水井小学并入大桥小学，组建教字垭公社中心完小。这所完小位于大庸二中之下，建在一个山包上，由上、下两块平地组成，上面平地建有教室、教师办公室、教师宿舍、乒乓球台、厕所、食堂；下面的平地则是篮球场。

覃东荣走在操场上思绪万千，吟道：

前山盘龙基坚固，后山雄狮多威武。
左侧陆坪盛产谷，右临矗立书籍岩。
三八创办校史久，桃李天下英辈出。
振兴教育靠园丁，千秋万代展宏图。

因这所完小地处教字垭集镇中心，教师队伍中相当一部分是教字垭办事组、教字垭教育办、组直单位以及大庸二中等单位职工的家属。要想把该校办成在县、州、省具有一定影响力的学校，必须有一个以身作则、具备先进管理经验、在师生中具有一定威信的带头人。

教字垭公社学区经过反复酝酿，决定调覃东荣同志到公社完小任校长。

调动前，公社学区主任罗振声将覃东荣叫到学区办公室谈话。罗振声说："东荣，我们想换换你的工作。你也知道，新组建的教字垭公社中心完小学生多，教师背景复杂，不好管理，是个烂摊子！需要一个务实的带头人。你在中坪小学工作不到一年，但是学校的各项工作做得很出色，处于全联校前列，并且你在教师们当中有一定的威信。我们学区几名成员想来想去，觉得你最适合担任教字垭镇中心完小负责人，你意下如何？"

覃东荣看了一眼罗振声主任，诚恳地说："老罗，本人能力有限，恐怕难以胜任。"

罗振声说："东荣，不要谦虚了，除了你没合适的人。我们相信你有这个能力，不要推辞了。我今天给你说句实话，推荐你担任此重任，不仅是我们学区几名成员的意见，而且也是教育办几名领导的意见，也是县教育局的意思。"

覃东荣说："老罗，既然你们如此瞧得起我，我覃东荣再推辞，就是我的不是了。我就是拼着这条老命，也要把工作做好，不给你们丢脸。但我有个小小的要求，不知你能不能答应，假如这个小小的要求你不答应，我宁愿做一般的老师。"

罗主任说："东荣，只要你能担当此职务，莫说一个要求，就是十个要求，我也答应你，说来听听。"

覃东荣说："我担任教字垭公社中心完小校长后，严格按制度办事，肯定以后会有人找你说情，到时我可不领情，这个要求你能答应吗？"

罗主任笑了笑，说："我还以为是什么苛刻的要求，工作中就应该按制度办事，这个我答应你，你就放心去做吧，我给你做主！"

覃东荣说："好，老罗，我先试试，干得好，继续干。干得不好，你们换人！"

随后，大庸县教育局正式下文，任命覃东荣同志为教字垭公社中心完小校长。覃东荣主持完小工作有实干精神、不说空话、以身作则、言行一致，坚持党对教育工作的领导，建立了一个团结、坚强的领导班子。

1981年8月26日上午，在开学工作动员会上，覃东荣说："老师们，这次

第十一章　临危受命展宏图　立体网络强校风

联校、教育办领导推荐我担任你们的校长,我感到压力很大、担子很重。实际上,我们在座的老师比我能力强的大有人在!既然上级领导、各位老师瞧得起我,要我担当此重任,我会尽最大的努力,把学校的各项工作做好,给你们一张满意的答卷!"

说完这番话,覃东荣话锋一转,又道:"可是,今天开会却有人迟到,这种现象很不好,希望下次不要出现这种情况。我们教职工出勤制度从明天开始执行,明天上午开会时间同样是8:30,若再有人迟到,莫怪我覃东荣翻脸不认人!我们就要按制度办事,应当罚款的就要罚款。罚款不是目的,罚款不能解决问题,但罚款结果将计入年终考核。一月迟到三次,不仅要取消当月出勤奖,还要取消当年的文明奖。我希望各位老师支持我的工作,在制度面前,人人平等,不管是谁,只要违反了制度,就要按制度办事,受到处罚。同时,我也请老师们时时监督我,如果我有违反制度的地方,大家可以提出来,也可以向上级教育主管部门或党委政府反映。值周轮流转,每人一周,这周从我开始!"

第二天清晨,老师们看到覃东荣校长拄着拐杖,早早地站在学校操场上迎接每一位职工的到来。这天果然没有一个人迟到,老师们早早地来到会议室,静待开会,覃东荣很高兴。全校教职工看到身患残疾的覃东荣校长这样以身作则,深受感动。他们都在想,只有努力工作,才能对得起这位"拐杖校长"。

覃东荣的楷模作用,燃烧了教师们的责任心,为巩固这一长效激励机制,覃东荣不失时机地采取了奖罚措施。对成绩突出,提高幅度大的老师实行奖励,以达到典型引路的作用。对不称职者,绝不留情面,予以处罚。奖罚分明的制度,赢得了大家的肯定。全校教职员工争先恐后地忙教学业务。

为了督促制度的实施,覃东荣经常深入课堂,查备课、听课、查班务工作记录,突击检查领导在岗、教师在堂、学生到位的情况。师生齐称:"覃校长做事认真,一碗水又端得平,扯不得半点儿谎。"

随着教学改革工作的步步深入,教职员工们的观念也在不断更新,园丁们都在思考,振兴本镇的教育事业要大胆创新,谱写新篇章。覃东荣认为,一所学校肩负的是为国家培养栋梁之材的重担,教育学生是学校担负的第一责任,教学质量是学校的生命线，若教学质量搞不上去，还办什么学校，如何对得起党和人民？

他在开学工作会议上严肃地说："是牛就不要误春，要发扬老黄牛精神，默默奉献。既然当了老师，就要当一名让老百姓放心的老师。家长把孩子交给我们，我们就有责任认真地把孩子教育好，使他们成才。我们吃的是国家的俸禄，拿的是人民的血汗钱，要对得起党，对得起人民，对得起孩子！"

他还说，要想把学生教育好，关键在于自己做一位好老师。没有教不好的学生，只有没教好的老师。他认为，一所学校办得好不好，不仅看学生的成绩，更重要的是看该校教师的师德以及学生的思想道德素质。政治思想是统帅，思想没提升上去，教学质量也不可能得到提高。即使提高了，也不会长久。

1985年大庸县更名为大庸市（县级），教字垭公社中心完小于更名为教字垭镇中心完小，为了把学生的政治思想工作抓好抓落实，覃东荣带领教职工率先在全州（市）进行素质教育的探讨，在全校推行"立体式德育网络"教育。学校建立了德育领导小组，聘请教育意识强、重教兴教的原中共教字垭镇党委副书记杜方杰、教字垭镇联校主任罗振声、中共教字垭镇教字垭居委会党支部书记熊廷万、中共七家坪村党支部书记吴光林为学校德育领导小组成员，让他们指导狠抓德育工作。同时建立德育顾问小组，聘请具有丰富教学经验、在本地具有一定威信的退休老师黄土渊、吴明浩、刘少唐、覃遵初为德育顾问，为学校德育工作出谋献策，协助学校抓好德育工作。此外，还建立家长委员会，聘请家长覃正春、向德茂、吴光林、刘佳新为委员，征求家长意见，定期开会。各班任课老师将学生的在校表现面对面通报给家长，家长将自家孩子在家的表现如实告知老师。

老师与家长交换意见后，班主任将材料以书面形式上报学校校委会，学校校委会经过研究后将材料呈报给家长委员会。同时由家长委员会组织家长检查老师的备课和学生的作业，再深入课堂听课，然后出题目当堂测试学生。家长委员会根据检查结果给被检查老师打分，评出家长、学生最喜欢的老师。对家长反映大、分数较低的老师，学校要求他限期整改，限期整改不到位的，调离本校。

　　学校还要求学生以英雄人物为榜样，开展学雷锋活动，用英雄的言行对照自己，做雷锋、赖宁式的好学生。同时，对学生进行爱国主义教育、革命传统教育，每年清明节组织少先队员给烈士扫墓，在烈士墓前庄严宣誓，弘扬烈士精神，珍惜今天来之不易的幸福生活，努力学习本领，为烈士争光；定期邀请司法所的同志来学校进行法律讲座，使学生懂得哪些事能做，哪些事不能做；每期邀请老红军、老八路来校讲革命战争的故事，激发学生珍惜今天来之不易的学习机会，懂得今天的幸福生活是革命烈士用抛头颅、洒热血换来的。

　　覃东荣还非常重视学校的少先队工作，少先队工作由历任学校少先队辅导员覃玉林、向小桃主抓。学校少先队组成一个大队，下辖三个中队，每个中队又分为三个小队。

　　每逢节假日，学校少先队还组织队员为五保户送柴、送米、洗衣、煮饭、挑水，为家庭贫困的学生捐款捐物；为缺少劳力的家庭插秧、收割……

　　一个农忙的夏季，教字垭镇中心完小六年级有名学生，母亲体弱多病，弟弟只有6岁，而家中唯一劳力的父亲不幸患上绝症，不久含泪离开了人世，家里因治病欠下了一身外债。

　　看到母亲整日为无人犁田哭红眼睛，12岁的少先队员覃卫平心里很不好受，他懂事地对妈妈说："妈妈，不要哭，不要哭坏了身体，我已经失去了爸爸，可不能失去您啊，您要保重身体！爸爸虽然走了，但是我都12岁了，我会做农活，我要让您与弟弟过上好日子。我以前跟爸爸学过犁田，这个星期六我来犁田！"说完，覃卫平用手擦去妈妈眼角的泪水。

　　妈妈心疼地说："平平，你腿不得力，你要小心，那头大水牛连大人都敢触，更何况像你这样的小孩，妈妈不放心！"

　　"妈妈，您放心，儿子会有办法治服它的！"覃卫平坚定地说。

　　到了星期六，晴空万里，天上没有一朵白云，人们都在田地里忙碌着。覃卫平中午放学一回到家，就放下书包，连忙吃了一碗冷饭，牵着一头大水牛，搬着沉甸甸的犁，打着赤脚走向了自家的责任田。一下田，他学着爸爸的样子，一手托着犁，一手拿着竹条，口中吆喝着："上移！上移。"这头水牛还真听话，依着吆喝声有节奏地走着。只是每到转弯时，比犁高不了多少的他花了九牛二虎之力才把犁拖转过来。这一个下午，覃卫平驶牛耕了3分田。

12岁的好儿童犁田的事迹，感动了附近的乡亲们，还感动了教字垭镇中心完小的全体师生。少先队辅导员向小桃把此情况向覃东荣校长反映后，校委会号召全校师生向覃卫平同学学习，学习他自立自强，从小勇挑家庭重担的自强不息精神。学校少先大队也迅速做出决定，星期天组织四年级以上的少先队员帮覃卫平家插秧。

周日，只见他家3亩责任田中到处都是戴着红领巾的少先队员，田坎上红旗招展。炎热的六月，少先队员们顶着烈日，不到半天，秧就插好了。然后同学们帮临近的农民伯伯插秧，秧虽插得不是很标准，却也有路有线，同学们心里美滋滋的。

农民伯伯高兴地对同学们说："现在的学校就是办得好，学生就是调教得好，很懂事，你们都是好样的！长大后定能成为国家的有用人才。同学们，你们插了半天秧，肯定饿了，走，到伯伯家吃晚饭去！"

带队的同学说："老伯伯，谢谢！我们插的秧，插得不好，您扶正一下吧，我们走了，老伯伯，再见！"

到了秋天，农民伯伯欢喜不已，因为同学们插的秧苗长得分外粗壮，结出的谷穗格外饱满，这又是一个丰收年啊！

教字垭镇中心完小率先在全州（市）推行的"立体德育网络教育"，很快得到了上级教育主管部门的认可，此成果逐步在湘西全州各县得到了大力推广。同时，教字垭镇中心完小的少先队工作也得到上级领导的充分肯定。该校自1983年以来，曾荣获"湘西自治州雷锋式中国少年先锋队中队""大庸市德育工作先进单位""湖南省学习雷锋先进集体""全国读书读报先进单位""全国少先队红旗大队""全国雏鹰红旗大队"等光荣称号。

第十二章
严谨治校德先行　深化教改求质量

在教字垭镇中心完小任校长之后，覃东荣除了强调认真抓好学生的德育工作外，还十分注重深化教改，严谨治校。

覃东荣说，一所学校办得好不好关键看校长，看校长会不会管理，看校长能否一碗水端平，看校长在师生们中能不能起到模范带头作用。因此，他也希望老师们随时随地监视他，如果他有做得不好的地方，一定会接受大家的批评。同时，他也以此标准严格要求大家。

覃东荣还经常说，学生成绩的好坏关键在于老师的品德及教学态度。他认为，一名老师不管水平有多高，教学能力有多强，如果教学态度不好，教学不认真，教出的学生不一定成绩就好；相反，老师虽然学历低点，业务水平差一点，教学能力不是很强，但只要他全身心地投入到教学工作中，慢慢学，他的学生一定会有长进，我们就需要这样的老师。

为了更好地搞好教学，便于对老师科学管理，覃东荣与校委会成员研究决定，全校老师实行坐班制。何谓坐班制？就是老师从早上8点到校至下午4点半这段时间不准离校。空堂课老师要深钻教材，认真备课，制作课件，批改作业，看报，写政治笔记和心得，不准闲谈，打毛线，或做刺绣鞋垫等与教育教学无关的事情，否则罚款1元。

覃东荣认为，学校要坚决按照上级教育部门的指示精神开课，开设什么课是经过教育专家结合学生的心理特征总结出来的，不能随意更改，是什么课就上什么课。不仅要把学生的成绩搞好，还要使学生各方面都得到发展，要把学生培养成德、智、体、美、劳全面发展的社会主义劳动者。若发现有人私自将思品、音乐、美术、体育、科技、地理、劳动等课上了语文、数学，不仅要罚款，还要写深刻的检查，并且把这种情况记录在教师的档案中，在年终考核中定为"不称职"。

覃东荣经常说："我们要向课堂40分钟课堂要质量，要效率。那么如何向40分钟课堂要质量呢？上好一堂课，前期准备非常重要。俗话说：'台上3分钟，台下10年功。'上课就好比打仗，要想打赢仗，必须做到知彼知己。那么要想把课上好，备课是个重要的环节，教案备得好，老师很熟悉教材，胸有成竹，课就上得好；相反，不管你业务水平有多高，教学能力有多强，如果备课敷衍了事，教学态度不端正，学生也会学得不深刻，教学效果不一定好。"

"备课是要花时间的，千万不要照抄照搬，要自己思考，要用自己的话把课备好。备课不是几分钟、几十分钟就能完成的，要备好一堂课不是一件容易的事，有的甚至要花几小时。课备好后，还要认真反复修改。"

每学期结束时，老师们都回家休息了，覃东荣还待在学校，不计报酬地加班。他把老师的教案、学生的作业搬到自己的房间，一页一页地检查，一本一本地看，看到底哪个老师的课备得好，哪个老师批改的作业认真、细致，然后他把教案的右侧边缘展开成平面，盖上公章，防止偷懒的老师下一年继续使用。他最反对老师拿旧教案上课，他说，谁要胆敢拿旧教案上课，请自觉调出！

学校规定，上课之前两分钟，打了预备铃，任课老师必须赶到教室门口等候，否则视为迟到；下课铃声一响，任课老师立即下课，否则视为抢堂；不准坐着椅子上课；上课中不准会客；不准走出教室；不能搞"放羊式"教学，否则视为旷教；每一节课都要达到预期的教学目标。

覃东荣到班上听课，从来不打招呼。他认为打招呼的课，没必要听，这样的课也不值得听。这样的课虽然上得好，但不能看出该老师平时的上课情况，不能反映真实教学水平。有的老师，为了上好一堂公开课，花了三四节课作准备，上了一遍又一遍，学生都听厌烦了，都能把答案背出来了。上公开课

第十二章　严谨治校德先行　深化教改求质量

时，如果老师上的是重复课，学生按照老师的思路去学。听课的领导、老师很满意，都认为这节课上得好，很成功，达到了预期的目的。覃东荣认为，一节课的内容花了学生三四节课的时间去准备，我们不需要这样的公开课，这值得吗？这简直是对学生青春的抹杀！

课听完后，覃东荣当场检查该老师的教案与学生的作业。看上课的内容与教案是否吻合，看学生上次做的作业是否与教材同步，作业的布置是否呈阶梯式。覃东荣要求，课上到哪儿，课就备到哪儿，超前备课最多不能超过两课时。

为适应社会进步的形势，提高教学质量，教育必须改革。覃东荣带领老师们积极大胆地推行教育改革，勇于开拓试验，先后开办了语文"注·提""电教听说训练"，数学"三算""尝试法"，思品"立体式德育网络"教育等各学科课题实验班。在覃东荣的努力下，教字垭镇中心完小确定了"学生是根本，教育是核心"的育人方针，提出"教师要创造一切可能让学生成才"的教改目标。覃东荣督促全体教师开办"自学辅导教学""合作讨论式教学""课题研究式教学""分层学习式教学"和"开放式学习"等多种新式教学模式，从而探索出培养学生学会做人，学会学习，学会合作，学会生活，学会交往的"立体式德育网络"教育方式。

在教学改革中，覃东荣既"挂帅"又"出征"，真抓实干，带头自制课件，取得了明显的实效。他压缩学校其他开支，将节省下来的资金全部购买教学用具。在培养老师业务水平方面，采取"请进来，走出去"的方法提高教师的业务水平，将教学经验丰富的外校名优教师请进来上示范课。利用节假日将老师带出去，学习别校的先进教学方法，将有发展前途的年轻老师送到师范院校学习、进修、深造。

覃东荣规定，每学期每名老师必须上两节公开课。听课后评课不搞过场，听课老师要提出实实在在的意见与建议。年老的教师至少辅导一名年轻老师，并制订详细的辅导方案，这样整个教字垭镇中心完小教育教学改革如火如荼、生机盎然。

为了帮助教师提高教学水平，更新知识，覃东荣十分注重对师资水平的培养，主要是充实在职教师的知识水平，以实现教师队伍综合素质的提高。教字垭镇中心完小有一条规定：每学期都要举办一系列教学、教研活动，组织"观摩课"，举行"专题讲座"。各班级互教互动，探讨交流，这种方式后来成了教字垭镇中心完小的"传统"。

学校工作千头万绪，校长不能不管，大小会议、各项检查，覃东荣都不推卸。老师见他残疾在身，实在忙不过来，都纷纷提出分担他的教学任务。可是他认为，一个教育工作者，第一是教师，第二才是校长。如果脱离了教学实践，就成了水上浮萍，也就当不好校长。他不仅要把自己的课上好，还要把学校的工作管理好。

他每天都是凌晨六点起床，然后开始一天忙碌的工作。中午，师生休息了，他顶着烈日，拄着拐杖在校园里查看安全、卫生情况；每天的课间操、眼保健操的磁带都是他放的，别人放他不放心，怕误事，然后他拄着拐杖检查学生做课间操、眼保健操的情况；深更半夜，他还在备课，批改作业，或是做一些白天还没有做完的工作。然后提着马灯，迎着凛冽的寒风，在校园巡视，看有没有不安全因素存在，在学生寝室里给掀开被子的寄宿生盖被子……

覃东荣全身心投入到教学工作中，因劳累过度，旧病复发。学生们经常看到他把腹部紧抵着讲台，疼得大汗淋漓，豆大的汗珠滚落下来。有几次，覃东荣由于胃病、结肠炎、胆囊炎发作，晕倒在讲台上，苏醒后，他吃力地把课上完。下课后，实在疼得很，他就在学校放柴火的房间里躺了会儿。附近的村民将自家的稻草搬到学校的柴房里，为的是让覃校长躺下会软和一点。乡亲们、师生们实在看不下去了，都劝他到医院住院。他摇摇头，说："谢谢！不要紧，没事，无大碍，过一会儿就好，你们回家吧。"其实，他家正收养着六名贫困学生，哪舍得花钱住院啊！

辛勤的汗水浇灌出明艳的花朵，到位的学校管理，带来了教字垭镇中心完小可喜的变化。在覃东荣校长和全体教职工的齐心努力下，教字垭镇中心完小的教育、教学改革结出了累累硕果。看着手捧优异成绩喜滋滋的学生和精神焕发的教师，覃东荣深深地感到欣慰。该校教育教学质量逐年稳步上升，肄业班的调考和毕业班的统考，多年来一直名列市（州）区（县）前茅，成为贫困山区教学的一面旗帜。

第十三章
勤俭治校树正气　开源节流账目清

　　覃东荣不仅在教学上有一套科学的管理方法，而且在管理学校财力上也有一整套严格的管理制度和得力的措施。

　　他爱校如家，把学校的财产看得比自家的财产还重。他勤俭节约，艰苦办学，把每一分钱都用在刀刃上。有人说他太吝啬、太小气。是的，覃东荣确实是这样的人，学校每用一分钱他都精打细算。

　　在学校财务管理上制定了详细的规章制度，如损坏公物照价赔偿；学校的办公用具和餐具等发到个人后，调离时要如数退还学校；教室里的课桌椅谁坐谁保管，损坏后要照价赔偿；教室里的黑板擦、扫帚、铁撮、桶子都作了登记，班主任调离时总务处要一一清查；教科书、备课资料、挂图、小黑板、幻灯机、课件、图书等都作了登记，谁损坏或遗失要照价赔偿；每期结束时，各班的桌椅等东西由总务处清查，若遗失或损坏要照价赔偿。各班班主任还要负责追查到人。

　　有一次，一位刚参加工作的教师，中午在办公室吃饭时，不慎将书桌上的玻璃板损坏了。覃东荣知道后，来到办公室查看损坏情况。按照制度这位教师要赔7元钱成本，这位老师当时想不通，认为不是故意的。覃东荣走到这位老师的房间，看到他眼含泪水，覃东荣深情地说："制度不是针对某个人的，而是经过大家讨论共同制定的。没有规矩，就不能成方圆，你不执行，他不执行，那么定的制度还有什么用？我们知道，你每月工资不多，家庭负担也很重，我们不忍心要你赔钱，可是制度就是制度，在制度面前人人平等，不能有半点儿私心啊！对这件事你要想开些。"

那位老师说："覃校长，在制度面前人人平等，损坏东西理应赔偿，我愿意从下月的工资中扣除。"

学校还规定，教职工调离时，学校即使再忙也要开欢送会。人是有感情的，调离时都依依不舍，为调离教职工买个纪念品也是人之常情，但学校分发给他的东西调离时要如数归还。

有一位年轻教师，是覃东荣校长的一个远房亲戚，由于工作需要，教字垭学区将他调到一所村小去工作。调走时他忘记把学校发给他的分火开关、台式日光灯退还给学校。覃东荣得知后，要学校主管财务的会计黄士祥到该老师新调单位把这些东西取回来。

当天下午，黄士祥徒步走到该村小，问及此事时，那位老师说："黄主任，对不起，害得你亲自跑到这里来。你不来，我也准备今天放学后把这些东西退还给你。昨天我走得匆忙，没在意。这是教字垭镇中心完小的制度，发的东西调走时应该退还给学校，这是对的，人人都要遵守，真不好意思。"

另外，学校规定教职工晚上12点必须关灯，否则罚款1元。灯头与灯泡的接合处用胶布贴上，盖有学校公章，以免损失。灯泡坏后，要把坏灯泡拿到学校财务室让会计查看坏灯泡上的型号，看坏灯泡的型号与登记的型号是否相符，然后将新灯泡上的型号登记下来，这样才能将新的灯泡拿走。一个月换灯泡的次数超过两次的，自己掏腰包更换。

财务管理方面也有专人负责，按照制度，奖罚分明。学校的一切开支由校长一支笔签字，200元以下的小额支出，由财务人员向校长反映，由校长审批；数目超过200元，500元以下的支出由校委会集体研究决定；数目超过500元的大额支出，由学校工会组长召开全体教职工讨论决定，以少数服从多数的原则、举手表决的形式确定下来。

覃东荣说："学校是大家的学校，不是我覃东荣一个人的学校。每个教职工都有权利有义务管理好这个学校。学校的账目要透明，要经得起考验。账目一天一结，主管财务的会计每天向校长汇报一次收支账目。一个星期一小结，一个月一大结。月底学校财务人员把收支情况张榜公布，接受师生监督。教职工对学校财务收支账目有疑问的，可以先向学校工会组长反映，工会组长向学校汇报后，组织职工代表清查有疑问的账目，希望每位教职工把学校当成你们的家。"

覃东荣还强调："每学期结束前，学校的收支账目要彻底盘算，要让师生明白收入多少、支出多少、结余多少、招待费多少等。清账时，除各班班主任、工会代表、学校相关领导参加外，其他想参加清账的教职工都可以参加，我们校委会表示热烈的欢迎。这是对学校一学期经济工作的大检阅，这是好事。我代表校委会感谢他们，我不喜欢背后说三道四，有什么问题当面讲，我们要真正做到民主理财，阳光理财！"

考虑到"天有不测风云，人有旦夕祸福"，学校还规定，若因个别教职工有困难急需向学校借款，可写出借款理由，100元以下，财务人员必须报请校长签字；100元以上300元以下，需经校委会集体研究讨论决定，再由校长签字，上月借下月还，绝不允许出现挪用公款的现象。

由于覃东荣主持制定的财务制度公正、民主、完善，他自己又带头清正廉洁，学校的财务工作也从没出过纰漏，学校多次被评为"财务工作管理先进单位"。

第十四章
座谈教改求实效　外地考察取真经

1986年6月，自治州和大庸市两级教委组成检查团，对大庸市西北部教字垭地区的中湖、兴隆、教字垭、罗水、桥头、禹溪五乡一镇进行四天四夜的教学工作检查。

9日下午一点半检查团到教字垭镇中心完小，来不及休息就进入办公室，听取教字垭镇中心完小校长覃东荣的工作汇报。

覃东荣在汇报中说，我们学校共有7个教学班，13个教师，有383名学生。目前校舍条件比较差、班级学生多、老师数量少。为了减少学校的经济开支，我们想了很多办法，比如，为了节约用电，我们把教职工房间的灯头用胶布封上，盖有学校公章，防止撕毁，并制定了详细的用电制度，做到人走灯灭，限制开灯时间，晚上12点必须关灯。

为加强教职工的政治思想学习，我们规定每个教职工每天必须坚持1个小时以上的读党报党刊政治学习，并写下政治笔记，每学期至少要有40篇高质量的政治学习笔记、心得体会。

我们一贯倡导用老师的一桶水去灌输学生的一杯水，加强教师自身的业务学习。要想备好课、上好课必须练好"三笔字"，即粉笔字、毛笔字、钢笔字。三笔字的训练，我们有专人辅导，有详细的辅导方案。平时给学生上课在黑板上写板书时，其实就在训练粉笔字。

写板书时要写正楷字，一笔一画地写，要取好间架结构，不要潦草。对于毛笔字和钢笔字的训练，我们给每个教师发了一本钢笔字帖、一本毛笔字帖。其实我们每个老师在备课时就在练钢笔字，写钢笔字的要领同写粉笔字一样。要想练好毛笔字，就要注意握笔的姿势，拿笔的手要空，要能放得进鸡蛋，写字时握笔的手要悬空。练字要按字帖练，要从最基本的一点、一横、一竖、一撇、一捺练起，不要急，慢慢来，一步一个脚印。每期至少要练80页高质量的毛笔字，由教导处检查打分。每学期举行一次教职工"三笔字"比赛，每项取前三名，进行奖励。

为改革传统的教学模式，我自制了幻灯片80多张。全校教研教改活动生机盎然，涌现出语文教改以伍建国为代表、数学教改以熊廷尧为代表的先进教改人物，熊廷尧深化数学教学改革，在教改中联系实际撰写了《应用题求异思维奇偶》等论文在省级以上杂志上发表。语文教学上的拨笋法、数学教学上的尝试法正在全校推广。

为了激发学生的学习兴趣，陶冶学生的情操，使学生在乐中学，在学中乐，学校成立了美术组、文艺组、书法组、体育组、写作组、故事组等兴趣小组。每天坚持至少四十分钟的第二课堂学习。学生根据自己的爱好可以从以上六组中任选一组。学生踊跃参加，学生的积极性提高了，充分发挥了学习思维，在各项比赛中，我校参赛选手取得了优异的成绩。有一篇作文获市三等奖；寒暑假学生找的化石标本荣获州一等奖；学生彭朝阳在全市成人围棋比赛中，战胜许多成年高手，获得第二名；手抄报比赛获得市三等奖。

探索改革学生的思想品德评价，我们打破了以往评学生的思想品德仅靠一张试卷上分数的做法，首创思想品德"六三一"科学评价分值，即笔试占60%、师评占30%、自评占10%，从而彻底扭转了学风。

我们对少先队工作常抓不懈。比如年年开展向雷锋学习，争做好人好事活动。伍星同学把自己的中饭让给别人吃；少先队员纷纷捐出自己的零用钱买礼物看望孤寡老人；有的为五保户送柴、送米、洗衣、做饭；有的为贫困学生捐款捐物；有的为缺乏劳力的家庭插秧、收割……这样的好人好事多得很。

为充分发挥学生的主体作用，打破以前老师只管教，学生只管跟着老师的思路去学，束缚学生思维的传统教法，我们努力改变这种状况，在日常生活中、教学中，强调老师与学生是平等的。学生要尊重老师的劳动成果，老师也要尊重学生的人格。学生有缺点，老师可以帮助改正；老师有做得不好的地方，学生同样有权利指正。要把学生完全融入到学校事务管理中来，要让学生知道学校是大家的，学生是学校中的一员，可以提出自己的建议与意见。本期我们开展了五、六年级学生给校长的一封信，说出自己的知心话活动，一共收到七条宝贵的意见。这样一来，校风、学风、班风得到进一步改善。学生学习主动了，老师在教学中也丝毫不敢马虎，勤勤恳恳地教学，生怕学生找出自己的缺点。

两级教委领导听完覃东荣校长的工作汇报，对教字垭镇中心完小的各项工作都给予高度评价。检查团一致认为，该校的各项工作之所以这样出色，是因为有一个团结务实、开拓进取的领导班子；有一个以身作则、廉洁奉公、一身正气的好校长。教字垭镇中心完小的各项工作有目共睹，始终走在全州前列，其管埋经验确头很值得在全州推广。

晚上七点，检查团在教字垭镇中心完小办公室又召开了教研教改座谈会。老师们争先恐后，踊跃发言。

教导主任伍建国讲的是分层法批改作文初试。他主要讲两个方面的问题：第一个问题是如何修改作文。作文修改要经过自改、同桌改、小组改三个过程，这样可以培养学生的自觉性；充分发挥学生的自主性，学会全心尽力去修改；有机会发挥学生见解，使学生能相互学习；减轻老师的负担，提高作文质量。第二个问题是开头、结尾、联想方面的指导。一年之计在于春，一天之计在于晨。同样的道理，一篇作文在于开头，开头写好了，后面就好写了。开头要短小而精悍，要尽快入题，老师不可以要求学生开头千篇一律，要求学生自己想；结尾要短，要紧扣作文题目，要大气，要有力量；要想写好作文关键是要让学生会联想，如从简单到复杂，从局部到整体。但联想不是凭空捏造的，要合乎情理。这就要学生平时多观察，培养学生的观察能力，只有亲身经历过的，写出来才能有真情实感。在这方面，多作学生扩写的训练至关重要。

接着是黄士祥老师发言，他讲的是采用提问式教学，培养学生的思维。他说，传统的教学方法是老师讲，学生听，老师抄，学生抄，先是学字词，再分段，概括段落大意，最后抄中心思想，这样一篇文章就算讲完了。实际上，学生根本就没思考，还没有进入到课文情境中去。而采用提问式的教学方法，就可以把学生带进课文情境中去，让学生去思考，这样既开发了学生的智力，也培养了学生的思维及口头表达能力。

数学教研教改首先发言的是覃遵兵老师，他说的是根据小学生的特点或者差异因材施教。他说，温故而知新，只要把以前学过的知识温习一遍，滚瓜烂熟之后，新知识你不学也会懂。在教学中要根据小学生的特点因材施教，先易后难。老师布置作业时要有梯度，成绩优异的学生作业难度加大，成绩稍差的学生作业难度适中。

陈生祥老师说的是小学应用题教学的体会。他说，应用题的教学在小学阶段很重要，有的学生一看到应用题就头疼、就恐惧。实际上，应用题学好了是最容易的。学得不好是因为应用题中某些关键字、词没搞懂。要学会拼题、拆题、插题、举一反三，要对应用题的结构有所了解。教学要与实际生活相结合，只要你把这些问题搞懂了，那么应用题就能游刃而解了。

吕志雄老师讲的是学生作文程序的改革。他说，要学好语文，写作文是关键，如果作文写得好，说明语文就学好了。我们平常学语文基础知识，实际上都是为写作文服务的。现在有的学生怕写作文，一提到写作文就反感，有的甚至干脆照《作文选》抄，为什么？就是因为原程序束缚了学生的思维，框死了学生的思维，学生写得呆板。而新程序使学生大胆写作，不受束缚，对学生对症下药，学生习作时可以一题多练，导评合一，导中有评，评中有导。

中年女教师刘云发言，她讲的是启发智力偏低学生的探讨。她说，人非圣贤，人不可能一出世就是天才。天才在于勤奋，实际上聪明人与迟钝人的智力是差不多的，只是聪明人在智力方面开发得早，启发得好；而智力偏低的学生不是天生就迟钝，只是在智力开发方面迟了点，多鼓励他们，他们会有作为的。

老教师熊廷尧讲的是求异思维和求同思维在教学中的应用。他说，求同思维就是集中思维，求异思维就是发散思维。平常说，一通百通，任何一道应用题都有几种解题方法。你如果只会一种解题方法，虽然做对了，那么你对这个应用题还没有真正搞懂。比如说从大庸到北京，有很多路可走，可以步行，可以坐汽车，也可以坐火车。在这方面多作一题多解、一题多练的练习，要充分发挥学生的思维。

最后是覃东荣校长发言。他讲的是利用幻灯教学来缩小优劣生差距。优生和差生是相对的，不是绝对的。没有绝对的优生，也没有绝对的差生。优生是反应快一点，差生只不过反应慢了一点。通过观察，优生与差生之间的差距是可以缩小的。而利用电化教学，可以激发差生的学习兴趣，可以把他们的注意力很快集中到直观的图像教学中去，老师稍加点拨，问题就可以解决了。

检查团成员听了教师们的座谈，都感到这个学校的教改搞得很不错！

检查团走后，覃东荣又召集老师们认真总结经验。

覃东荣对大家说，为早日把教字垭镇中心完小建成全州、全省甚至全国名校，只靠我们现任教师的教学水平还是远远不够的，我们必须进一步努力，建立起一支真正思想觉悟高、业务水平高、教学能力强的教师队伍。

针对校内某些教师存在骄傲自满情绪的现象，学校校委会一班人集体研究决定，暑假带领老师们到外面取经。看外面的世界到底有多大，看别校是怎样管理的，看别人是怎样教学的，看自己到底教学水平如何。初步确定去邻近的湖北省教育教学搞得好的宜昌、武汉两地重点小学去看看，顺便让老师们感受一下祖国的大好河山，实地瞧一瞧祖国的重点工程——葛洲坝，这对今后的教学是很有帮助的。

暑假一到，学校组织老师们到宜昌、武汉两地几所重点小学参观。通过实地听课、看资料后，老师们感受很深。老师们都说，比起外地，我们山区的教育确实太落后了，起码还要20年、30年，甚至50年才能赶得上这些学校的校园建设、教学设施、教学设备！你看，这里有标准化的四百米跑道，还有一人一个座位的宽敞学生就餐食堂，能容得下一千多人开会的礼堂，还有多功能语音室、设备齐全的仪器室、多功能电化教学教室、建设独特的体育馆，还有那干净整洁的舞蹈训练室，老师们都看得眼花缭乱、心潮澎湃。

回到学校后，这些老师们将学来的先进教学方法运用到实际教学中去，

第十四章　座谈教改求实效　外地考察取真经

教学质量得到了显著提高，原来有些自满的老师也自感愧疚。覃东荣看到老师们在紧张有序地进行教研教改，颇受感动，高兴之余，特作《参观取经》诗一首，来表达这次参观考察学习的感受。其诗曰：

> 参观三峡葛洲坝，水力发电第一家。
> 建筑工程多宏伟，我们感谢科学家。
> 宜昌武汉取真经，教学方法让人夸。
> 回去一心搞教研，培养栋梁强国家。

第十五章
关爱学生深夜访　爱生如子施恩惠

　　自参加教育工作的第一天起，覃东荣就十分关爱学生。无论调到哪个学校，他都对学生的一天到校情况了如指掌。

　　在山区，许多学生上学常常要蹚溪过河。下雨天溪河发了水，覃东荣放心不下。早上，他总是站在河对岸把学生一个一个地接过溪河；放学后，他又把过溪边河的学生一个一个地背送过河，不能让学生有任何闪失。

　　到教字垭镇完小当校长后，他对学生更加关心。假如发现有学生未到学校，无论白天还是夜晚，无论路程有多远，他都会拄着拐杖亲往其家了解情况。

　　山区学生因距学校较远，凌晨五点便拿着手电筒从家里出发，晚上八点才能回到家。为了不影响孩子学习，家长要求孩子在学校寄宿。

　　1985年下学期，六年级吕志雄老师的班上，就有二十多个学生在学校寄宿。

　　这年深秋的一天，天刚黑，覃东荣照例在教室外的走廊上巡视。吕志雄老师告诉覃东荣校长，他班上伍秋霞同学没来上晚自习。覃东荣心急如焚，急忙拄着拐杖同班主任吕志雄一起，拿着手电筒在月光下到处寻找。学校没找着，两人遂往伍秋霞的家找去。

　　伍家住在紧临张家界国家森林公园西南角香炉山半山腰的一个边远山寨，距学校有十几里山路，道路崎岖难走。两人从伍秋霞的亲戚家一户一户地找

第十五章 关爱学生深夜访 爱生如子施恩惠

起,边找边问。直到晚上12点,才找到伍秋霞的家。

此时,伍家已睡多时,周围一片寂静,两人边敲门边喊:"请问这是伍秋霞同学的家吗?伍秋霞在家吗?"伍秋霞的父亲在朦胧中被惊醒,听见外面好像有人在敲门,马上爬起来,点上煤油灯,打开门一看,只见一名高瘦的年老者拄着拐杖,旁边站着一个中等个子的年轻人,手里都拿着手电筒,冷得浑身哆嗦。

秋霞的父亲借着手电的反光,依稀辨认出来者,"这不是覃校长与吕老师吗?这深更半夜的,两人来到我家,肯定有重要的事。"心里默念道。不觉眼泪夺眶而出,接着哽咽地说:"两位老师,快进屋,外面风大,冷,为了我家秋霞,害得你们爬了这么远的山路,真是辛苦你们了,来,喝杯开水,解解寒气!"

覃东荣道:"水就不喝了,你家秋霞在家吗?"

"在家。"

"在家就好,在家就好!这样我们就可以放心了,那她什么时候回家的?"

"天黑之前,她说感冒了,头有点儿晕。覃校长、吕老师,我家秋霞是不是在学校犯错误了?"

"没什么,只不过她回家没请假,老师不知道,我们没看到她上晚自习,放心不下,从晚上7点找起,一直找到现在,找到你家。"

"是这样的啊,这个不听话的孩子,我马上叫她起来给你们认错!"

"不必了,不要影响孩子睡觉。明天早上你带她到学校来,顺便给她买点儿药,等她病好了,我们再严肃地教育她,时间很晚了,我们该回学校了!"

"两位老师,都这个时候了,在我家宿一晚,明天早晨我们一起去学校。"

"不必了,谢谢!学校其他老师还在学校等我们的消息,我们必须回校,免得他们着急!"

"既然这样,那我送你们下山!"

"不要,我们走了,你休息吧!"

秋霞的父亲说："我不放心，覃校长，你的腿不方便，我一定要把你们送下山！"说罢，秋霞的父亲还是将二人送下了山。

覃东荣与吕志雄两名老师返回到学校已到凌晨3点，其他老师因都没找着伍秋霞，在学校等覃校长的消息。当听说伍秋霞安然无恙在家时，老师们会心地笑了，这才回到房间睡觉。只睡3个小时的老师们，第二天早上6点照常起床与寄宿生一起做早操！

学生有困难，覃校长积极想办法帮助解决，学生有病，他亲自背着上医院，为学生交费、喂药、喂饭，关怀备至。

1986年5月，六年级黄士祥班上有个叫覃正祥的学生，放学后在他家门前瓦窑上玩耍，不小心一只脚踩进了烧得通红的烟囱里，左腿烫得红肿起疱，不能行走，在家治疗。覃正祥的家住在红旗堰的一个山冈上，离学校将近3华里。班主任黄士祥了解这情况后，告知覃东荣校长。放学后，覃东荣与黄士祥一起到覃正祥家访问。

覃正祥的父亲说："覃校长，你看，我家正祥烫成这样，在学校很不方便，可能要休学，我又要做生产，没有时间接送！"

覃校长说："现在离六年级毕业只剩下一两个月了，如果休学就要耽搁一年多的时间。学生的学习不能误，这样吧，你早晨负责把孩子送到学校，到校后由我和黄老师负责，放学后把他送回家，你看怎样？"

覃正祥父母听覃校长这样一说，感激万千，握着覃东荣的手说："太感谢你们了，给你们添麻烦了！"

"不麻烦，老师关心学生是应该的。"黄士祥说。

就这样，早上覃正祥父亲把他送到学校；白天安排学生背他上厕所，放学后，覃校长与黄士祥轮流把他背送回家，一直到他伤势痊愈，长达一个多月。小学毕业时，覃正祥以优异的成绩考入当时的大庸二中初中重点班学习。

覃东荣对贫困生十分关注。三年级学生吴腊春的父亲去世得早，与母亲相依为命。母亲身患重病，吴腊春经常未吃早饭就去学校读书，覃东荣从学生中了解到这一情况后，心里很不好受，于是常把自己的餐票送给他，让他吃饱饭安心读书，直到小学毕业。

第十五章　关爱学生深夜访　爱生如子施恩惠

张家嘴联组有个叫吴云山的同学，家庭相当贫困，父亲劳力不强，老大吴云山读五年级，弟弟在读三年级。两兄弟时常迟到，面临失学。

覃东荣从吴云山班主任口中了解这一情况后，决定放学后带领两兄弟的班主任亲自去他家访问。覃东荣拄着拐杖与两位班主任走了一个小时后来到吴云山的家门口，看见吴云山正在剁猪草，他的弟弟正在烧火做饭。烧火的柴是生枞枝，吴云山的弟弟时时用吹火筒吹火，满脸都是黑末。

覃东荣想起自己小时候煮饭的事，不禁眼泪夺眶而出，他说："云山，你父亲呢？"

"在给别人干活"。

一个老师帮吴云山弟弟烧火，另一个老师帮吴云山剁猪草。饭煮熟后吴云山炒菜。

覃东荣问："你家多长时间吃餐肉？"

"半年。"

"云山，来，老师这里有20元钱，明天放学后称斤肉，改善一下伙食。记住，不管有多苦，多困难，都要努力学习，老师会帮助你的。"

吴云山不接，覃东荣只好将20元钱塞进云山的口袋里，吴云山哭了。

一会儿，吴云山的父亲回到家，看到三个老师来家访，很高兴，知道老师的来意后，决心多关心孩子的学习，多准备些干柴，买个闹钟，免孩子上课迟到。

三位老师放心地离开吴云山家。

第十六章
爬遍青山访学生　　收养儿童骨肉情

　　1985年秋季开学了，覃东荣在开学工作会议上强调说："老师们，我们在座的大部分人是国家公办教师，是拿国家工资的，每月有近百元的工资。你们可以试想一下，我们的农民兄弟一年到头面朝黄土，背朝天地劳作，又能挣得多少钱呢？不少家庭贫困得连饭都没有吃，哪有钱来供他们的子女上学啊！昨天，我参加了大庸市教委召开的开学工作会议，教委领导一再要求我们不能让一个贫困生失学。学生的书杂费一律按市物价局、市教委的文件执行，绝不能多收学生一分钱。对于没有钱入学的学生，要想尽一切办法使他们先入学，书杂费的问题可以缓一缓，以后再交；对于家庭实在困难的学生，班主任报上来后，由学校校委会集体研究，当减免的要减免。再穷再苦，绝不允许有一个学生失学！"

　　最初两天，有一些孩子因为家庭贫困没来上学报到。8月31日放学后覃东荣第二次主持了教字垭镇中心完小全体教师入学进度汇报会，安排劝学事宜。

　　9月7日中午，学生放学后，覃东荣第五次主持召开了教字垭镇中心完小全体教师入学进度汇报会。覃东荣从班主任口中了解到，全校只差五年级学生伍良平和三年级学生伍凤华两兄妹因家庭贫困一直没来入学，曾饱尝因家庭穷困不能继续升学之苦的覃东荣焦急万分，一种责任感驱使着他，下决心帮助这兄妹俩。

　　伍良平的家住在边远山寨军家垭村沙母界组，在一个高山上。为了给伍

第十六章　爬遍青山访学生　收养儿童骨肉情

良平的母亲治病，家中一切能卖的都被卖掉了，还欠下外债1000多元。奶奶年老体弱需要人照顾，两兄妹不得不含泪失学在家，帮家里做些力所能及的事，挣点儿钱给妈妈治病，替妈妈还债。看到同龄的孩子背着书包高高兴兴地去上学，而伍良平却早晚牵着一头大黄牛在乡间小道边徘徊，妹妹伍风华一天到晚忙着做饭、洗衣、扯猪草……

为了让躺在床上的母亲高兴，白天两兄妹装作一副快乐的样子，到了晚上，两兄妹只好躲在被窝里偷偷哭泣，两个孩子多么渴望能回到教室与同学们一起读书识字啊！

作为一个出生在偏僻的小山村，交通既不发达，又没有任何经济来源的贫困农民家庭的孩子，想来想去，又能如何呢？

就在兄妹俩绝望失学在家欲哭无泪的时候，一个使他们命运发生转变的机会幸运地降落在他们头上了。

骄阳仍似火，人们不愿外出，纷纷在家避暑纳凉。

覃东荣心里牵挂着失学儿童，不顾身残，拄着拐杖同陈生祥、黄士祥、吕志雄等老师一起，头戴草帽去辍学儿童伍良平家劝学。伍家距学校很远，道路崎岖难走。

当一行人走到教字垭大桥时，覃东荣突然重重地摔倒在地上，拐杖也甩出很远。同去的老师心里一震："不好！覃校长摔倒了。"大家上前，合力把覃校长扶起来。

此时，教字垭教育办主任覃子畅迎面走来。覃主任心疼地说："东荣，你看你自己，搞成这个样子，这么大的太阳，你们这是到哪儿去呀？"

同去的老师说："覃主任，我们准备到军家垭伍良平家劝学，他兄妹已有一个星期没来上学了！"

"东荣，不要硬撑了，身体是本钱，快点儿上医院治腿伤吧！劝学的事交给老师们。"覃主任说。

老师们说："覃校长，我们先送你去医院住院，我们再到伍良平家劝学！"

覃东荣揉了揉腿，用手抹去额角的汗珠，站直身子，说："覃主任，老师们，我这是老病，不要紧，我能坚持。"说毕，他又拄着拐杖，戴上草帽，一瘸一拐地走在最前面，在场的人无不为之感动，忍不住流下了泪水。帮助辍学儿童重返校园，才能对得住这位"拐杖校长"。

冒着炙热的太阳，覃东荣与几位老师继续往前行。翻过一道山梁时，几名老师看到覃东荣手脚并用地往上爬着，心里很不是滋味，要搀着他上坡，他不让，坚持自己往上爬，几名老师只好跟在他后面。

只见覃东荣的右手拿着拐杖，左手拿着一个小包，在手脚并用的情况下，覃校长费了九牛二虎之力才爬上这道山梁！

此时太阳已偏西，夕阳的余晖射不透茂密的树林。再往上走，是一个有台阶的上坡路，道路更加崎岖难走。几名老师看到覃校长实在走不动了，便心疼地劝道："覃校长，你看你的腿不方便，刚才爬这道山坡，你费了很大的劲，你就在这阴凉的岩板上歇着等我们。我们上去看看，一定不辜负你的期望，劝他兄妹俩后天入学！"

覃东荣点头道："行，你们先去吧！"几位老师爬上台阶远去了。

稍微休息后，覃东荣放心不下，还是拄着拐杖赶往伍良平家。过了一会儿，当地有几位村民从后面走上来，发现眼前有一个拄着拐杖的人，在台阶上手脚并用地爬着。心存疑惑，这会是谁呢？大家走近一看，"哇，原来是覃校长！"高瘦的身材，水肿的眼睑，湿透的衣服紧贴脊背，满头大汗，正喘着粗气。面对此情此景，即使铁石心肠的人，也会感动不已。

几个村民不由眼眶湿润，马上将他扶起来，哽咽着说："覃校长，您这是到哪儿去？又是去家访的吧！您看您，腿都这样了，哪有像您这样拼着性命家访的？你这样做到底图什么？"

覃东荣挣扎着站起身，气喘吁吁地说："谢谢！我准备到伍良平家去，他两兄妹辍学，我放心不下，想了解一下情况，接他兄妹俩上学！"

几位村民听了无不为之动容。有个学生家长道："覃校长，他家十分贫穷，您到他家就知道了。"说着，大家扶着覃东荣翻过几道山梁，眼前就出现了一幢两间破烂不堪的旧木房子，那就是辍学儿童伍良平的家。覃东荣看罢一阵心酸，他知道，不是农民兄弟不送子女上学，而是贫穷这座大山压得家长喘

第十六章　爬遍青山访学生　收养儿童骨肉情

不过气来啊！

几名老师突见覃校长出现在伍良平家的门口，简直不敢相信自己的眼睛。大家想，覃校长的腿不方便，怎么这么快就上来了？"是他们扶我上来的！"覃东荣指着几位村民道。

到伍家坐下后，伍良平给覃校长端来一碗泉水解渴。

覃东荣喝完了水，就说："良平，来，坐在老师身边，老师问你，为啥你们两兄妹没来上学，想不想读书？"

伍良平低着头，难过地回答："校长，我想，我天天做梦都想，可家里没钱。"

此时伍良平的父亲搬着锄头，妹妹伍凤华背着一背篓猪草一前一后走进大门。当良平的父亲听说覃东荣是手脚并用爬上来的，不由眼含泪水，牵着女儿伍凤华的手说："老师们，为了我家的两个孩子，害得你们走了这么远的山路。覃校长，你的腿不方便，却爬到我家，我对不住你啊！"

覃东荣说："小伍，这是应该的。送子女入学是家长应尽的义务，你家两个孩子已有一个星期没来上学，怎么不送他们读书？"

"覃校长，不是我不送他兄妹俩入学，你们看我这个家，家不成家，业不成业，娃他妈长年生病。不瞒你们说，为了给娃她妈治病，已欠下1000多元的账。我自己身体又不好，粮食都是亲戚、邻居施舍的。连饭都吃不饱，哪来钱送他两兄妹读书啊？我对不住我的两个娃啊！"说着说着，他不禁蹲在地上哭起来。

"小伍，男儿有泪不轻弹，困难是暂时的。我们的国家虽然现在还很穷，但我相信，等不了多久，国家富裕了，到时学生上学不用交书杂费，由国家负担！眼下得让孩子先入学，再苦再穷，也不能苦孩子。他兄妹已缺课一星期，不能再耽误了，后天都来上学！良平该读五年级了，再等两年小学就要毕业了。这样吧，两兄妹的书杂费由我负责，你们不用操心！"覃东荣果断地告诉伍良平父亲。

"那怎么行？你的三个孩子正在读书，一个读高中，两个读小学，负担也很重，如何负担得起啊！"

"不管是否负担得起,反正孩子不能失学,孩子不能没有文化!"覃东荣深情地说。

此时,面容憔悴的伍良平母亲,躺在床上呻吟着。早已感动得泪流满面的伍良平,情不自禁地跪在覃校长面前,呜呜大哭起来。

覃东荣忙把跪在地上的伍良平拉到椅子上坐下,抚摸着良平的肩膀,喃喃地说:"孩子,不哭,擦干眼泪,坚强些,走,跟我到我家去!"

翌年正月,伍良平的妹妹伍华凤也被覃东荣收养到他家生活。

1986年秋季开学后的第一个星期六下午,覃东荣一回到家,满脸愁容,闷闷不乐。其妻伍友妹(1951—2008)忙问其故:"东荣,你是怎么搞的?你在学校劲鼓鼓的,打得死老虎!怎么一回到这个家,就愁眉不展,你自己好好想一想,我和你结婚15年来,家里的农活你干过一天没有?有你这个男人像没有一样!你星期六回家吃餐饭,又要去学校守校,好像学校才是你的家!这个家你到底要不要?"

伍友妹数落丈夫半晌后,覃东荣仍然沉默不语。

伍友妹急了,今天是怎么搞的?讲了他半天,怎么一句话也不说。平常伍友妹无论怎样讲他,他都会顶几句!伍友妹语气变得委婉了,温和地说:"我们都知道,你是个残疾人,一心扑在工作上,确实不容易,有什么事不要闷在心里,把它讲出来,心里会舒服些。不管有多大的事,我与孩子们永远理解你、支持你!"

覃东荣沉默半晌后,终于开口道:"友妹,真是辛苦你了!这个家全靠你了,我确实是一个不称职的丈夫!有件事我想和你商量一下,但不好意思跟你说,怕你不同意。"

"你说吧,是什么事?"

"童家峪村吕飞跃、吕启银两兄弟因母亲生病,家庭贫困,无钱上学,已辍学几天。我们去年收养了两个贫困孩子,我还想把吕飞跃、吕启银两兄弟接到家里来,并送他们读书,怕你不同意。"

饱受因家庭困苦而不能读完小学的伍友妹,当即回答:"原来是这样,怎么不早说,我只读到小学二年级,吃了没文化的亏。东荣,我支持你,孩子们也会支持你！好，不能让他两兄弟失学，明天我陪你去接他们。"

第二天，骄阳似火，人们不愿外出，纷纷躲在家里避暑。吕飞跃的家住在十八山半山腰的童家峪村，距覃东荣家大约30华里。吕飞跃家五口人，妈妈身患疾病。为了给吕飞跃的母亲治病，家里欠债2000多元，两兄弟不得不含泪辍学，在家做些家务，捡些破烂挣点钱给妈妈买药。覃东荣在妻子伍友妹的搀扶下，拄着拐杖走了4个小时到了吕飞跃家，硬是将这两兄弟接到了自家来住。

1987年春季，覃东荣夫妇陆续又将贫困学生代新华、陈霞接到了家里。

像这样深入山村劝学的例子还有很多很多。

1991年秋季开学后的第三天，覃东荣听说六年级学生覃双来由于家庭困难没来上学，心急如焚，决定放学后同覃双来的班主任覃建新等老师一起去他家了解情况，劝他上学。

覃双来的家位于偏僻边远的教字垭镇丁家峪村扎营山组的一个高山上，离学校较远，道路崎岖难走。

放学后，覃东荣与覃建新、覃遵兵、伍方西等老师早早地吃了晚饭，就上路了。虽是下午四点，可初秋的太阳依旧威猛射人，射得行人睁不开眼。公路上还是那样热气逼人，像野火烧似的。

几人走到教字垭粮店西门附近时，覃东荣突然双腿跪地，双手撑地，拐杖甩出很远，紧跟其后的几名老师不禁一惊，随即喊道："不好，覃校长摔倒了！"老师们发现覃东荣的摔伤了左手，鲜血直流。他用右手将地上的黄泥土粉末敷在伤口上，想站起来，挣扎了几次还是不行。同去的几名老师快步上前将他拉扯起来，把拐杖递给他，他用左手拍了拍身上的灰尘，跺了跺右脚，又要往前走。

同去的老师不由眼眶湿润，心疼地说："覃校长，你的腿病又发作了，覃双来家很远，你就别去了，我们几个保证他明天入学！"

"不要紧，这是老病，过一会儿就好，没事，走吧！"说罢，他拄着拐杖一瘸一拐地走在最前面。

经过3个小时的艰难行走，晚上七点，覃东荣一行终于找到覃双来同学的家。只见他家的三间木房，摇摇欲倒，山尖上用几根大树桩支撑着。南北两侧

093

是由土砖砌成的墙；东面墙是由竹条编装成的，只装半截；西面是通的。高山上的风大，虽是初秋，却已是寒气袭人。覃双来有三兄弟，双来是老大，12岁，二弟、三弟都还小。覃双来正在家里煮晚饭，看到覃校长与老师们接他上学，眼眶湿润了，急忙用抹布将椅子上的灰尘抹掉，很有礼貌地请老师们坐。

覃东荣问覃双来："双来，这几天怎么没来学校报名读书？"

"家里没钱。"

"你自己想不想读书？"

"想。"

覃双来的父亲听说覃校长的腿不得力，是手脚并用爬上来的，不由感动得热泪纵横，哽咽着说："覃校长，你的腿本来就不方便，可为了我家双来，害得你们爬了这么远的山路，把你们害得够苦的，很对不起你！"

"不辛苦，应该的，他是我们的学生，这是我们做老师的职责。不管条件有多苦，有多困难，孩子要读书，孩子不能失学！"

"覃校长，你说得对，只有知识才能彻底改变贫穷落后的面貌，我决心克服困难送他读书，不让你们白跑这一趟！覃校长，你放心，虽然娃他妈生病，为她治病欠了许多债务，但是我即使讨米也要送双来上学，不会再让他失学。明天，我就送双来上学，不送他上学对不住您呀！"覃双来的父亲饱含眼泪地说。

覃东荣说："那好，这样我们就放心了，叫他明天到学校来，书杂费、伙食费我们再想办法。天快黑了，我们该回学校了，明天见！"

覃双来父亲说："覃校长，你的腿不得力，这山路不好走，无论如何我要送送你们！"

覃东荣不让，覃双来的父亲坚持送。覃双来的父亲提着马灯搀着覃东荣，一直护送到山脚下的公路上才转身回山。

覃东荣同几名老师回到学校已到晚上10点，覃东荣还备了两个小时的课，查看学生寝室后才睡下。

第二天清早，覃双来背着书包，提着桶子，他父亲背着棉被来到学校，覃东荣很高兴。覃东荣把自己的当月餐票送给覃双来，班主任覃建新也买了半月餐票送给覃双来，鼓励他努力学习，长大后做一个对社会有用的人。

榜样的力量是无穷的。

人们都说，在教字垭，大凡认识覃东荣，或与覃东荣相处过的老师、学生，都不会忘记他，覃东荣身残志不残。他的一生是战斗的一生，是为教育教学无私奉献的一生，是廉洁奉公的一生。

在他的带领下，教字垭镇中心完小筑起了一道"堤坝"。他是防治学生"流失"的"安全堤"，是实现九年义务教育的"责任堤"。

覃东荣在任职期间，始终将学生巩固率纳入全年工作管理目标，逐月量化。他要求学校领导和老师，把加班加点加在走访劝学上。他制定制度，带头履行，如果学生流失，在三天内未家访，扣除岗位目标奖，并通报批评。对特困家庭的学生，学校行政管理，老师包干到人，采取对口捐助，绝不允许有一个学生流失。再穷再苦，绝不允许一个学生失学。

为了普及九年义务教育，为了贫困山区早日脱贫致富，为了不让任何一个贫困孩子失学，覃东荣拄着拐杖几乎走访了全镇贫困山村的每个角落，这里的山山水水都留有他的足迹。"上坡手脚并用爬，下坡手脚并用滑"，这是当地百姓对覃东荣翻山越岭家访时真实而形象的勾画。

后来，有人粗略地统计，覃东荣30多年中曾访问学生10000多人次，为贫困生代交学杂费、生活费3万多元，这对一个"半边户"，自己身体残疾，既要用微薄的工资供养三个子女上学，又要赡养双方父母的覃东荣来说，这些钱是多么珍贵啊！

在覃东荣那份爱心的感知下，全校没有一名学生因贫困失学，入学率、巩固率年年都是双百。

第十七章
替父守校遭火灾　谢绝救济子承业

覃东荣无私地帮助别人，对自己的家庭却照顾得很少。

1985年春季，覃东荣的长子在大庸二中读高中，女儿、次子在读小学。家中一切农活由妻子伍友妹一人承担，确实需要劳力，但覃东荣为了减轻学校的经济负担，节假日坚持义务守校，不计报酬地加班加点。

一年四季最忙不过的莫过于犁田后插中稻秧，各家各户全家出动割草、犁田、砍田坎、施肥、插秧……

覃东荣的三个子女多么想让自己的父亲回家帮家里做点事，虽然父亲身体残疾，不能下田干农活，但帮家里煮煮饭也好。因为母亲伍友妹一年四季都在田间、山上劳作，太辛苦了！

可孩子们知道父亲是个"工作狂"，工作起来不要命，一心一意投入到学校工作中，舍小家为大家，以校为家。虽然家中这样忙，父亲还是在学校里不计报酬地加班加点，做一些上班时没有做完的工作，晚上义务守校。孩子们认为父亲的选择是对的，当个人利益与集体利益发生冲突时，要以集体利益为重。他们对父亲没有丝毫意见，相反还支持父亲的工作，常常做母亲的思想工作。父亲是个受大家敬重的人，孩子们为有这样的父亲感到自豪！

为了更好地支持父亲的工作，三个子女利用周末的休息时间拼命帮母亲做家务、干农活。

有时，孩子们看到父亲拖着疲惫不堪的身体回到家，吃了晚饭，便倒在

第十七章　替父守校遭火灾　谢绝救济子承业

床上呼呼大睡。孩子们在家做事都轻手轻脚，生怕把父亲惊醒，因为父亲也是血肉之躯，更何况是一个残疾人！他为了把学校工作抓好，以身作则，忍饥挨痛地做师生的表率！学校各种事情他不能不管，凌晨六点起床同师生一起做早操；中午，老师们休息了，父亲拄着拐杖还在校园巡视；晚上加班加点到凌晨一两点才睡。父亲在学校确实太累了，在家要好好地休息，常常一觉醒来已到第二天下午两点。

5月的一个星期六下午，覃东荣突患重感冒，咳嗽不止。本来就十分消瘦的身体，经一阵咳嗽后，脸色苍白，更加消瘦。

吃了晚饭，覃东荣拄着拐杖要到学校守校去，家人们哭了。长子覃梅元急忙走到门口拉住父亲的手，心疼地说："爹，您看您病得这么厉害，还要到学校去守校。平常您守校我们不拦您，可是您现在这个样子如何守？今晚您在家好好休息一下，吃点儿药，我替您去学校守校！"覃梅元说罢把父亲扶到椅子上坐下，在父亲身上取了钥匙，便出了门。

覃梅元来到学校，在学校食堂烧水洗脸洗脚。在天黑之前，覃梅元像父亲平时那样拿着手电筒将校舍周围认真地检查一遍，看有没有不安全的因素存在。然后回到父亲的房间，打开日光台灯，做作业，复习功课。时值春末夏初，微风从窗外吹进来，让人心旷神怡，凉爽极了。晚上10点，覃梅元来了困意，想巡视校园后睡觉。

覃梅元拿着手电筒关上房门，来到校园的西侧办公室附近巡视时，突然闻到一股恶臭的气味，接着听到"噼噼啪啪"的爆炸声。"这个时候难道有人放鞭炮？"覃梅元想。

他迅速回头一看，说："哦，不好，着火了！"只见父亲住房的上空浓烟滚滚，火光冲天。覃梅元镇静下来，连忙跑到教师办公室将总开关关上，防止线路短路，然后跑到父亲的房间，打开房门，看到书桌、钢笔、书纸燃着了。炙热的气流袭来，他想将棉被抢出来，冲进去三次，每次都被难忍的超高温热气挡了回来，再不退出就会葬身火海！

他只好跑到操场上大声疾呼："快来人哪，快来人哪！学校着火了，学校着火了！"覃梅元一边喊一边向学校食堂跑去。

附近的乡亲们听到呼喊声纷纷赶来了。覃梅元从食堂提来两桶水扑火，这时操场上火把亮堂堂，有的搬着梯子爬上房屋揭开瓦，拆下椽子，让明火热气渗出；有的提着马灯、打着手电筒给提水的人照路……不到半个小时，火终于扑灭了。幸好乡亲们扑救得及时，房屋没有太大损失，只是覃东荣房间里的东西烧光了。

覃梅元走进被火烧过的房间，床上的帐子、棉套、被子、稻草等已成灰烬，自己的书、本子、钢笔烧得干干净净，留下一堆灰……覃梅元哭了，自己的书没有了，还可以借，可父亲唯一的一床棉被没有了，找谁借去？

第二天，覃东荣来到学校，看到自己的房间烧成这样，心里很难过。覃梅元说："爹，我没有守好校，让您失望了，我对不起您！"

"这不怪你，只要没伤到人就好，幸亏你当时在巡视，发现得早，损失不大，否则后果不堪设想，你不要自责，我相信失火原因会调查清楚的！"

后经教字垭派出所的民警调查查明，失火原因是日光台灯电线老化短路引起的。教字垭镇联校领导看了现场后，要给覃东荣救济点损失，被覃东荣拒绝了。覃东荣说："谢谢领导的关心！我的这点儿损失不要紧，一床棉被而已，只要学校没有损失就好，我自己想办法。"

傍晚，家住张家嘴联组覃东荣的堂姐夫李启华得知后，搬着自家的一床棉被来到学校，要送给覃东荣。

覃东荣坚决不接受，李启华责怪他说："东荣老弟，我知道你这个人不随便接受别人的东西，但是人人都有困难的时候，你收下！我知道你家也没有钱买棉被，没有棉被你晚上怎么睡？这就算我暂时借给你的，等你以后有钱买了棉被再还我，可以吗？"

当天晚上，覃东荣睡着这床充满人间真情的棉被，思绪万千。令覃东荣这辈子遗憾的是，直到他去世前还没有把这床棉被还给好心人李启华！

1985年9月10日第一个教师节，覃东荣光荣出席了湘西自治州优秀教师表彰大会，被湘西自治州人民政府授予"州优秀教师"，同年还大庸市（县级）人民政府记功。

1986年11月，国家开始尊师重教，全社会都在关心教师，教师普遍涨了工

第十七章　替父守校遭火灾　谢绝救济子承业

资，覃东荣的工资也由原来的每月120元涨到了185元。

星期天，覃东荣利用在市教委开会时的中午休息时间，来到大庸一中给长子覃梅元送生活费。原来覃东荣每月给覃梅元20元的生活费，粮票每斤收燃料费3角，每月36斤粮票需交11元的燃料费，余下的9元钱供吃菜，每餐1角，每天3角，一个月恰好用完，再没有钱买牙膏、洗衣粉了。时任大庸一中党支部书记李子才是覃梅元的叔伯姑父，为人心地善良，非常同情覃梅元家的处境，两年中每个星期六、星期天都要接覃梅元去他家改善伙食。覃梅元得到李子才一家人的帮助，才有钱买牙膏和洗衣粉。

覃东荣想给长子增加点生活费，可覃梅元不让。

覃梅元说："爹，我每月20元钱够用了，我现在过得挺好，李姑父一家人很关心我，至少中午我还有饭吃，弟妹在小学读书没中饭吃，您就将增加我的那笔钱让弟妹吃点中饭吧！"覃东荣听到长子的话，不由眼眶湿润。

高考，乃人生大事，覃梅元却因一支钢笔不争气，落下终生遗憾。

1987年7月9日，是覃梅元高考的最后一天，天气相当炎热，坐在教室里考试不觉汗湿衬衫。

上午考英语，考着考着，钢笔突然不下墨水了，他把钢笔打开，修理了几分钟，还是写不出来，不下墨水，不觉心慌。覃梅元修理钢笔的动作被监考老师发现了，监考老师看他焦急的样子，当即把自己的钢笔借给了他。

覃梅元虽然拿着老师借给他的这支高级钢笔，但还是收不下心，精神集中不起来，心还在"扑通""扑通"地跳个不停，不知不觉终考铃响了。覃梅元哭了，心想这场英语考试肯定考砸了。

高考成绩公布后，覃梅元不敢看，总分距中专最低控制分数线相差几分。虽然上了计划内自费专科线，可是每年至少几千元的学费，这对于一个农村贫困家庭来说，无疑是个天文数字，想都不敢想！他只好把计划内自费这一志愿栏放弃了。

原来这支不争气的钢笔两个月前就出了故障，经常写着写着就不下墨水了，买一支钢笔需要2元钱，当时覃梅元手里有几块钱，买2元钱的钢笔还是不成问题的。但他舍不得买，因为2元钱够他吃一个星期的菜！

后来，父亲覃东荣知道了这件事，没有对长子说什么，只是心里感到惭愧，觉得对他关心太少，怎么不多给他几元钱，买支钢笔呢！……

覃东荣惭愧之余，对长子说："梅元，这次高考失利，是父亲对你的关心不够。我看你还是有潜力的，总分120分的数学你考了108分，其他功课再努力一点，还是有希望的，你就复读一年吧！"

"爹，你不要自责，是我平时读书不努力。但和别的孩子相比，我还是幸运的，你送我读书到高中毕业就相当不容易了，不少人不要说读完高中，就是能读完小学都无望。我都21岁了，下学期妹妹读初一，弟弟该读小五，收养的六个'弟妹'要上学，用钱的地方还很多。这是我的真心话，您不要劝我复读了，我想出去打工挣点儿钱，帮你多抚养几个读不起书的贫困学生。"

听着长子几句朴实的话语，覃东荣不由自主地滴下几滴自豪的泪水。

山区缺乏人才，更缺乏人民教师。8月中旬的一天傍晚，覃梅元与伙伴们正在塔子里歇凉，无意中从广播里听到一则消息：大庸市教委计划聘30名初中抵编代课教师和120名小学抵编代课教师。何谓抵编代课教师？抵编代课教师就是抵一个教师的编制，工资由市财政发，以后有机会可以转为国家教师。

第二天，覃梅元与伙伴们结伴到市教委人事股报了名，覃梅元报的是小学抵编代课教师。当时有近1500人报考，结果覃梅元以优异的成绩考上小学抵编代课教师，被市教委分配到桥头乡高枫小学任教。

覃梅元的爷爷覃服周听说长孙考上了小学抵编代课教师，虽不是国家正式教师，但也能为家乡的教育做贡献，异常兴奋。看到长孙没有棉被，他将自己的棉被送给长孙，并叮嘱说："梅元，总算你几年高中没白读，从明天起，你就成为一名老师了，进课堂给学生上课，要多向老教师学习，学习他们的教学方法，要把学生看作自己的弟妹。要当个正派的老师，要向你父亲学习，做一个师生喜爱、群众满意的好老师，不要让别人指着你的脊梁骨吐唾沫！"

覃梅元没有辜负爷爷的期望，经过一学期的努力，他的工作受到师生及家长的一致好评，在年终评优评先教师大会上，他被评为"大庸市（县级）先进教育工作者"。

第十八章
举步维艰抚学生　为生居住建寒舍

　　1986年秋季，覃东荣夫妇收养了六个辍学儿童时，覃东荣自己的三个孩子也在读书，长子覃梅元读高三，女儿覃云、次子覃兵在教字垭镇中心完小读五年级、三年级，这一家就有了9个孩子，成为异性"兄妹"。

　　覃东荣夫妇不仅管这六个孩子吃住，还要送他们读书。覃东荣家还有一个身患慢性前列腺炎70多岁的老父亲。这对一个本来就很困难的家庭来说，又多了六张嘴吃饭，这是一个怎样难撑的家啊！这又是一个在怎样强撑的校长！

　　一天傍晚，邻居陈大妈问覃东荣："东荣侄，我们都搞不明白，你家三个孩子正在上学，本来就穷，一下子多抚养六个孩子，你有这个能力吗？你这样做到底图个啥？"

　　覃东荣摆摆手说："大妈，小声点儿！孩子们正在屋里做作业，不要让他们听到。我什么也不图，只知道孩子不能失学，不能没有文化。虽然我家穷，但再穷再苦，孩子要读书，我夫妻就是要砸锅卖铁，也要想办法把他们送到初中毕业！"

　　正在屋里做作业的六个孩子听到覃校长的话语，忍不住偷偷流泪，他们都被覃校长一家人的义举所感动，他们都在想："覃校长夫妇太善良了，我们遇到了大好人，他们把我们当成了自己的子女。"

　　因为收养这六个孩子实在太难了，因为时间还很长。从小学读到初中毕业，最长的要读七年书。那时，覃东荣家除几亩贫瘠的责任田收入外，全部经济来源，仅靠他每月不到200元的工资，一个6口之家，其生活的艰辛可想而知！

恐怕这也只有像覃东荣夫妇这样的人，才有毅力承受下来！

他夫妇俩是为了振兴贫困山区的教育事业，为了山区贫困户的孩子早日脱贫致富，才这样咬紧牙关勒紧裤腰带过日子，才这样东借西凑地拼命维持着！

覃东荣的妻子伍友妹是一个慈祥的师母，是孩子们的"再生母亲"，她积极支持丈夫的工作。丈夫以工作为重，舍小家为大家，以校为家。家中一切农活、家务全落在她身上，可她没有半点儿怨言。待这六个孩子胜过自己的亲生儿女，吃的和自己的两个孩子一样，甚至比自己孩子吃得还好。

她为了让孩子们多学点知识，很少要他们做家务。每天，当东方出现鱼白肚，她便起床为八个孩子做饭，吃着热乎乎的饭菜，孩子们热泪盈眶。孩子们吃的不是一般的饭菜，而是品尝着人间最慈祥最具爱心的营养佳肴，是享受着覃东荣一家人最善良的招待。望着孩子们蹦蹦跳跳地去上学，伍友妹心里像吃了蜜一样甜。

每天下午，她要为孩子们赶做晚饭，孩子们放学后，回到这个温暖的家，就会吃到香喷喷的饭菜。

每当夜幕降临，伍友妹总是提着马灯迎着凛冽的寒风，背着一背篓衣服到一里之外的茹水河为孩子们洗衣服。尤其三九寒冬，河水冰冷刺骨，冷得她手脚水肿，裂口血渗。

孩子们围着有炭火的桌子做作业，看到师母从河里归来，一双手冻得通红时，孩子们眼眶湿润，都心疼地说："师母，为了给我们洗衣服，您的手都冻坏了。"

师母说："不要紧，不要紧，烤一下就没事了，你们做作业吧，不要分心！"说毕，她又用冻得通红的一双大手，为孩子们筹备明天的食物。孩子们都对人夸赞，师母太善良了，她比自己的亲娘还要亲！

为了增加粮食收入，补贴生活费用。夏天，她头顶烈日；冬天，她不畏严寒，在田间，在山头，耕种劳作，不辞辛苦。

尽管家中捉襟见肘，但是每两周的星期六下午，覃东荣总是借钱称两斤

第十八章　举步维艰抚学生　为生居住建寒舍

猪肉为孩子们改善伙食，补补身子，并叮嘱孩子们要努力学习，其他的事都不要想。

一个星期六下午，覃东荣照常提着两斤猪肉回到家。

饭熟后，伍友妹炒好菜，把三碗肉及小菜放在桌上，准备吃晚饭。覃东荣说："覃云、覃兵两姐弟跟我去木板房，你们吃饭吧。"那是覃东荣故意让自己的两个孩子避开，让这六个孩子多吃一点儿。

当时六个孩子眼含泪水，谁也不动筷子，心想："怎么吃得下呢？我们要等覃校长他们一起吃！"过了几分钟，师母走进来说："孩子，你们先吃吧，他们等会儿就来。"伍良平给覃校长三父子（女）预留了一碗肉，放进菜柜里，六个孩子才慢慢地吃起来。10分钟后，覃东荣与他的两个子女进来了，覃东荣打开菜柜一看，有一碗肉，立即端起这碗肉，要给六个孩子平分。六个孩子着急了，哭着说："覃校长，这是给你们留的，我们已经吃饱了！"覃东荣说："孩子们，吃，快吃，你们多吃点！"覃东荣边说边把这碗肉中的大半给六个孩子平分了。覃东荣一家人坐下来吃饭，六个孩子眼含泪水吃完了晚饭。

饭后，孩子们又看到他们敬爱的覃校长拄着拐杖，迈着艰难的步子，一瘸一拐地走在通往教字垭镇中心完小的乡间小道上。

当时孩子们搞不明白：为什么覃校长天天都要去守校，学校又不是他一个人的？一年365天，恐怕他有350天住在学校，节假日总是看到他不计报酬地加班加点、义务守校，好像待在学校是他人生的一种乐趣。

覃东荣夫妇不仅要为粮食、生活费发愁，还要为住房发愁。

因为覃东荣是"半边户"，妻子伍友妹是农民，家中三个子女正在读书，收养六个孩子后，这对住房本来就相当紧张的覃东荣一家来说是个大问题！

覃东荣家原只有一间木板房，此房还是父亲覃服周从祖父那里传承下来的唯一祖业。覃东荣家没有灶房，只好在三弟、四弟的土屋山尖旁用土砖搭建一间低矮的房子做厨房。

恰好前两年，堂弟覃正模从大庸第二人民医院调到大庸市公安局，一家四口举家搬到了市公安局宿舍。临走时，覃正模将老家的两间正房和一间厨房的钥匙交给覃东荣，说："东荣哥，你家只有一间木板房，你自家的三个子女都住不下，更何况你现在又收养了六个贫困学生，要房子住呀！我这两间房你先用着！"

覃东荣如释重负，总算暂且将住房的问题解决了。

但由于家里人多，居住在堂弟家仍拥挤，覃东荣的长子只好暂住在叔叔家，跟爷爷睡。

不久，覃东荣听说堂弟覃正模要在县城修房子，需要老家的瓦和木材，心里不由着急起来，那收养的几个孩子将居住何处？

覃东荣想起唐代大诗人杜甫的一首诗："安得广厦千万间，大庇天下寒士俱欢颜，风雨不动安如山？"念着这首诗，他不禁咬牙决定在原老屋场上修建几间平房，以供收养的贫困孩子居住。这个决定得到了妻子伍友妹和长子覃梅元的大力支持。

1987年的暑假，每天天一亮，覃东荣就拄着拐杖率领家人到一公里之外的茹水河挑岩头，运细砂。覃东荣长子覃梅元每小时挑三回，每担150斤，挑六回后吃早饭。然后他又头顶烈日，健步如飞，每天坚持挑10个小时，挑三十多回。两个月下来，一家人脸晒得黝黑，肩膀上结了一层茧，二十多方岩头和十几方细砂终于运到老屋场上。下基脚的岩头、砌砖的细砂总算准备好了。

当时，覃东荣自家的一间木板房中摆放着两张床，一张床是覃东荣夫妇的，另一张床是女儿覃云的。居住堂弟两间正房的西头屋里用木板辅成长4米、宽3米的大床，为使孩子们睡得暖和一点，以免孩子们感冒，木板的上面铺着厚厚的稻草。木板的下面用石头砖砌成的支架，这张大床供吕飞跃、吕启银、代新华、伍良平、覃兵五个男生居住，大床的北头吕飞跃、吕启银两兄弟睡，南头代新华、伍良平、覃兵三人睡，每头一床被子。东头房屋里摆着一张床，是专门供伍凤华，陈霞两个女生居住。

没办法，长子覃梅元还是没地方住，星期六回家后只好和爷爷覃服周一起睡。邻居都很同情覃东荣夫妇的处境，两夫妇活得太累了，同时也投入敬佩的目光。邻居都劝伍友妹在自家老屋场上修几间房子，供收养的学生居住。

伍友妹拿着李家岗组三十多户户主"在伍友妹房屋修建申请书上"的签名，来到教字垭镇国土所，请求批建房屋。国土所的几名工作人员早就听说覃

第十八章　举步维艰抚学生　为生居住建寒舍

东荣家收养了几名贫困孩子，决定到覃东荣家现场看看，再作决定。

几名国土所工作人员随着伍友妹来到七家坪村李家岗组，看到伍友妹家确实只有一间木板房和一间低矮的厨房。他们并在现场进行实地丈量，房屋总共占地面积30平方米。收养的六名失学儿童不计算在内，伍友妹全家6口人，人均住房面积只有5平方米，早已达到了修房子的条件。当几名工作人员看到那4米长、3米宽的大床时，不觉肃然起敬，眼眶不由湿润，心想：覃东荣夫妇确实不容易！把寄宿寝室搬到家里来了，不知覃东荣一家是怎么熬过来的！感动之余，几名工作人员按照政策同意伍友妹在原老屋场上建造三间平房。

修建房屋的手续办妥了，可修建房子的钱从哪里出？没有钱怎么修？虽然暑假中一家人苦战两个月，将下基脚的岩头和砌砖的细砂挑足了，但这还不是杯水车薪？目前，为了负责几个孩子吃和书杂费，早就欠了一身外债的覃东荣已无可奈何！

高枫小学的老师们知道了覃梅元家的情况后，很受感动。五名老师每人当即从自己不多的工资中挤出50元借给覃梅元。

覃梅元拿着这250元钱，回家交给父亲。"爹，这是我校的五名老师借给我的250元钱，也是我本期的工资，您拿着吧。不管怎样困难，我们也要早日把房子修好，让这六个'弟弟''妹妹'住。"覃东荣拿着长子交来的这笔钱，两手颤抖着，半天说不出话来。

覃东荣的许多亲朋好友知道这件事后，纷纷给他借钱，东拼西凑很快借到了6000多元。覃东荣不管自家有多困难，但他从不向教字垭镇中心完小借一分钱！

七家坪村的几个砖厂都是覃东荣的学生开的，听说覃校长为了供收养的贫困学生居住而无钱修建房子时，他们都纷纷来到覃东荣家，动容地说："覃校长，您是一个好老师！您收养了六名贫困学生，为了供这些孩子居住才修建房子，我们作为您的学生感到无比自豪！覃校长，您没有钱不要紧，砖您只管派人来挑。钱嘛，等您以后有了再给，我们放心！"

覃东荣夫妇收养贫困孩子的事迹，也感动了四乡五里的人，附近村民纷纷加入到帮助覃东荣家运砖的队伍中。

砖厂距覃东荣家约有两华里，只见蜿蜒曲折的小路上尽是人，教字垭镇联校的许多男老师也利用周末休息时间帮覃东荣挑砖。覃东荣再三叮嘱伍友妹："咱家虽穷，但穷要穷得硬气，这么多好心人帮我家挑砖，无论是村民还是老师，都要记住，按每匹砖两分钱给他们开点报酬，这样我们才心安！"

在修房子期间，覃东荣还是全身心投入到学校工作中，没有请过一天假，晚上也不回家，还是在学校加班加点，甚至星期六晚上，覃东荣也要在学校义务守校。老师们实在看不下去了，纷纷劝道："覃校长，修房子是人生中的大事，一个人一生能修几次房子，你白天上班，晚上还是回去看看吧！"

"我家修房子，确实是大事，但学校的事更大，我睡在家里，心里可就不踏实了，睡在学校，心里才踏实！"覃东荣回答道。

四个月后，一栋90平方米的平房终于竣工了。

星期六，覃东荣回到家，两夫妇对孩子们的住处进行了分配：北头西的一间摆着两张床，由五个男生居住，一张床睡吕飞跃、吕启银两兄弟，另一张床睡代新华、伍良平、覃兵三个；北头东的一间是覃东荣夫妇居住；南头西的一间是伍凤华、陈霞两个女生居住；南头东的一间是覃云居住；老木房里专门放柴火。

有了新房，这一大家人的居住条件得到了改善。

因家里差一张床，代新华、伍良平、覃兵三人只能暂时睡在堂屋后的仓板上。此仓由火砖砌成，高约2米、宽约1.5米。仓板不宽，三人都想睡里面，不想睡外面，因睡外面的人经常会被蹬下床。三人中覃兵年龄最小，睡觉时三人都往里面挤，覃东荣夫妻看到后要自己的儿子覃兵睡外面，覃兵不情愿地睡外面。覃兵时常在睡梦中被蹬下床，摸着头痛哭，记恨自己的父母偏心。

第十九章
清正廉洁拒礼物　严于律己终入党

做一个清正廉洁的共产党人，一直是覃东荣对自己的追求。

日常生活中，覃东荣最反对请客送礼。因为他时刻想到的都是以一个共产党员的标准严格要求自己。了解他的人都知道，自他参加工作以来，从未给领导拜过年、送过礼，他也从不收别人的一针一线。

有次年关，覃东荣在寒假散学典礼会上激动地说："老师们，反腐倡廉是我党的立党之本，我们要坚定不移地坚持四项基本原则，旗帜鲜明地同各种腐败分子做斗争。做人要清正廉洁，中央三令五申，要求春节期间，不拿公款大吃大喝；不拿公款给上级领导拜年送礼；不拿公款打着考察学习的幌子在外面旅游。为什么有些人把中央的指示当成耳边风？我看主要还是思想问题。今后我们党要想根治请客送礼的劣习，反腐倡廉，就要从整顿这些人的思想上下功夫，国家要形成专门的约束机制。"

"礼尚往来固然也要，但是为什么不多走走长辈，孝敬双方的父母？有的人，一切向钱看，动不动拿着公款买着贵重的烟酒等礼品讨好上级领导，有的甚至干脆拿着红包'孝敬'自己的上司。他们认为这又不是自己掏腰包，既搞好了上下级关系，又得到了领导的信任，且能疏通自己今后青云直上的关卡，这一举三得的事，何乐而不为呢？今天，在这个会上，我把丑话讲在前面，我覃东荣最不喜欢提东西搞过来搞过去。春节期间，有老师想到我家来玩，只管空手来，我欢迎，有饭吃。谁要是提着礼物来，不要怪我翻脸不认人，叫你不好看！"

覃东荣就是这样的人，坚拒送礼，铁面无私。他永葆共产党员先进性、廉洁性的作风。当地人把他的拒腐倡廉、公正办事的行为传为佳话。

教字垭镇中心完小经过几年的精心管理，从一所名不见经传的山村小学演变成县、州先进单位后，无论教学质量，还是生源，每年都在稳步上升。许多邻近乡镇的家长都想把自己的子女转入该校学习。谁不想把自己的孩子送到校风好、信誉好、教学质量高的学校读书呢？因此许多人自然而然就想找校长来帮忙了。

1986年8月21日下午4时，虽然太阳快落山了，但是炎热的天气丝毫没有转凉，人们纷纷在家摇扇乘凉。

此时，军家垭村的一个五年级学生的家长，想把自己的孩子转入教字垭镇中心完小学习。经过几番打听，终于找到覃东荣的家，这位家长从五间大木房的后门走到塔子中央，大声喊道："覃校长在家吗，覃校长在家吗？"

覃东荣听到有人喊，立即从破烂不堪低矮的厨房里走出来，一看是一个中年妇女，五十多岁，头戴草帽，圆盘大脸，上穿一件白色短袖衬衫，下穿一条浅蓝色的涤良裤子，脚穿一双白色平底凉鞋，手中提着几斤花生。覃东荣马上意识到，她肯定是为学生转学的事来的。

覃东荣问："你找覃校长有什么事？"

"我想把我的小孩转入教字垭镇中心完小六年级读书。"

"我就是，你的小孩上学期在哪个学校读书？"

"禹溪完小。"

"为什么要转学？"

"因为到你们学校读书近些，一个女孩子到禹溪完小读书太远了，做家长的不放心！"

覃东荣说："转学的事不是我一个人说了算。如果有实际困难，需要转学，要经过校委会集体研究。另外，转学还要征得原读书学校的同意，不是想转就能转的。这样吧，开学时再说，请你把东西提回去！"

"覃校长，这几斤花生，不成礼物，是我家自产的，不是买的，也是我一家人的一点心意，就算是我送给你家孩子的，你收下吧！"这位家长仍缠着说。

覃东荣严肃地说："你的心意我领了，但东西我不能收，您不至于让我违反纪律吧？"这位中年妇女不管这些，把东西放在桌子上，拔腿就跑。覃东荣拄着拐杖提着东西边赶边喊："大姐，你等一下，不要跑，把东西提回去！"

中年妇女不听，只顾跑，当跑到老木屋的堂屋刚跨后门槛时，只听"嗵"的一声，覃东荣气冲冲地将半袋花生摔到塔子中央。还好，袋子口系得紧、扎实，乖乖地躺在地上，一颗花生也没有摔出来。

中年妇女无奈，只好转身走回来，提着东西快快回家了。她逢人便说："这个覃校长，果然厉害，送他点儿自产的东西，硬是不收。名不虚传，好样的！我活了五十多岁，还是第一次看到这样的人。他不愧是一个严于律己、清正廉洁的共产党员。假如我家小孩能转到他管理的学校读书该多好呀！"

这位中年妇女更没想到，开学时教字垭镇中心完小校委会经过研究，她的孩子符合转学条件，原就读学校也同意转学。就这样，该妇女的孩子顺利转入教字垭镇中心完小六年级学习。

在学校经费的开支方面，覃东荣更是精打细算，不准乱用经费。

他在会议上规定，上级领导来校检查工作，学校出纳装烟时只装根根烟，不递包包烟；住宿不进旅社，一律住在学校；就餐不进馆子，一律在学校食堂。招待领导的标准是每人每餐5元，食堂管理人员要划算好，只有这么点儿钱，买点肉，炒几盘可口的菜，凡是超出这个标准的，超出的部分学校不报销，由食堂管理人员自己掏腰包。

他从不因取悦领导搞特殊招待。招待领导时，他从不作陪，谁分管，谁作陪。他始终与同事们同甘共苦，从不搞特殊，甚至不抽学校一根烟（他常抽的是烤烟）。

有一次，上级教育部门的两名领导来到教字垭镇中心完小检查教学工作。上午听了语文、数学、自然三门，中午吃饭时，两名领导一走进食堂，颇感惊奇，食堂南侧的过道上摆着一张方桌，桌上摆放着几盘热气腾腾的菜。食堂的北侧紧挨灶台的地上摆放着一大盆白菜，覃东荣校长正在和老师们一起蹲在地上吃着。

这天是检查教学工作,由该教导主任覃遵兵陪同领导吃饭。

覃遵兵对覃东荣说:"覃校长,还是你陪领导吃饭吧!"

覃东荣说:"学校有规定,谁分管谁作陪,今天是检查教学工作,该你教导主任陪,去,陪领导吃吧!"

两名领导看学校给他们两人搞特殊化,不忍心,吃不下。其中一个年老的领导说:"覃校长,来,你带个头,同老师们一起到这里吃吧!"

覃东荣说:"领导们,实在对不起,怠慢你们了!我们学校一是经济困难,二是有制度。有我们教导主任陪你们吃是一样的,不要客气,菜不好,饭要吃饱!"两名领导眼眶湿润,思绪万千,想不到这个残疾校长竟是这样一个以身作则、不搞特殊、与同志们同甘共苦的人!心里更加尊重佩服他了。

这顿饭,两名领导与覃遵兵只吃过半饱就回办公室了。

覃东荣说:"老师们,你们好久没有吃荤了,把没有吃完的肉吃完,改善一下伙食。"

老师们说:"覃校长,你也很久没有吃肉了,一起吃吧!"

覃东荣摆摆手说:"老师们,吃吧,我就不来了,我就吃这个菜,好!"

由于覃东荣坚持原则、大公无私、不畏权势、清正廉洁,说一是一,说二是二,从不拐弯抹角,搬起碓码不换肩,老师们又都称他为"碓码校长"。

正是这位"碓码校长"思想过硬、政治觉悟高,在日常工作、生活中以身作则、廉洁奉公,在师生中树起了威信,带了好头,他向党组织靠拢的条件也已成熟。1985年5月,经教字垭镇学区党支部书记熊朝流、老党员吴珍荣介绍,全体党员一致通过,学区党支部正式接收覃东荣为中共预备党员。6月11日,在教字垭镇全体党员大会上,覃东荣流着热泪说:"感谢教字垭镇党委、教字垭镇学区党支部、全体党员同志们接纳我成为中共预备党员,我感到很荣幸,圆了我20年的入党梦想。我从1965年写第一封入党申请书开始,一直年年写,到今年为止,我整整写了20年!以前党组织没有接收我加入这个组织,是因为我入党的条件还没有成熟。但我不气馁,思想上更加积极,向党组织靠拢,工

第十九章　清正廉洁拒礼物　严于律己终入党

作上更加努力，我想总有一天党组织会考虑我的，接纳我的。各位领导，同志们，我今天加入了中国共产党，从今天起，就要像一个共产党员的样子，保守党的秘密，绝不叛党，绝不为党丢脸！共产党是工人阶级的先锋队，今后我这个先锋队中的一员要在师生中起模范带头作用。吃苦在前，享受在后，先天下之忧而忧，后天下之乐而乐，为人民服务是我党的宗旨，我要为师生服务，为人民群众服务。请党组织看我的实际行动吧！我要为党和人民的教育事业鞠躬尽瘁，死而后已。"

1985年暑假，大庸市教委领导看到"工作狂"覃东荣日夜不停地劳累，教字垭镇中心完小异军突起，有了一定的起色，一所贫困山村的小学不到4年一举跃入全市（县）、全州先进单位。而挂着拐杖的覃东荣带病坚持工作，渐渐消瘦，长此以往，他的这条老命非搭进去不可！为了对他的身体着想，市教委想给他换份工作，调他任某学区主任。

可覃东荣却不领这份情。教字垭教育办主任覃子畅同志受市教委领导的委托，找覃东荣谈话，征求他的意见，覃东荣说："感谢各级领导对我的信任。覃主任，你也知道，我这个人天生就不是当官的料，你们要我当这个完小的校长，我都感到力不从心，能力有限，更何况要当学区主任，我恐怕不能胜任！我这个人不能离开学生，不能离开讲台，否则我就会浑身不自在，心里空虚，不舒服。你们让有能力的人上吧！我还是当这个完小的校长比较好，要不，我当一名普通老师更好！"

几句朴实的话语，让覃子畅主任感触很深，只好去城里向市教委领导如实汇报。市教委没办法，只好尊重他的意见，继续让他任教字垭镇中心完小校长。

1987年秋季，教字垭镇学区更名为教字垭镇联校。

1989年6月，正值教字垭镇联校每学期第二次教学评估检查。教学评估检查团由联校四名领导与精通业务且在教师们中有一定威信的三名精干老师组成。

一分耕耘，一分收获。全联校8所小学无论是大学校，还是只有一个老师的村级学校，都要先听课，再查看资料，检查后客观、公正打分，分数记录在教师档案中，与年终考核评优评先挂钩。

这天早晨，没有雾，天亮不久，一轮红日从武陵源核心景区张家界西南边的十八山慢慢升起。教字垭镇联校教学评估检查团在8时上班以前赶到一所小学。这所小学是一所片完小，颇具规模，在全联校列居第二，有一至六年级6个班，9位老师。

检查团决定，听课按课表进行，听课不打招呼，课表上是哪个人的课，就听哪个人的课，每位老师至少要听一节。听课时，7名检查人员都参加。听完后马上检查被听老师的教案，看上课内容教案备了没有，是否差课时；并及时找学生谈话，上课内容以前是否上过，检查人员给其打分，取其平均分，然后把教案的右侧铺成平面，盖上公章，防止以后再用。接下来检查学生的作业，看批改日期、批改质量，作业是否与上级教育主管部门的规定相符。最后看政治笔记、心得体会、业务笔记、优差生辅导记录、家访记录、创新活动记载、评教记录、家长会记录等。根据细则一项一项地评分，最后得出被检查老师的综合得分。

正午时分，格外炎热，太阳裸射着柏油马路，柏油被高温晒得渗了出来。穿凉鞋的行人都格外小心，怕凉鞋被柏油粘住，提不起来。太阳光照得行人的眼睛都睁不开，撑着的防晒伞快要被太阳烧焦了。

这时，检查团成员要吃午餐了。大家鱼贯而行，刚走进食堂门口，一股浓烈的肉香味扑鼻而来。

覃东荣看到桌子上炒了一桌比较丰盛的菜，甚感惊奇，当即对该校校长说："为何对我们给予特殊招待？"

"没什么，几盘肥肉而已。"

"你们平时是不是这样吃的？"

"不是。"

覃东荣严肃地说："你们学校财力本来就相当紧张，不要认为我们是领导，就搞特殊，炒这么多好菜干啥！平常吃什么菜就炒什么菜，我身为本联校纪检组长，今天要批评你。希望你们能把钱用在刀刃上，把节约下来的钱用在购买教学用具上，多购买点幻灯机、录音机、收音机、幻灯片、挂图、小黑板……当然炒了就不能倒掉，我们不饿，你们自己吃吧！"

第十九章　清正廉洁拒礼物　严于律己终入党

说罢，覃东荣拄着拐杖，气冲冲地走到办公室工作去了。

有一年年底，省市领导来到教字垭镇中心完小检查教育目标管理。出于礼节，镇党委政府在镇上一家馆子订了两桌招待检查团领导，镇党委书记要镇联校校长通知覃东荣陪同领导吃饭。

覃东荣对镇联校校长说："我覃东荣从不到馆子里吃饭，学校有规定，就餐一律在学校食堂，为何要到馆子里招待！你们不会让我违反制度吧？"

后来老师们才知道，覃东荣已有3个多月没吃过荤菜了。

可他还是每隔两个星期借钱称两斤猪肉提回家，为收养的六名贫困学生改善伙食。于是覃东荣"碓码校长"的绰号在教育系统中传开了。

覃东荣就是这样的一个人，从不搞特殊，坚持领导与老师同甘共苦，领导与老师同餐。有好菜，有油水的菜，他宁愿让同事吃，而他自己从不沾学校的一点儿便宜。

第二十章
平淡人生争朝夕　　淡泊名利求贡献

平平淡淡的生活是覃东荣幸福的组合，在当地人们常流传这样的名言："平淡过一生，幸福伴你行"，这句饱含人生哲理的话，早就成了覃东荣的人生信仰。他常在工作中对老师们说："不要看我们现在的工作很平凡、很平淡，但是在这平凡中，有多少人的期望；在这平淡中，能繁衍出多少幸福。"覃东荣就是这样，他把人生看得平淡，看得珍贵，工作也很有节奏。

踏实工作，成了他做人的嗜好。学校就是他的家，师生也就是他的亲人。他一身正气地投入到工作中，无论大事小情，他都抓严、抓实，做到细心、细微，不留死角，正是他兢兢业业的工作、朝夕的忙碌，教字垭镇中心完小才取得了许多骄人的成绩。

教字垭镇中心完小这一成绩，其实凝结着覃东荣校长的全部心血，该校也多次被市（州）区（县）授予荣誉。

1986年正值"普六"火红年代，学生的心理也牵动着覃东荣的心。那时要想不让学生辍学，要保住学生入学率，提高教学质量，教师就得关心每个学生，了解学生的心理需求。

覃东荣作为一名小学校长，在会上他对教师这样要求，而且他自己也要做一个榜样。1986年10月15日，"普六"工作面临验收。教字垭镇中心完小在进行学生入学情况自查时发现全校有1名学生未入学，这是怎么回事？开学以来辍学的学生、贫困生都劝回来了，而这个学生在表册中显示出未上学。表册中六

第二十章　平淡人生争朝夕　淡泊名利求贡献

年级学生李敏显示转学到别的学校，可是该学生去向不明。覃东荣上完课拄上拐杖，约上该生原班主任陈生祥老师到张家嘴去问个明白。有老师说："覃校长，这个同学即使转出去了，对我们学校的入学率也没有什么影响，你又何必跑那么远的路？"覃东荣说："工作就要做到真实细致，不留死角，即使这个学生转到别的学校，也要相关证明。"于是覃东荣决定亲自去，家访让他疲惫不堪，覃东荣发现这个组没有这个学生，为什么户口册上却有？他不厌其烦地查户口，多次到张家嘴了解，前前后后为这个学生花了很长时间。有人说他是个死脑筋，不转弯，随便指个不就完了。

覃东荣的坚持，终于查明了李敏是随母到浙江落户。他对每件事都那样认真。他在会上说："我们的工作虽很平凡，但也是很重要的工作，我们要在这平凡中做到让人民放心，要不厌其烦地去做细做实。"他的这番话带给全体教师深深的教诲，也是他对自己的严格要求。他就这样朝夕奋斗在这极其平凡的工作岗位中。

俗话说，村看村、户看户，群众看的是干部，一所学校办得好不好，能不能持续发展，要看这所学校的校长是否带得起头，这话一点儿不假。

这几年教字垭镇中心完小能取得那么多骄人的成绩，其实凝结着校长覃东荣的全部心血。

清正廉洁、一身正气的覃东荣，却对名利看得十分淡薄。

1988年大庸市由县级市升级为地级市，原大庸市改为永定区。

1989年年初，湖南省人民政府计划在5月1日劳动节这天，表彰一批各行各业劳动模范，要求各地、市、州总工会上报一批政治觉悟性高、工作突出的先进个人。上级领导看到张家界市永定区教字垭镇联校这几年政绩突出，为了表彰先进，决定将一个"省劳模"名额下放到教字垭镇联校。

"省劳模"名额下放到教字垭镇联校，这在当地可以说是破天荒的第一次。

教字垭镇联校校长熊朝流与其他联校领导异常兴奋。那么，这么高的荣誉应该给谁呢？这也是上级领导对该联校评模工作的大考验啊！既要公正，又要评选出真正能享受这种荣誉的人，只有先听听教学第一线各小学校长的意见了。

讨论的那天上午，天气格外晴朗、风和日丽，各片小、村小校长早早赶到竹园坪小学会议室。

会议由联校校长熊朝流主持，熊校长说："这次上级领导将'省劳模'名额下放到我联校，这是对我们教字垭镇联校工作的充分肯定。这几天，我在思考这个问题，要在我联校内评选出一名政治思想觉悟高、纪律强、工作突出的先进模范人物出来，下面就请各位校长谈谈自己的观点，推选出自己的候选人。"

会议的气氛很浓，各小学校长、联校领导争先恐后地发言。竹园坪小学校长覃建新第一个发言："这次评模座谈会能在我校召开，我作为这个学校的负责人深感荣幸。大道理我就不讲了，我只讲两点，供在座的各位领导及同志们参考。第一，这次'省劳模'名额为什么会下到我联校？'省劳模'名额下放到我联校，是新中国成立40年来，对我联校，甚至教字垭教育办来说是第一次。为什么以前不下放，今年却放下来这个名额呢？第二，我联校能取得这样的成绩，主要还是由教字垭镇中心完小作为支撑。这几年教字垭镇中心完小取得的成绩有目共睹，教字垭镇中心完小多次受到区（县）、市（州）政府的表彰，教字垭镇中心完小的教学质量一直名列全市(州)、区（县）前茅。可以说，教字垭镇中心完小能有这样的成绩，校长覃东荣功不可没，我提名覃东荣为省劳动模范候选人"。

新路小学校长熊凤鸣激动地说："我提名覃东荣为省劳动模范候选人。讲句不好听的话，教字垭镇中心完小假如不是覃东荣在那里尽心尽力地当校长，我们在座的任何一个在那样人际关系复杂的学校当校长，能取得那样的成绩吗？覃东荣校长，16年前我就佩服他。1973年，他在甘溪峪小学工作期间，为了在洪水中抢救落水学生，连自己的性命都不要，最后搞得终身残疾，那么大的洪水，谁敢救！他的确是我们老师们学习的楷模，他无论在哪所小学工作，无论环境、条件多么艰苦，他都以一个胜利的淘金者出现，直到把这所学校办得轰轰烈烈，成为全县先进单位才离开。"

七家坪小学校长覃正伦深有感触地说："我同意上面两位校长的意见。我

第二十章　平淡人生争朝夕　淡泊名利求贡献

们就入学率、巩固率来说，整个联校除了完小以外，哪个学校的入学率、巩固率能达到双百？为什么他教字垭镇中心完小就达到了？他为了普及九年义务教育，不让穷孩子失学，挂着拐杖上坡手脚并用爬，下坡手脚并用滑，踏遍了我们教字垭镇的每个村村寨寨，甚至把六名失学儿童收养在自己家中，不仅供他们吃住，还为他们代交书杂费。同志们，我们可以试想一下，覃东荣工资有多少，和你我一样多，还不到200元，而且他自己的3个子女正在读书，其家庭的艰辛可想而知。所以说，教字垭镇中心完小的入学率、巩固率能达到双百不是偶然的，而是要花费心血的，我提名覃东荣为省劳动模范候选人。"

柑子坡小学校长曹永富说："覃东荣做事认真的态度值得我们在座的每位同志学习。我认为教字垭镇中心完小的财务公开制度搞得很好，值得推广。不管是哪一级领导在完小检查工作，递烟递的是根根烟，就餐在学校食堂，住宿在学校。他把每一分钱都用在刀刃上，学校收支账目透明，每期结束清理账目人人参加，人人理财。学校从不欠账、负债，每期都有节余。学校来人来客后，他没有陪领导吃过一餐饭，喝过一滴酒，而同老师们一起吃大锅菜，像这样节俭的校长少有啊！……他是我们教字垭人民公认的好校长！"

覃东荣说："刚才几位校长提名我为省劳动模范候选人，我深表感谢！在这个会上，我衷心地表个态，请同志们不要提我为候选人。虽然我取得了一点儿成绩，但与省劳动模范标准还有很大的差距。我讲的是真心话，不管有没有荣誉，工作都要努力干。刚才几位校长发言时，我在思考一个问题，自我1981年调到教字垭镇中心完小任校长以来，在教字垭镇联校领导下，经过全体教职工的共同努力，取得了一点儿成绩，难道这些成绩就应归属我一个人？我得到的荣誉够多了，5次荣获县级先进教育工作者，县级记功记了2次，州级'最受尊敬的人'、优秀教师各得了1次，今后不要再给我什么荣誉了。其实我们联校教职工中比我工作做得好、贡献突出的人还有很多，应该选他们。"

……

最后，熊朝流校长作总结讲话："今天的评模座谈会开得相当成功，每个人都发了言，提出了自己的候选人。今天是初步意见，各位校长回到学校后认真传达会议精神，使每个老师都有心理准备，提出自己的候选人。三天后，在教字垭镇中心完小召开全联校教职工大会，再确定下来。"

随后，在教字垭镇联校全体教职工评模大会上，许多老师提名覃东荣为省劳动模范候选人，覃东荣又表明了自己的态度，坚决拒绝了。

过后有人问他："覃校长，我们始终搞不明白，这么高的荣誉你为什么不争取？有的人做梦都想得到这样的荣誉。假如你得到了这个荣誉，不仅可以加一级工资，还可以将你长子的农业户口转为非农业户口。"

覃东荣说："你不当农民，他不当农民，谁当农民？一个人不管是居民户口，还是农民户口，都能为国家做贡献。我是一名共产党员，不能总想着荣誉。莫说加工资，我的工资够高了，我们的农民兄弟一年到头又能挣到多少钱呢？做什么事不能向钱看，要向前看。再说，成绩不是我一个人的，是大家共同努力的结果，只要党和人民认可我的工作，我就满足了。"

覃东荣淡泊名利，更赢得了各级领导、全联校教职工的尊敬与爱戴。鉴于覃东荣在教字垭镇联校中的威望，不久，上级领导又任命他兼教字垭镇联校业务校长、纪检组长。由于教字垭镇中心完小德育工作突出，大庸市（地级）教委于1989年3月在教字垭镇中心完小召开了德育工作先进经验交流现场会，覃东荣在大会上做了德育工作先进经验介绍。他因成绩显著，1990年永定区人民政府又为他记功，1991年他又被授予"全市德育工作先进个人"。教字垭镇中心完小被评为"全市德育工作先进单位""湖南省学习雷锋先进集体"。

第二十一章
严管子女树形象　遵守制度作表率

覃东荣平生把自己的名利看得很淡薄，但对自己的子女，要求却很严格。

俗话说，上梁不正下梁歪，冬瓜葫芦跟种来。覃东荣不希望自己的亲戚在自己身边工作，更不希望自己的子女与自己在一所学校工作。他不是怕管不住他们，而是怕子女在教职工中起不到模范带头作用而失望。

世上的事就有这么奇怪，越是不想来到的事，它却偏偏会到来。

1990年8月，教字垭联校为了更好地提高教育教学质量、整合教育资源，进行布局调整。两公里以内的竹园坪小学在调整之列。竹园坪小学只留一至四年级，五、六年级划到教字垭镇中心完小就读。在竹园坪小学刚刚工作一年的覃东荣长子覃梅元，随着这次教育资源调整，随学生到教字垭镇中心完小工作。

8月31日清晨，大雾很浓，伸手不见五指。

覃梅元心想，今天是去新学校第一次开会，要给学校领导和老师们留个好印象，于是就早早地来到教字垭镇中心完小。走到学校会议室一看，已经来了五六个老师。会议室南面墙壁上的钟"嘀嗒嘀嗒"不停地响着，呵，来早了！才7点半，离开会时间还有1个小时。他想利用这段时间到自己的房间打扫一下卫生，修理一下书桌。

后来，在房间修理书桌的覃梅元，突然发觉四周异常安静，没有一点儿响声，不好！是不是已经开会了。他连忙放下锤子，拿上会议记录本，飞快地向会议室方向跑去。刚跑到会议室门口，他傻眼了！一看，老师们整齐地围坐在椭圆形会议室内,正专心致志地听父亲讲话,显然自己迟到了。

覃梅元心里顿觉慌了,好不容易定了一下神,壮了壮胆,喊了声"报告!"这一喊声打破了会场的安静。正在讲话的覃东荣回过了头,老师们也不约而同地把目光投向门口。天花板上的两台吊扇快速地旋转着,但凉风扇吹不去覃梅元那早已汗流浃背的汗水,只见覃东荣表情严峻,脸像灌了猪血似的,严肃地说:"覃梅元老师,今天是你到我校第一天上班,开会就迟到,我作为校长很不满意!你自己看看墙上的钟,开会已经进行了3分钟。你迟到了3分钟,按学校规定罚款3元,座位上有姓名,自己找座位!"

老师们纷纷说:"覃校长,我们看到他7点半就到了办公室,肯定他有什么特殊情况耽误了。他今天刚来,不知我们学校的规章制度,就免了罚款吧!"

覃东荣严肃地说:"不行!是别的初来老师还可以原谅,但他是我覃东荣的儿子,更要严格要求。这不是罚款不罚款的问题,是给他贴个'记性皮'。要他永远记住遵守规章制度是没有理由可讲的。散会后,覃梅元老师要写个深刻的检讨贴在办公室的批评栏上,今后请自重!耽误了大家的时间,我代表他向大家道歉!好,我们接着开会……"

覃梅元不敢抬头看父亲的脸,低着头,不觉脸红,眼眶湿润,感到自己对不住以身作则的父亲,有些无地自容。假如此时会议室里有洞,他非马上钻进去不可。

会后,覃梅元仍思绪万千,心想:"父亲啊!今天是儿子的不对,给你丢脸了,今后我要做教职工的表率,不再让您伤心!"这次开会迟到的教训,就这样深深震撼了覃梅元,在以后的工作中,他无论在哪个学校工作,时间观念都很强了,他一直受到领导与教职工的好评。

心有灵犀一点通。说来也怪,儿子一年前迟到三分钟罚款3元,写了检讨。一年后,同一个日子,父亲竟也因公事迟到2分钟,罚了2元,也写了检讨。

那是1991年8月31日,这天,太阳早早就升起来了。休息了一个暑假的学生在父母的带领下早早地来到学校报名。教字垭镇中心完小原定早上8时半正式开

第二十一章　严管子女树形象　遵守制度作表率

教师大会，安排报名事宜。教字垭镇中心完小修建于20世纪70年代，它的前身是大桥村办小学，校舍破烂不堪，教室少而窄，每班最多容纳30张双人课桌，课桌挨课桌。前抵讲台，左、右、后三面抵墙，教室里只有两行狭窄的过道供学生们进出。

两千米以内的凉水井小学、竹园坪小学相继被撤销后，学生全部进入教字垭镇中心完小学习。当时教室严重不足，一年级只能招收两个班，国家规定是每班45人。教字垭镇中心完小根据实际情况，决定每班招60人，两个班共招收120人。据初步统计，大桥居委会、凉水井村、竹园坪村三地年满七周岁该读一年级的儿童却达到120人！

学校决定，招收一年级新生，拿户口簿按照上级文件规定执行，贫困地区凡是年满七周岁的孩子一律进入一年级学习，凡是年龄没有达到七周岁的一律不收。

当时有几个家长求学心切，其小孩子只有5岁半，他们欲将其小孩送入一年级学习。当看到覃东荣校长拄着拐杖向办公室走过来时，几名一直等候的家长立刻围上前，要求覃校长开开绿灯将其小孩收入一年级学习。

覃东荣温和地说："我们快开会了，你们有什么情况等我开完了会再好好地谈一谈。"

一个四方脸、满脸胡茬的中年汉子仍纠缠着说："覃校长，你是校长，读不读一年级，还不是你一句话，老师们谁敢不听你的！"

"你小孩几岁了？"

"五岁半"。

覃东荣耐心地解释说："你们的心情我理解，不是不收你们的孩子，但是你小孩只有5岁半，国家规定贫困地区年满7周岁才能收，差一天都不行。现在想读一年级的小孩太多了，教室少、窄，我们只能招两个班120人，而年满七周岁需读一年级的远远超过120人！假如我们收了你的孩子，那些已满7周岁而读不上一年级的孩子怎么办？人家怎么想！"

"不好，到开会的时间了，迟到是要罚款的！"覃东荣说。

"你是校长，谁敢罚你的款！"一个中年妇女说。

"在制度面前人人平等，校长更要遵守！"覃东荣拄着拐杖边走边说，急忙走进会议室。

覃东荣走进会议室后傻眼了，墙上的钟已到了8：32，已经错过开会2分钟！

面对端端正正静待开会的老师们，覃东荣未作任何解释，毫不犹豫地说："今天是我覃东荣第一次迟到，违反了制度，耽误了大家的时间，我向大家道歉，按规定罚款2元，请值日老师记下。"随即，覃东荣从自己的口袋中取出2元钱交给值日老师。

目睹这一切的老师们纷纷表示反对，覃东荣却说："老师们的心意我领了，我是校长，更要带头，今天有许多学生家长来问一年级报名上学的事，说明我们平常对《义务教育法》宣传得不够。这不能怪老百姓，是我们严重失职，我是校长当然要负主要责任！"

站在办公室窗外的几名家长亲眼目睹覃校长为了给他们作解释，开会迟到两分钟，果真被罚款，不由惭愧不已。

散会后这几名家长走进办公室，中年男子不好意思地说："覃校长，对不起！是我们害得你被罚了款，你是为了给我们解释才被罚，我们长这么大，还从来没看到像你这样作风过硬的人！覃校长，你被罚的两元钱，我给你出！"说罢，他把手中的两元钱交给覃校长。

覃东荣笑着说："这件事你们不要放在心上。我身为校长，负有主要责任！这真的说明我们学校对《义务教育法》宣传得不够。好，你们的心意我领了，把钱收回去，我还要感谢你们呢！"

覃东荣依然执行了学校的规定，当天并将自己的检讨贴在学校的批评栏上，并在上面作了批示：制度就是制度，没有任何狡辩的理由。

覃东荣因公迟到被罚款的事很快在教字垭地区传开了，当地的人们纷纷议论说，覃东荣是"菩萨心肠"的人，但执行起规章制度，却是铁面无私，毫不留情，尤其对自己的要求更加严格，在单位能这样带头作表率的人，实在难能可贵啊！

第二十二章
净化环境驱亲友　　跋涉乡村撰校史

随着社会的不断发展，教字垭山区的教育面貌也在日益发生改变。1991年，永定区委、区政府做出决定，教字垭镇"五·七"中学正式并入大庸第二中学，成为一所完全中学。

1992年春，教字垭镇中心完小则整体搬迁到了原教字垭镇"五·七"中学校区。镇完小的校园变大了，教室变宽变多了，师生们特别高兴：从此有了像样的教室、像样的操场、像样的礼堂、像样的食堂……

教字垭镇中心完小搬过来后，原来有些在"五·七"中学卖过东西的附近村民照常挑着东西在学校操场上卖。正值三月，阳光明媚。周围山林有梧桐、枞树争相吐绿，校园内有柳枝垂钓，桃花绽开，让人陶醉。

一日上午，风和日丽。一个二十岁的年轻女子，背着一捆甘蔗走进校园，在操场上的一棵大槐树下摆起了摊，此人正是该校校长覃东荣的亲外甥女熊金桃。

熊金桃认为，这里的校长是自己的亲姨爹，会睁一只眼，闭一只眼的，不会为难她，赶她走的。但事与愿违，就在熊金桃放下甘蔗不到10分钟，覃东荣拄着拐杖从办公室一步一步地走到外甥女身边，笑着说："金桃，你今天在这里卖甘蔗。"

熊金桃说："姨爹，你们搬过来了，我不知道。来，您吃甘蔗。"

说罢熊金桃取出一根大甘蔗送到姨爹的手里。

覃东荣连忙把手中的甘蔗放回原地，说："谢谢！姨爹不吃甘蔗。金桃，你可能不知道，我们学校有规定，校园内不准卖东西。外甥女，对不起，不是姨爹要为难你。你是我的亲戚，更要遵守学校的制度，你不会怪姨爹吧！"

"姨爹，您做得对，我这就背到市场上去卖。您放心，外甥女再也不会给您添麻烦了！"外甥女边走边说。

望着外甥女远去的背影，覃东荣一时心里感到很不是滋味，是不是自己六亲不认，太绝情了啊？但是，仔细一思考，为了给师生创造一个安静舒适有序的教育环境、培养学生良好的卫生饮食习惯，外甥女以后会理解的。

他在会上重申了一个决定：禁止在校园内卖东西，并在学校醒目处张贴公示。

同时，他还在师生大会上作了宣布：禁止任何学生在校园内买东西，发现学生买东西，实行责任追查制，学校找班主任，班主任找买东西的学生，不仅要扣该班的分，还要在班主任岗位责任制中扣分。

不到一个星期，附近村民在校园里卖东西的现象就消失了。校园变得很整洁，教学环境也彻底改变了。

住进新的校园之后，感受到青山环抱中校园的美丽，想到教字垭镇中心完小悠久的历史需要记载传承，而自己的身体又每况愈下，恐怕在这个世上的日子也不多了。覃东荣想在有生之年把《教字垭镇中心完小教育史》编写出来，以供后人参考，他把此想法告诉了学校教导主任覃遵兵和出纳覃金春。

覃遵兵说："覃校长，兵马未到，粮草先行。编写校志要经费，可学校哪有这笔钱？编写校志要资料，需要深入采访、访问，是要花时间的，不是一天两天就能写出来的，起码要花几年时间。采访要车费，要吃饭，这些钱从哪里出？你看你现在的身体，我们都感到心疼，你把你的病治一下吧！身体是本钱，不要想那么多。"

覃东荣说："我们编写校志，不用学校一分钱，我们有脚、有手、有笔，自己写，我想在我有生之年为教字垭镇中心完小做点贡献，一定要把《教字垭镇中心完小教育史》编写出来！"

此后，覃东荣利用放学后和节假日的时间，拄着拐杖，夏顶烈日、冬迎

第二十二章　净化环境驱亲友　跋涉乡村撰校史

寒风，跋山涉水，翻山越岭，访问一些健在的老师、老人，收集资料，实地采访掌握第一手材料，亲自撰写校史。后来，覃遵兵、覃金春两位老师看到身体残疾的覃校长为撰写校史搞得那么累，决心帮助覃校长完成心愿，遂联系黄士渊、吴明浩两位退休老师，帮覃东荣一起搜集整理资料。

教字垭教育办主任覃子畅也很重视教字垭镇中心完小校志的编写工作，经常来学校调研、审核、校对。

功夫不负有心人，经过三年的精心准备，1992年10月9日，一部花去覃东荣、覃遵兵、覃金春、黄士渊、吴明浩、覃子畅等编写人员无数个休息日，学校不出一分加班费的《教字垭镇中心完小教育史》终于完工了！

此书记载了教字垭镇中心完小从1925年开始建校到1992年止共68年的办校历史。

覃东荣原想在1995年教字垭镇中心完小七十周年时，搞个盛大的校庆。可是这一年还未到，自己却因公致残，瘫痪在床，他的愿望没有实现，这是他的终身遗憾！

后来覃东荣曾在教字垭镇中心完小七十周年时，躺在病床上作诗纪念道：

团紫关庙创学校，为民办教心中笑。
民众强化六次换，五十沧桑校史册。
原定今日贺校庆，只怪吾身瘫在床。
国强民富校庆日，切记勿忘告尔师。

第二十三章
编外妈妈撑蓝天　爱洒乡间人世情

望军岩山下的七家坪村，冬天的夜晚格外寂静，淡淡的月光倾泻在沉睡的大地上。

覃东荣家南边那株千年桂花树像一把巨大的天堂伞，遮护着它身边几棵正在成长的小桂花树，也似乎在盼望着小桂花树能经历风、雪、雨、冰、霜的考验而快快长大。

一天夜里，村里的公鸡打鸣声此起彼伏，好像参加竞赛似的，一声比一声响亮。伍友妹实在睡不着了，索性起床，先到孩子们的房间巡视，为掀开被子的孩子轻轻地盖好被子，当看着八个孩子熟睡着，心里才踏实下来。这几年来，为了抚养六个孩子，她一直都没日没夜地忙碌着。

鸡叫三遍时，她把饭已煮熟了，炒好菜，天已露出了鱼肚白。这时，她才叫醒孩子们起床。洗漱后，八个孩子围在一张破旧的方桌边，津津有味地享受着香喷喷的早饭。八个孩子中大的15岁，小的也有9岁了，他们吃起饭时，你一碗，我一碗，好像在进行饭量大比拼的比赛，不到十分钟，满满一簸子饭所剩无几。八个孩子打着饱嗝背着书包哼着歌，蹦蹦跳跳一起去上学。

孩子们走后，伍友妹洗好碗筷，走到大门边一望，东边巍巍朝天观上空红彤彤的一片火烧云，那是太阳快要出来的征兆。果然，一会儿，一轮红日冲破重重包围，从最薄的那片乌云中挤了出来。她想，今天是个大晴天，这一向忙于农活，已有一个多月没给孩子们洗被子、床单了，决心今天把孩子们的被

第二十三章　编外妈妈撑蓝天　爱洒乡间人世情

子、床单好好地洗一洗，棉被好好地晒一晒。被罩、床单，加上昨晚八个孩子换洗的衣服，足足有两箩筐，她挑着满满的一担衣物，到一公里之外的茹水河去洗。

因为丈夫在校很少回家，家中一切农活、家务全落在她的肩上，可她没有半点儿怨言。

她挑着一担衣物来到茹水河边。河北岸有个面积不大的小温泉池，温泉的水冬暖夏凉。

酷夏，人们拿着热水瓶排着队在这里取水回家解暑退凉，喝着清甜可口、冰凉的泉水，人们感到心旷神怡，炎热烟消云散。人们都说，温泉是全村人公用的消暑之宝。

严冬，附近的妇女都会挤在这里洗衣服。此时，温泉周围已挤满了十几个洗衣服的女人。当伍友妹挑着两箩筐衣服走到温泉池旁边时，洗衣的女人不约而同地抬起了头，目光都扫在伍友妹脸上，继而集中到她挑的两只箩筐上。

其中有几位年轻妇女是经过伍友妹牵线搭桥嫁到这里来的，她们看到媒人挑着这么多衣服来洗，甚感震惊，心疼地说："伍阿姨，您到我这里来洗吧！"

伍友妹挑着担子，停了停，微笑着说："谢谢！不用，你们自己洗吧，我今天的衣服多，你们那里码头太窄，床单抖不开，我到河中间洗，水深好洗些。"

为了孩子们今晚能及时睡到换洗的被子、床单，她要先洗被罩、床单、枕巾，再洗孩子们的衣服。她边洗边把洗好的被罩、床单、枕巾一一晒在河滩中的卵石上。15床被罩、15床床单、8条枕巾竟占了半个河滩，像天上飘着的白云那样洁白、轻盈。此时太阳已升到头顶，正午了，伍友妹开始洗孩子们的衣服。

几位年轻妇女已洗完了自己的衣服，看到媒人伍友妹还有那么多衣服没洗，都想帮帮她。

几个人走到河中间，诚恳地对伍友妹说："伍阿姨，您太辛苦了！我们都知道您是一个好人，您已洗了一个上午，水太冷，您看您的手冻成什么样子了，让我们帮您洗，您就休息一下吧！"

"不必了，水冷，你们还是忙你们自己的事吧，到吃中饭的时候了，你们回家吃饭吧，我习惯了，没事。"伍友妹感激地说。

下午3时，她终于洗完了所有的被罩、床单、枕巾和衣服！她搓衣时，因用力过猛，时间过长，手上已搓破了皮，鲜血一滴滴地滴在洗衣的岩板上，岩板变红了，她的一双大手肿得像馒头。

太阳快落山时，寒气开始袭人。伍友妹立即收拾好已晒干的被罩、床单、枕巾，挑着一担干净的衣服高兴地回到家。她晾开孩子们的衣服后，又为八个孩子赶做晚饭。晚上，孩子们睡在暖烘烘、干净的被褥里偷偷地流下了感激的泪水。

秋天，是收割稻谷的季节。别人还未起床，勤劳朴实的伍友妹早就割完了半亩田的稻子。

秋种油菜冬种麦，她总是挑着一百多斤的农家肥，沿着狭窄陡峭的山路艰难爬行1千米，才能到达望军岩山的半山腰。崎岖不平狭窄的山路，身高只有一米五的她显得非常吃力，但她为了让孩子们能吃好一点，咬着牙一步一步地爬着。累得她腰酸背痛，筋疲力尽。下山还要挑着满满的一担红薯，她的两条腿有些发抖，险些跌入悬崖峭壁，身上吓出一身冷汗。每日两餐为孩子们做饭用的柴火，都是她从山上一担一担地挑回来的，一捆捆地背回家的，每回至少130多斤，一般的男劳力挑起来都感到吃力。冬修水利，她家五口人的义务工都是她一锄一锄、一担一担地超额完成的，她多次被村（大队）评为"劳动生产积极分子"。

乡亲们说，伍友妹两口子就是这样的人，她夫妻天生就具有助人为乐的品格。只要她有3升米，宁愿分给别人2升；她有3元钱，宁愿给别人2元；她有3件衣，宁愿给别人2件；她有一碗饭，宁愿给别人分半碗。

一个农村妇女像一个精壮的男劳力那样做农活，这样长时间的过度劳作，就是铁打的也经受不住。六年来，收养的六个贫困孩子逐渐长大，逐渐成才，伍友妹却渐渐消瘦了，她的体重由原来的150多斤减轻到120斤！她面容憔悴了，脸上消瘦了许多，眼睛深陷了许多。乡亲们看到她这几年自己舍不得吃

第二十三章　编外妈妈撑蓝天　爱洒乡间人世情

穿，一切为了孩子们，承担了所有的苦。乡亲们都深受感动，常常向她伸出援助之手。

又是一个漆黑的夜晚，伍友妹背着一背篓衣服，左手提着马灯，右手捂住胸口，喘着粗气艰难地走进大门。正在做作业的孩子们看到师母脸色苍白，脸上豆大的汗珠往下滴便急步走上前，赶紧把她背上的背篓取下来，把她扶到椅子上坐下，孩子们围在她的周围，哭着说："师妈，您病得这么厉害，我们送您去医院。"伍友妹左手捂住胸口，右手摆摆手，吃力地说："你们快把衣服晾在竹竿上，把我扶到床上，睡一觉就好了，没事，不要为我着急，你们快点儿做作业去，早点睡，明天早点起床。"

其实已患糖尿病、高血压、心脏病多年的她早就知道病情，但因无钱医治她一直强忍着，拖着……

她胸前长着一颗肉瘤，不知是良性的，还是恶性的，丈夫及乡亲们都劝她到城里大医院检查一下，可她总是笑着说："谢谢，没事，你们看我好好的，能吃饭，能有什么病？"

她不是不想检查一下自己的病，她也想多活几年，她与丈夫还有很多事要做，可作为一个负债累累的家庭，实在拿不出看病的钱。她知道，一旦检查了，不是吃药，就是打针，甚至动手术，需要很多的钱！

作为家庭主要劳力支撑的她，一天也不敢休息，一旦她倒了，她家的农活、家务扔给谁？她必须强忍着。

她在拼，不遗余力地给这个家一片蓝天！乡亲们都称她是"编外妈妈"。

因为她不是教师，但却帮当校长的丈夫尽了无数教育孩子的义务。特别是收养的六个孩子在她的精心照料下一同上学，他们互相帮助，时而吵闹，时而嬉戏，9个异姓孩子亲如兄弟姐妹。

伍友妹不仅关爱这些贫困孩子，而且帮附近的一些贫困村民解决过不少困难。

当地患妇科病的妇女比较多，许多贫困家庭，由于无钱上医院医治，越拖越厉害。同为妇女，为帮患病者减轻痛苦，伍友妹利用祖传秘方免费帮助她们治疗。农闲时，她上山采草药，回来制成半成品，说来也怪，经她治疗的病人大都痊愈了，不再复发。

"我得妇科病这么多年了，想不到您的两服药，就治好了我的病，还给我免费。您夫妇还收养了我的两个孩子，不仅供他们吃住，还送他们读书，您夫妇是我的恩人，我家永世也不会忘记您夫妇的恩情！"童家村的吴芳云感激地说。

有人还听说伍友妹能利用家传秘方治疗痔疮，来她家治疗的人更多了。病人都想给她一点材料费，她说要什么钱，几服草药而已，只要能减轻病者的痛苦，她就满足了。

"构建社会主义和谐社会，是人与人之间的和谐，人与自然之间的和谐，也包括亲情和谐、友情和谐、婚姻和谐。伍友妹这个只有小学二年级学历水平的农村妇女，在当地构建社会主义和谐婚姻中，竟做出了很大的贡献。"这是后来有人报道她时所总结的话。

一年初夏的一天傍晚，七家坪村李家岗组一个李姓堰塘边突然传来一阵哭喊声，打破了山区黄昏的寂静。

伍友妹听到急促的哭喊声连忙跑出来看究竟，嚄！堰塘旁边围满了百余人。只见一个满脸胡须快四十岁的中年汉子手拿大柴刀怒目圆睁，气冲冲地对准一个六十多岁大娘的左手就是一柴刀。顿时只见鲜血直冒，陈大娘马上用右手捂住正在流血的伤口，疼痛不已。旁边站满了人，但没有一个敢上前制止。

这位中年汉子大骂道："你这个老不死的，我都三十好几，快四十岁的人了，还没讨上老婆。你们做大人的心里一点儿也不急，老子今天要砍死你！"说着说着，又举刀准备砍第二刀。

说时迟，那时快，只见伍友妹一个健步奔过来，一声巨吼："把刀放下，你这个大逆不道的不肖子，竟敢用柴刀砍你的亲生母亲，你就不怕遭天谴！"

中年汉子往后一看，见是伍友妹，不觉心惊胆战，放下了刀，站在一旁。

陈大娘哭泣着说："友妹，快救救我！因为他还没有讨上老婆，就怪我不关心他的婚姻，要砍死我。友妹，求求你，麻烦你赶紧帮他找一个，不然我就活不成了！"说罢双腿跪在泥巴里，伍友妹赶紧扶她起来，她不肯。

伍友妹着急了："大娘，你站起来，马上止血！"

第二十三章　编外妈妈撑蓝天　爱洒乡间人世情

"你不答应我,我就不起来,反正我没有好日子过,他要砍死我!"

"好!我答应你,你快起来。"

伍友妹立即在路旁扯了一把止血的草药,经过嘴嚼后敷在陈大娘的伤口上。

伍友妹严厉地对中年汉子说:"你不能再这样下去了,你妈把你们几兄妹拉扯大,容易吗?你妈这么大的年纪了,还能活几年?一个星期后,你到我家里来,我给你找一个。"

七天后,伍友妹带着中年汉子到一个边缘山寨相亲。经她的撮合,不久,这中年汉子竟然与一良家女子结成了姻缘。

像这样做媒的例子还有许多。在教字垭镇,哪家儿子娶不上媳妇,哪家大龄姑娘还没有嫁出去,都会找到伍友妹。因为她热心、诚心,经过她介绍的对象基本上都能成功,她家成了乡村名副其实的免费"婚姻介绍所"。

做红娘,做成功了就好,没做成功,不仅自己赔上钱米、车费不说,还要两边受气。夫妻吵架后,还要找媒人理论。儿女们经常反对,但善良的伍友妹凭着一颗真挚的心感动着男女双方。经她介绍的对象都经得起风吹雨打,不容易拆散。看到一对对有情有义的新婚夫妻举行婚礼时,伍友妹笑得合不拢嘴,经她撮合成功的夫妻不下百对。

乡亲们都说:"伍友妹做了好事,她是我们乡村免费'婚姻介绍所'的好红娘。"

教字垭是个山区,经济比较落后,虽然政府一再提倡孕妇分娩要到正规医院,可有的家庭由于经济条件差,舍不得花钱,生孩子不愿到医院分娩。

一年夏天的一天上午,七家坪三组有一村民看到妻子即将临产,就连忙把村里的接生婆接到家里来。

老天偏偏作弄人,谁知灾难就降临到这位憨厚朴实庄稼汉的儿子身上,妻子分娩时顺利,婴儿却危在旦夕。三十出头的婴儿父亲焦急万分,痛哭欲绝。听说李家岗组的伍友妹对接生有些经验,便立即派人去请。

当时伍友妹正在田里扯草,来人说明来意后,伍友妹马上放下农活,草草洗手、洗脚后,裤脚卷着就直奔吴家。

当时吴家门前围满了乡亲，接生婆累得汗流浃背，像是热锅上的蚂蚁，无计可施。产妇脸色惨白，昏迷过去。

伍友妹来不及细想，凭借多年的经验，快步挤到婴儿的床边，用嘴对准婴儿的嘴，一口一口地吸出污水，吐在脸盆里。许多乡亲闻到这种气味纷纷退出门外。随后，伍友妹给婴儿进行人工呼吸，几分钟后，随着"哇"的一声，婴儿哭出了声，婴儿得救了。

可伍友妹被污水感染，作呕不止。婴儿的父亲"扑通"一声跪在伍友妹的面前泣不成声。

伍友妹连忙把他扶起来，责怪地说："今天险些出了人命，你可不要怜惜钱，在家生小孩多危险，要引以为戒，今后分娩都要进医院呀！"说完，伍友妹依旧裤脚卷着，走向自家的农田扯田草，此时已到正午时分。18年后，此孩儿高中毕业，还考上了全国一所名牌重点大学。

那孩子的父母后来对伍友妹感激不已，逢人就说伍友妹是他们家的恩人。覃东荣也夸赞妻子做了大好事，夫妻俩更加相互敬重了。

第二十四章
率先普九受褒奖　爱校如家拒补助

覃东荣夫妇收养的六名学生终于一年年长大了，由儿童变成了少年。

1992年8月，代新华初中毕业后以优异的成绩考入湖南省物资学校，毕业后分配到永定区金属材料总公司。伍良平初中毕业后考入张家界旅游职业学校，可是面对3000元的学杂费，他一家人欲哭无泪。就在伍良平母亲为凑不齐学杂费哭红眼睛时，覃东荣听说后，东借西凑，筹得1000元钱，拄着拐杖送到伍家。

当伍良平的父亲用双手接过这充满人间真情的1000元时，不由双手发抖，泪如雨下，抽泣着说："良平啊，你一定要记住，当我们每次走投无路时，覃校长一家人总是帮助我们，覃校长的大恩大德你一定要记住，长大后一定要好好地报答人家！"

覃东荣说："良平，你要努力学习，毕业后成为一个对社会有爱心的人，多关心那些读不起书的贫困孩子就是对我最好的回报！"

1992年11月的一天，冬日阳光暖暖的。市、区教委两级领导组成的检查团在教字垭镇中心完小对教育目标管理进行初检。

覃东荣拄着拐杖在回自己的房间取资料时，由于长期劳累，突然头昏目眩，"咚"的一声，头撞在砖柱上。正在房中办公的教导主任覃遵兵听到响声，立即跑出房间，只见覃东荣用右手捂住头，左手拿着资料撑着砖柱，站在那里。

覃遵兵一把将覃东荣扶住，看到他头上撞起了一个大疱，眼睛充血，脸色苍白，心疼地说："覃校长，我扶你回房休息一下，我替你送资料去！"

可覃东荣什么也没有说，仍然拄着拐杖拿着资料一步一步地走向办公室。覃遵兵怕覃校长摔倒，紧跟其后，心潮澎湃。检查人员并不知道覃东荣受伤，只看到覃东荣脸色苍白。

下午，检查组结果出来了，教字垭镇中心完小得了高分，成为优秀等次。

一个月后，由省政府教育工作督导评估专家组成的一行十几人检查团，又对教字垭镇中心完小的教育目标管理进行复检。

教字垭中心完小出纳覃金春按惯例给检查团的领导及专家递的是根根烟。检查团经过细致、详细的复检，教字垭镇中心完小分数仍然很高，成为湖南省教育目标管理先进单位。

检查团成员很惊讶，一位年老的督导感慨地说："同样是老少边穷地区，为什么这个学校的入学率、巩固率都能达到双百，手写的教育目标管理资料这么齐全、工整，能够成为湖南省普及九年义务教育的创优集体及教育目标管理先进单位，真不可思议！"

有专家要覃东荣谈谈创优的体会，覃东荣说："以前如果不是共产党的帮助，我永远也踏不进学校，我要报答党的恩情，就想要让所有读不起书的适龄儿童都能上学。我的妻子对我也很理解，是她鼎力相助，我才能对工作全力以赴。"

"原来有个贤内助啊！不错，这是一个好经验哩，军功章上也有她一半呀。"一个年轻的督导员开玩笑道。

大家听了，都哈哈大笑。覃东荣也很高兴地笑了，连头上的疱也不觉得疼了！

为了普及九年义务教育，当年，自治州、张家界等地区几乎所有的贫困山区学校都欠了债务。奇怪的是，教字垭镇中心完小却不欠一分钱！

那么，同样是贫困山区，为何教字垭镇中心完小成为全省普及九年义务教育创优集体，不仅没有欠下一分债务，还略有结余呢？

追其原因，人们不难发现，教字垭镇中心完小原来有一个爱财如命、爱

第二十四章　率先普九受褒奖　爱校如家拒补助

校如家、加班加点不计报酬、义务守校,把每分钱都看到骨头缝里面去的当家人。

据不完全统计,覃东荣担任教字垭镇中心完小校长13年间,不计报酬地加班加点折算成标准工作日1000多天,义务守校1500多天。假如他遇到开会或生病,不能去守校,他就要他的家人替他守。

他家是一个地地道道的"半边户"、困难户。两个孩子又小,确实需要劳力,可他为了普及九年义务教育,为了"四率"达标,为了贫困山区早日摆脱贫困,他不得不以工作为重,舍小家为大家,节假日经常在学校加班加点、义务守校,不要学校一分钱。

学校其他领导及老师们多次在会上提出给覃校长补助点加班、守校生活补助,却都被他拒绝了。

有老师说:"覃校长,你守校、加班不是一天两天,而是十多年没日没夜地守校、加班,不给你点生活补助怎么行?何况你在学校加班、守校也要吃饭,不能空着肚子啊!你家也很困难,不给你补助点生活费,我们心里实在过意不去,这也是你应该得到的!"

可覃东荣却说:"老师们的心意我领了,虽然我家很困难,但学校的困难比我家更大。这个钱我不能要,我为学校节约一分是一分,学校还有很多事要做,还需要很多钱。我家欠债不要紧,但学校不能欠债啊!我守校加班不是为了钱,而是想把工作做好,不让学校财产流失!"

"我家可以欠债,学校却不能欠债",这是多么感人的话语啊!老师们被这一席话感动得眼泪盈眶。老师们觉得,有这样的当家人真是自豪!

他们的"残疾校长",硬是把自己的全部心血都献给了贫困山区的教育事业!

第二十五章
调查路上身负伤　日夜护理撼医院

久雨就会大旱，久晴就会涨洪水。这是人们对天灾现象的总结。

1993年上半年连续几个月干旱，人们认为这是一个不祥的预兆，日后会发大水。果然没过多久，七月下旬的第一天，本来晴空万里的天空，突然变脸，狂风大作，乌云翻滚，黑黑的云向南方涌去。一会儿，天空中的黑云重重压下来，大地像一口倒扣的黑锅，下了几天几夜的瓢泼大雨，立刻造成山洪暴发。百年罕见的一场洪涝灾害，随即袭击了湘西北。

7月23日凌晨两点，覃东荣难以入眠，仿佛听到远处有急促的敲锣声。

有人大喊："快起来，快起来！小河的水漫过岗啦，堤快决口啦……"

覃东荣赶紧爬起来，打开大门，只见雨越下越猛，眼前一片漆黑，一里之外的坪中间各家各户灯火通明。到处都是哭喊声，到处都是亮光。有的拿着手电筒，有的提着马灯，有的打着火把，沉睡在雨夜之中的小山村立刻沸腾起来。

天刚出现鱼肚白，又听见"轰隆"一声巨响，小河堤有一处地方决口了，人们被这突如其来的洪水惊呆了！

只见五米高的洪峰像一条饿得发狂的巨龙从北向南一扫而过，大有一副吞没一切的架势！

洪水掠过之处，稻穗连根带泥被冲走，整个七家坪、古城坪到处都进了水。小沟堤水满堤决，大沟堤水满告急，堤坝危在旦夕！大雨中，爱田如命的

第二十五章　调查路上身负伤　日夜护理撼医院

农民伯伯有的头戴斗笠，身披蓑衣，正在搬石头沿途加高加固小沟堤；有的干脆光着膀子搬着门板拼命地堵决口，但洪水太猛，放不稳，他们手撑门板，两脚叉开，与门板形成一道钢筋铁壁，保护着农田，保护着稻穗。

覃东荣家的三亩责任田处在小沟堤与大沟堤之间，小沟堤决口的水与大沟堤翻出的水形成包围之势，吞没着覃东荣家的良田与稻穗。

此时，覃东荣担心的不是自家的房屋被冲和作为唯一生活依靠的责任田被毁，他担心的是教字垭镇中心幼儿园的房屋与财产。因为教字垭镇中心幼儿园紧靠茹水河，地势低，这么大的洪水，房屋可能被淹，甚至冲垮！

覃东荣放心不下。覃梅元刚刚卸下自家的门板，正准备搬去挡住小沟堤决口，保护快要收割的稻穗。只听见覃东荣说："梅元，快放下门板，教字垭镇中心幼儿园危急，跟我走！"

说罢，覃东荣卷起裤脚，穿着凉鞋，挂着拐杖打着雨伞走出家门，走在瓢泼似的大雨中。

长子覃梅元怏怏地放下门板，紧跟其后，心想，这么大的洪水自家的责任田、稻穗被毁不抢险，偏要跑到教字垭镇中心幼儿园抢险去，怎么自家的胳膊总是往外拐！自家田的稻穗被冲走，吃什么？覃梅元心中虽是这样想着，脚还是跟随父亲往前跨。雨大，伞还是挡不住雨水的侵蚀，覃东荣全身湿透了。

覃梅元心疼不已，父亲身体差，体质弱，左腿残疾，怎经得起如此折腾！看着父亲在全是稀泥的路上一瘸一拐地走着，不觉深深感动。覃梅元想劝父亲回家休息，可话到嘴边又咽了回去。

覃梅元心想，这时劝父亲是不起作用的，就加快步伐，走在父亲的前面。"梅元，你看大河里的洪水满岗了，教字垭镇中心幼儿园危急！你比我行动快，赶快上前帮我喊一下沿途的老师，我随后就到！"覃东荣边追边对长子说。

半小时后，覃东荣挂着拐杖走到教字垭大桥上。桥下波涛翻滚的洪水发疯似的怒吼着，不时发出震耳欲聋的轰隆声，眼看它要冲垮大桥，吞没村庄与农田！

覃东荣走在桥上，手在颤抖，腿在发抖，脚不敢往前移，心快被揪出来了。大桥仿佛也在漂移，人像坐在轮船上一般。覃东荣脑袋"嗡嗡"作响，他不敢往旁边看，只能紧握拐杖一步一步地从大桥中间往东行走，终于走过了桥。

大雨还在肆虐，洪水仍在上涨，渐渐漫到了教字垭镇中心幼儿园的操坪。覃东荣来到镇中心幼儿园，想进去查看险情。

几位老师劝说："覃校长，你的腿不得力，这里很危险，你就站在公路上指挥吧！"覃东荣不听，还是挂着拐杖同十几个老师群众走进了院内抢救财产。

在洪水淹没镇中心幼儿园之前，财产已转移完，最大洪峰淹没了镇中心幼儿园一层楼。洪水退后，覃东荣带领附近老师铲除淤泥、清洗街道，然后覃东荣将附近老师分成四组调查师生受灾情况。7月27日下午3点多，覃东荣带领覃遵兵、覃建新、覃基权等老师走到农校上坡路段时，覃东荣因劳累过度，突然一头栽倒在石阶上，不省人事。身旁的老师们见状，立即把他送到张家界市人民医院进行抢救。

因为平素身体透支过度了，他的体质早已极端虚弱，头部又受重伤，覃东荣这一倒下，就再没从病床上站起来，但是这时的他还只是昏迷不醒。

医院尽了最大的努力对他进行抢救。连续六天六夜急救后，他仍没有醒过来。在这六天六夜的抢救中，他的妻子伍友妹一直守着他没休息。前两天两夜都未曾打个盹；后四天四夜，因救夫心切，她更睡意全无，只是眼睁睁地望着丈夫，盼望他早点醒来。

家中的三个子女也焦急地期待着父亲早日醒来、康复；教字垭镇中心完小的师生，都默默地祈祷着他们的"拐杖校长"早日出院，好回到学校主持工作，给孩子们上课。

抢救到第七天时，覃东荣终于度过了危险期，总算醒过来了。伍友妹高兴之际，不断喊着丈夫的名字，但无论伍友妹怎样喊，怎样叫，覃东荣还是呆呆地望着妻子，却不能说话，原来他成了"植物人"。

覃东荣的命是保住了，而伍友妹呢？因为六天六夜没有睡过一会儿，体质急剧下降，抵抗力减弱，一下得了重感冒，也倒下了，并在永定医院住了一个

第二十五章　调查路上身负伤　日夜护理撼医院

星期的院，花去医药费500多元才治好。

伍友妹倒床住院后，更牵动了教字垭镇中心完小师生的心，学校决定派专人护理他们的校长，但伍友妹不让。她说，要老师护理丈夫，丈夫会不安的！因丈夫瘫痪在床，不能去学校工作，就已经对不起党和人民了。若再派个老师护理他，岂不耽误了学生的学业，耽误了老师的工作？

伍友妹等自己的病一好，就又来到丈夫的身边，并将他转到费用较低的中医院治疗，仍坚持由自己护理。

此后，覃东荣就一直瘫痪在床，吃饭要喂、茶水要喂、屎尿要接。但伍友妹从来没有责怪过丈夫，她认为丈夫是为了调查师生受灾情况，虽负伤致残，但是瘫痪也光荣，他做得对！

覃东荣身材高大，有一百四十多斤，每次接大便，伍友妹一个人吃力地把丈夫抱下床，累得满头大汗，气喘吁吁，她从不叫累嫌脏。护士告诉伍友妹，病人在床上睡久了会磨破皮肤，那问题就大了，要隔半小时给病人翻一次身，一天一夜至少要翻24次身，她不厌其烦；一天要擦三次身，晚上洗脚，活动活动一下血脉，她任劳任怨。

丈夫住院后虽屎尿要接，但他所在的这个病房是最清洁的。每次医院的清洁工打扫到这个病房时，看到干净整洁，不需再扫、再拖的地面，无不感动，因伍友妹把这个病房的卫生全包了。连每天查房的医生、护士都说，想不到这个病人的家属护理得这么好，瘫痪在床这么久，病人身上闻不到一点儿味道！

张家界中医院的领导、医护人员也被伍友妹这种耐心、负责、细心的护理态度所感动，整个住院部的病人、家属，对伍友妹这种无微不至照顾丈夫的举动所震撼，都投入敬佩的目光。一层楼的病人，伍友妹看到哪床吊水打完了，还帮着喊护士，哪床没人护理，她就给病人接屎接尿、打开水。病人及家属都亲切地称她为"伍护士"。为了更好地护理病人，节约病人的经济开支，院方还特许伍友妹在过道上做饭。

春节将近，病人纷纷出院回家过年，整个住院部空荡荡的，不能回家在医院过年的寥寥无几。中医院的领导特地为在医院过节的病人及家属安排了丰盛的年饭。市区领导也专程到中医院看望覃东荣。

第二十六章
卧病榻心系师生　众校长深受感动

自覃东荣住院后，教字垭的许多学校师生、领导和家长都陆续来医院看望过他，但他成植物人后，有半年未能开口说话。

直到第二年春节过后，在各级党委、政府、教育主管部门的关怀下，经过医生的精心治疗和妻子伍友妹没日没夜的耐心护理，真情战胜了病魔、真情感动了上苍，奇迹出现了。

覃东荣能开口说话了，话虽说得不是很清晰，但还是能听出说什么。

"友妹，我有半年没交党费了，告诉孩子们不要忘记替我交党费，不然我心里会不安的！"这是他会说话后交代妻子要做的第一件事。妻子听懂了，忙叫他放心，她一定会照办的。

阳春三月的一天黄昏，晚霞映得巍峨的天门山格外美丽壮观。

伍友妹端着一碗饭走进病房准备给丈夫喂饭，不知怎么回事，覃东荣却突然哭起来。望着泪流满面的丈夫，伍友妹急了，忙问其原因。

覃东荣抽泣着说："友妹，我这是怎么了，怎么会睡在这里？我要起来，我要起床！我要回学校去，我要给学生讲课去！"

说罢，覃东荣想用双手撑床，两腿弯曲，试图爬起来。可惜他左半身瘫痪，手脚没有一点力气，任凭他怎么挣扎，还是无济于事，他不禁泪如泉涌。

原来，他不是因头疼而流泪，也不是因调查师生受灾情况致残瘫痪感到后悔而落泪，而是半年来没有踏入学校半步，未给学生上过一节课，心存内疚而

第二十六章 卧病榻心系师生 众校长深受感动

痛苦，他觉得自己对不住那些天真可爱的孩子，他做梦都在给学生上课哩！

看到覃东荣病成这样，还想着他苦心经营的学校，想着他的学生，同病房的病友都流下了感动的泪水。

一位病友走过来劝他说："覃校长，我们都知道您是一个好人，我们都敬佩您！您今天应该感到高兴，您半年没说过一句话。今天您能开口说话，是因为您妻子日夜不停地护理，感化了上帝。您还是吃点饭吧，人是铁，饭是钢，人不吃饭怎么行？您不吃饭怎么能好起来，怎么能早日出院回到学校给学生上课？"

在众人的劝说下，覃东荣终于张开嘴，吃了几口饭。伍友妹笑了，她在丈夫的颈下周围围上一层纸，就像母亲给刚刚能吃饭的幼儿喂饭一样，一口一口地喂给丈夫，生怕丈夫噎着，还不时用勺子给丈夫喂冷开水。喂着喂着，饭菜就凉了，伍友妹把饭菜热一下，再喂。

就这样，一碗饭至少要热三次，可伍友妹从不嫌麻烦。覃东荣瘫痪在床，这时还不能动。

一天，外甥女熊金桃到中医院来看望他。覃东荣很受感动，说："金桃，你今天能来医院看我，我很感激！我认为前年不准你在学校卖东西，你会一直记恨在心，会永远不理我，姨爹现在瘫痪了，不行了！"

外甥女眼含泪水地回道："姨爹，你当时做得对。不仅我敬佩您，我们覃家湾联组的所有乡亲都很敬重您。您是一个公而忘私、廉洁奉公的好人，您看您现在却搞成这样！姨爹，我来迟了，不要想那么多，安心地养病吧。病养好后，好回学校工作！"

还有一天下午，市教委彭长首主任带着组织的关怀来看望他。覃东荣感动得热泪横流。他挣扎着试图坐起来，彭主任急忙走上前，握住覃东荣的手，深情地说："覃校长，别这样，不要动。你的情况，我们市教委领导都很清楚，我们对你关心不够，让你受苦了！"

覃东荣激动地说："彭主任，各级领导对我都很关心，这次若不是国家给我医治，我可能早已不在人世了！彭主任，您专程来看我，叫我如何安心啊！"

141

"我们教委领导应该感激您,你对教育的贡献那么大,你放心,各级党委、政府、教育部门会关心你的,你就安心养病吧!"彭主任这样安慰他后,才走出病房。

为了让覃东荣校长爬起来,早日康复出院,教字垭镇中心完小为他特制了一把软和、好坐的麦秆藤椅。

全校教职工及部分少先队干部在新任校长伍贤科的带领下,手持鲜花,带着这把代表全校师生心意的藤椅,来到张家界中医院看望覃东荣老校长。

可惜病房太小,容不下很多人,师生们只能排队,一一把鲜花献给他们尊敬的老校长。

覃东荣望着这一束束五颜六色的鲜花和那把精致的藤椅,心里不悦。

伍校长代表大家说:"你是我们的老校长,期望你能早日战胜病魔,从病床上爬起来,能够坐在这把藤椅上工作。"

覃东荣听了,吃力地回道:"谢谢!买这些鲜花要花钱,今后不要这样,回家要注意安全!把教学工作抓好,就是对我最大的安慰。我只要下得床了,就一定回去给学生上课的!"

但他这次的病实在凶险,瘫痪在床很久,还是没能爬起来。他不能回教字垭镇中心完小去看一看,可他的心已飞回学校许多次了。他不断幻想着与同事们一起备课,一起讨论,一起批改作业,一起浇灌着祖国的花朵。

想得高兴之余,覃东荣写成《思念》一首诗作为纪念:

前山天门对院开,后依廻龙紫舞台。
左侧英雄烈士塔,右邻玉皇麻峪山。
澧水蜿蜒城中过,群山起伏飞舞来。
吞根生涯几十载,桃李天下咱们栽。

为希望自己早日出院回到学校努力工作,又作《园艄曲》诗以表心意:

园丁四季育桃李,艄公苦渡船复启。

第二十六章　卧病榻心系师生　众校长深受感动

> 英雄豪杰入史册，吾身公残弟子医。
> 同壕战友最知心，不辞劳累慰友人。
> 唯愿吾身早康复，重返教坛献余春。

住院期间，覃东荣夫妻收到一封来自湖南省物资学校学生代新华的信，其信感人至深，其内容如下：

尊敬的覃校长及师母：

你们好！新年快乐！

祝你们全家在新的一年里获取更大的成功，诸事顺意！

今年春节没有看望你们两老，我深感歉意！

虽然你们也许能原谅我，但我自己都不能原谅我自己。每每想起过去你们全家对我的如海深情，就令我汗颜，无地自容！我早年丧父，母亲年老体弱多病，家境贫寒，我那两个成绩优异的姐姐已双双失学，而我忍痛含泪也将步入姐姐的后尘时，是你们，是你们那颗宽大的爱心，把我从失学的边缘拉了回来！其实你们家三个子女正在读书，本来就够困难了，可你们不让穷孩子失学，收养了我们六个贫困学生，不仅管我们吃住，还为我们代交书杂费！

当今社会，能有几人有你们那样的爱心与毅力？

你俩是世界上最伟大的校长及师母！

没有你俩的爱心，我小学都读不完，更不用说能读完初中考什么中专了。你俩是我的再生父母啊！这里，我追忆过去，憧憬未来，在记忆的最深处只有默默祝福你们福如东海、寿比南山！并衷心祝愿覃校长早日康复，早返校园！

顺便相告，我生活得很好。上学期成绩也较为理想，但我会更加努力，学好本领，不辜负你们的期望，长大后像你们一样做一个有爱心的人！

就此落笔。

祝你们全家生活和谐美满！
被你们收养的学生：新华
一九九四年农历正月二十五

看了这封信，覃东荣脸上露出难得的笑容，他为有这样勤奋好学的学生欣慰自豪。

1994年4月26日（农历三月十一），覃东荣卧在病床度过了他的56岁。而其母亲已病故了14年，儿生母辛苦，母亲吴幺妹是覃东荣一生中最尊重的人。

母亲虽然没读过书，没文化，但他觉得母亲是个了不起的人，是女中强人。母亲教他如何做人，教他如何工作，教他怎样为国尽忠。前妻向佐梅生下长子只六天就不幸仙逝，若不是母亲含辛茹苦地喂养，长子又怎能长大成人？母亲为他付出太多，但是没有过上一天好日子就含泪离开了人间。想着想着，覃东荣不禁泪水连襟，遂趴在床头作了《56岁寿思》诗一首，以感激母亲吴幺妹的养育之恩：

尺五成人父母育，寿思慈母心中忧。
特请吾父坐上席，敬献故母一杯酒。

覃东荣住院后，接任校长伍贤科以老校长为榜样，把学校管理得井井有条。

学校在不欠一分债的情况下，入学率、巩固率年年都是双百，并率先在全省普及九年义务教育，成为全省教育目标管理创优集体。永定区委、区政府决定，要在教字垭镇中心完小召开教育目标管理先进经验交流现场会。

1994年5月上旬的一天上午，风和日丽，阳光灿烂。

永定区委、区人大、区政府、区政协领导在时任区教委主任王立章的陪同下，率领永定区教委领导及二级机构负责人、各分管教育的副乡（镇）长、区直学校校长、教育办主任，联校校长、中学校长及完小校长一行200余人浩浩荡荡地来到教字垭镇中心完小。学生穿着整洁的校服，排着整齐有序的队伍，站在学校门口下蜿蜒平整的大道上迎接。

接着，领导及校长们观看了该校步调一致、整齐划一的大型体操表演，听教导主任覃遵兵代表学校作教育目标管理先进经验介绍。

第二十六章　卧病榻心系师生　众校长深受感动

覃遵兵说："要把一所贫困山区小学办成全国先进单位及普及九年义务教育的全省创优集体确实不容易！我校的入学率、巩固率每年能够达到双百，是因为我们的'拐杖校长'拖着残腿、挂着拐杖手脚并用爬遍青山感染出来的。他为了不让任何一个学生因贫困而失学，13年来为贫困生代交学杂费、生活费3万多元，并在自己月工资不到200元、自家三个子女正在读书家境相当贫困的情况下，毅然收养了六名辍学儿童，他就是我们的老校长覃东荣。现在正瘫痪在张家界中医院的病床上，不能来与你们见面！在此，我代表全校一千多名师生向把自己的全部心血献给贫困山区教育事业的覃东荣老校长鞠个躬，祝愿他早日康复回学校！……"覃遵兵边鞠躬边哽咽着说。

会场上顿时响起了经久不息雷鸣般的掌声！

在座的各位领导及校长们也被感动了。他们都在想，难怪这所学校办得这样好，这样出色，入学率、巩固率这么高，原来是因为有一个廉洁奉公、以身作则、以校为家，把自己毕生精力扑在山区教育事业上的好当家人呀！

听完覃遵兵的教育目标管理先进经验介绍后，与会领导及校长们参观了教字垭镇中心完小简陋的档案室，认真查看了教字垭镇中心完小的教育目标管理的软件资料。当详细有序、字迹工整，未开一天加班费的手写"普九"资料展现在各位领导及校长们的眼前时，他们无不叹服！

他们对教字垭镇中心完小取得的成绩给予了充分肯定，也对覃东荣自1981年9月被受命教字垭镇中心完小校长以来的艰苦办校给予了高度评价。

这次经验交流现场会后不久，从共青团中央又传来喜讯，教字垭镇中心完小少先队辅导员向小桃被评为"全省优秀少先队辅导员""全市十佳少先队辅导员"，被邀请到朝鲜参观考察学习。

在前后不到三个月的时间里，卧倒在床的覃东荣听到教字垭镇中心完小连续荣获多项殊荣，心里异常兴奋！他在病床上也感动得流下了自豪的泪水。因为这多项殊荣中，都有他的辛勤付出啊！

1995年初夏的一天，《人民日报》的一位记者路过张家界，听说覃东荣的英雄事迹后，想对他进行专访。

覃东荣对家人说："如果不是共产党，我覃东荣一生一世莫想踏进学校的门,是共产党送我进学校读书的。我所做的这些工作,是作为一名党员应该做的。回想我从1962年9月参加教育工作以来,历经青鱼潭、七家坪、宋柳、甘溪峪、罗家岗、中坪、教字垭七地的变迁,35年的教学虽然取得了一点儿成绩,但这点成绩与党的要求还相差甚远,是微不足道的!我的这点儿成绩不值得宣扬,我们共产党人干工作不是为了名,不是讲花架子,而是讲实效。你们要记者来采访,采访你们好了,不要采访我。如果实在要采访我,我就拔掉针头!"

这位记者从覃东荣家人口中听说这一番话后,更加佩服覃东荣了,为尊重他的意愿,便放弃了对他的专访。

为此,有人说他蠢,有人说他憨!

这些人说,有的人想上中央党报宣传,不知要花多少精力,多少财力去运作,还要托很多关系哩,而他却几次把送上门来宣扬他的机会都推掉了,真是傻啊!但更多人说他是一个不计较个人得失、淡泊名利的人,是一名真正的共产党员!

想不到一年后,这位淡泊名利、高风亮节、钢铁般的铁人还是倒下了,永远离开了他心爱的学生!

第二十七章
沿夫道路传火炬　身着绶带洒热泪

丈夫走后，伍友妹不觉间苍老了许多。

丈夫走时，也没有留给她什么遗产，仅有的就是三间旧瓦房，而欠下的债务却还有那么多没有偿还。

虽然如此，她却没有被贫困所压倒。甚至在丈夫逝去后，她像丈夫一样，仍时常牵挂着穷困的学生。有时候，她拖着疲惫的身体，拄着丈夫曾经拄过的那根拐杖到丈夫生前所管理的教字垭镇中心完小看一看、听一听，看看学校有没有变化，听听有没有学生因交不起书杂费而辍学，她要把丈夫毕生高举的扶贫助学的火炬传递下去！

有一次，伍友妹听镇中心完小的老师说，该校四年级有个叫陈成的学生，父母双双去浙江打工，家里还有七十多岁患多种疾病的老爷爷和4岁的小弟弟。而陈成的母亲在浙江某厂的车间工作时，突感不适，昏倒在地，被工友们送到当地医院进行抢救，医生初步诊断为白血病。医生说，要想根治这种病，必须尽快进行骨髓移植。这至少40万元的手术费用，这对于一个连吃饭都靠邻居施舍度日的贫困农民家庭来说，无疑是一个天文数字！

在外地治不起病，两口子又回到了家乡。为了给陈成的母亲治病，家中所有的粮食及唯一进行春耕生产的耕牛也被卖掉了。陈成的父亲还不得不放弃农活，到处外出打工挣钱。家中的一切家务就全落在这个只有10岁的女孩身上。

陈成每天凌晨五点起床做饭，给弟弟穿衣，给母亲梳头、洗脸、喂饭、喂药；放学回到家，她先洗一家人的衣服，再做晚饭，捡一些能卖钱的破烂；晚上，夜深人静时，她还要给母亲翻身喂水，给弟弟端尿。懂事的陈成，在母亲面前强装微笑，开导妈妈，背地里却偷偷流泪。

一个10岁的孩子，在家里跳来跳去，能有多大的精力！

一个星期六的上午，她下溪洗衣，由于劳累过度，没休息好，眼前突然一黑，一头栽倒在溪水里。恰好被一个过路的大娘看见，大娘马上跑下溪，把在溪水里挣扎的陈成救起来，并帮她洗完衣服。

当满身湿淋淋的陈成像个"落汤鸡"回到母亲身边时，母亲看到女儿这般模样，抱着女儿，不禁失声痛哭："成成，我苦命的成成啊！是妈对不住你，拖累了你，你赶快换衣服去，你若感冒生病，家里哪拿得出钱给你治病啊？"换完衣服的陈成又懂事地劝妈妈："妈妈，不要哭，不要哭坏了身体，我没事。"

伍友妹听了陈成家的情况后，心急如焚，想看看这个孝心的孩子，就拄着拐杖来到教字垭镇中心完小，当伍友妹从陈成班主任口中得知，学校已决定号召全校师生向陈成同学学习，减免了她读书的一切费用，正准备为她捐款时，伍友妹放心了。

一会儿，陈成来到办公室，伍友妹说："成成，来，到奶奶这里来，你是个孝敬父母的乖孩子，你妈有你这样一个好女儿，病会慢慢好起来的，你是我们学习的榜样。千万不要因为母亲的病耽误了自己的学习。你家距学校较远，上学不方便，假如你愿意，可以到我家去住。"

陈成感激地说："谢谢奶奶！我每天回家要护理妈妈，照料弟弟，他们不能没有我。"

伍友妹哽咽着说："成成，不要着急，你看这么多老师、同学都很关心你，各级党委、政府和社会好心人都会关心你母亲的。我知道，为了给你母亲进行骨髓移植，你父亲现在四处凑钱，奶奶这里有100元钱你先拿着。"

陈成不接，着急道："谢谢奶奶的好意，您这么大年纪了，自己有病，还需要很多钱，我怎能拿您的钱？"

伍友妹眼含泪水，说："好孩子，真体贴人，拿着，这是奶奶的一点儿心意，记住，不管有多困难，千万不能放弃读书。"伍友妹边说边把钱塞进陈成

第二十七章 沿夫道路传火炬 身着绶带洒热泪

的口袋。

陈成同学自强自立、孝敬母亲、照料弟弟的感人事迹，经《潇湘晨报》、《张家界日报》、女性在线网络、湖南金鹰之声、市区电视台等媒体报道后，在社会上引起了强烈反响。

社会上许多爱心人士纷纷向陈成的母亲献出了爱心。时任张家界市委副书记、市长胡伯俊对此事相当重视，当即批示市民政局给予救济。

在庆祝全国第五个公民道德宣传日到来的时候，张家界市文明委决定表彰全市十大道德模范。经层层推荐，认真考核，市委宣传部、市文明办、市总工会、市妇联和团市委一起审查，决定推荐15人为全市十大道德模范候选人，并在2007年9月1日的《张家界日报》上公示，分助人为乐、见义勇为、诚实守信、敬业奉献、孝老爱亲五类，每类有3名候选人，评选两名。

伍友妹属于助人为乐类候选人。伍友妹在自家三个子女正在读书已相当贫困情况下，毅然收养六名辍学儿童，又三年如一日、无怨无悔地护理瘫痪在病床的丈夫，还成立过免费"乡村婚姻介绍所"，同时挽救过刚出生的小婴儿的生命，还利用祖传秘方，免费治疗过许多乡亲的病，她的光辉事迹感动了文明委各组成单位。

在15个候选人中，伍友妹文化水平虽然最低，只读到小学二年级，但在媒体上从未露过面的伍友妹，还是以感人至深的道德故事征服了市民，人们都纷纷为她投上了神圣的一票。市文明委综合市民与市委宣传部、市文明办、市总工会、市妇联和团市委的投票，最后确定伍友妹等十人为张家界市首届道德模范。

9月18日晚，张家界市委书记胡伯俊亲切会见了全市首届道德模范。胡书记与道德模范一一握手，当看到行动不便的伍友妹拄着拐杖站着非常吃力时，胡伯俊书记急步走上前，握住伍友妹的手说："大姐，你身体不好，站着头晕，就坐在沙发上吧！"

胡书记说着把伍友妹扶到沙发上坐下，深情地说："你的事迹，我听说过，你夫妻是好人，确实不容易！我代表市委、市政府及全市人民向你表示衷心的祝贺和崇高的敬意！"伍友妹一边擦眼泪一边说："谢谢胡书记，这是我应当做的。"

第二天，晴空万里，阳光灿烂。张家界市委礼堂前彩球高悬，条幅高挂，一派节日的气氛。上午8时半，张家界市首届十大道德模范表彰大会暨"我为旅游城市添光彩"演讲比赛在市委礼堂隆重举行。参加会议的市级领导有市委常委、市委宣传部长陈美林，市委常委、市委组织部长范运田，副市长刘曙华，市政协副主席罗金铭等，相关市区直单位参加了会议，座无虚席。

在会上，市委组织部长范运田宣读了《张家界市精神文明建设指导委员会<关于表彰十大道德模范的决定>》。他说，经基层群众评选推荐，市新闻媒体公示，全市范围投票选举，市精神文明建设指导委员会决定授予王选全、伍友妹为"助人为乐模范"，赵明健、龚国权为"见义勇为模范"，石玉红、田水清为"诚实守信模范"，向恩林、王子立为"敬业奉献模范"，刘梅、李春浓为"孝老爱亲模范"。

身着绶带的道德模范一一走向主席台时，会场上响起一阵阵经久不息的掌声。当人们看到一个身患重病的大娘拄着拐杖在次子媳及工作人员的搀扶下一步一步走向主席台时，会场上响起了雷鸣般的掌声，所有的目光都投向了她。所有的摄像机、照相机都对准了她，全场人都被这个相貌平凡的农家妇女的事迹感动得热泪盈眶，为她感到欣慰、自豪！市级领导给十大道德模范颁发了荣誉证书和奖金。

崇实小学的少先队员为道德模范擂鼓助兴、献词。

最后，市委常委、宣传部长陈美林作了热情洋溢的总结讲话，他说，全市人民要以社会主义核心价值体系为导向，继承传统美德，弘扬民族精神，以先进模范为模样。学习他们扶贫助学、善待游客、见义勇为、匡扶正义，明礼诚信、回报社会，立足本职、乐于奉献，尊老爱幼、勤俭自强的道德情操。要为张家界的经济发展，建设世界旅游精品和实现富民强市的目标而努力工作，以优异的成绩喜迎党的十七大胜利召开。

散会后，市级党报记者对行走不便的伍友妹进行了专访。记者问："伍大娘，我们知道你家当时相当贫穷，是什么力量使你收养了六个贫困孩子？"

伍友妹沉思良久，一边擦眼角的泪水，一边说："良心！我不会讲话。但我知道，今天到这里领奖的不应该是我，而是我丈夫，可惜他不在人世了，他最有资格领取这个奖。"

第二十八章
模范重病牵人心　青山依旧驻精神

伍友妹的爱心无限，但她的身体状况却越来越差。

2008年，是一个令中国人民永远铭记的年份。中国人民永远不会忘记"5·12"四川汶川大地震，几万名同胞刹那间就被埋在废墟里离开了这个美丽的世界，几十万人瞬间变成残疾。

就在悲哀的国人把援助之手伸向四川汶川之时的第五天，伍友妹吃过早饭，拄着拐杖，想到教字垭镇中心完小去看看。当她一瘸一拐地走到教字垭农校路段时，突然一头栽倒在地，拐杖也甩出很远，随后她被人们送到张家界中医院进行抢救，医生诊断她为"多发性脑梗""II型糖尿病""心脏病"。

世上的许多事是息息相关的，伍友妹进医院后住的这张病床，也是以前她丈夫曾住过的。12年前，她曾在1095个日日夜夜中，无怨无悔地在此伺候过丈夫。现在，伍友妹自己也躺到了这张病床上。这里的医生、护士及医院领导都很关心她，都希望像她这样一位心地善良的人尽快脱离危险。

在她生命垂危之际，许多人纷纷来看望她。有的是伍友妹的亲朋好友，有的是曾经被她帮助过的人，有的是被她的故事深深感动的人。

市文明办黄万平副主任带领文明办全体干部，在她入院第三天时，也前往张家界中医院进行了看望，黄副主任走到伍友妹的病床前，难过地说："伍大姐，你受苦了！我们知道你家三个子女读书，本来就穷，你还支持丈夫收养六名辍学儿童，并将他们培养成才，确实不容易，你这种助人为乐的精神很值得人们学习，你安心养病，党和政府以及社会好心人都会关心你的，这1000元钱是我们几个人的一点心意，你收下吧。"说罢，黄副主任将钱塞在伍友妹的手上。

此时的伍友妹说不出话，只好以两行长泪表示对领导的感激。

随后，黄副主任一行到医生办公室了解伍友妹的病情，当听说每天的医疗费高达近千元钱时，几个人心情沉重。

当天下午，市文明办的全体干部紧急召开了关于救助市道德模范伍友妹的专题会议，决定向市委反映，争取得到市委领导的支持，随即起草了《关于请求救助我市道德模范伍友妹的请示》呈报给市委相关领导、市委宣传部。中共张家界市委胡伯俊书记，市委常委、市委宣传部陈美林部长，市宣传部副部长、市精神文明建设指导委员会办公室李建民主任等领导对此事高度重视，做出重要批示：请市民政局、市劳动和社会保障局从救济款、农村合作医疗经费中予以救助，同时请各文明单位捐款给以救助。

一天，伍友妹正处于救治中，突然高烧不退，护士在伍友妹的头部周围放了许多用塑料袋封住的冰块降温。

这时，伍友妹的病房来了两个三十多岁的中年男人来探视，只见两人紧紧握住伍友妹那双干枯的手，失声痛哭。

其中一位哭道："师母，你是我们亲爱的'妈妈'，当年如果您不把我们六个辍学儿童收养在家，您也不会累成现在这个样子啊！这次，您千万要挺过来啊！"说不出话的伍友妹，只能以两行热泪来表达自己对曾被自己收养的六名辍学儿童的思念。

男儿有泪不轻弹，一旦哭起来，就更让人悲哀、伤心！

医院的医护人员及病人家属看到如此场面，也无不流下泪水。这一激动人心的场面恰好被张家界电视台新闻晚报记者罗健拍摄到，节目播出后，社会反响强烈，教字垭联营车队的司机们，当即捐出了1300多元钱，来表达对这位"编外妈妈"的崇敬！

5月24日，《张家界日报》第三版又以《救救"编外妈妈"》为题，向社会发出呼吁文章；张家界新闻网及张家界公众论坛，刊载了《救救市道德模

第二十八章　模范重病牵人心　青山依旧驻精神

范"编外妈妈"伍友妹》的文章；中国红十字报湖南记者站通联部主任米春龙路过张家界，听说伍友妹的感人事迹后，到中医院对伍友妹进行了专访；6月19日，新华网湖南频道首页刊载了《"编外妈妈"伍友妹重病无力支付医疗费》的文章；市区电视台对伍友妹的事迹作了专题报道，在社会上引起了强烈反响。

人们都说，这样一个时刻为别人着想的好人不能让她就这么走了，我们一定要把她抢救过来！

很快，永定区委常委、副区长周琼主持召开了救助市道德模范伍友妹的专题会议。参会的有区委宣传部、区文明办、区民政局、区民委、区教育局、区卫生局、区合管办等单位的领导及张家界中医院的院长及内二科主任。与会领导听取了中医院内二科张主任对伍友妹病情的详细报告，张主任说："市道德模范伍友妹的病情很严重，主要是因为糖尿病引起的多发性脑梗，致使右半身瘫痪，这种病是因她多年来没有及时治疗，劳累过度造成的。但我相信只要经过精心治疗，是有可能治好的，目前医疗费是个大问题。"

周副区长激动地说："伍友妹同志是我区人民的光荣，是我区妇女最杰出的代表，她的事迹确实很感人。市委胡伯俊书记，市委常委、市委宣传部陈美林部长，市委宣传部副部长、市精神文明建设指导委员会办公室李建民主任对此事很关心，都做出了重要批示。伍友妹在自家困难的情况下，毅然收养了六名辍学儿童，不仅供他们吃住，还送他们上学，这是一般人根本做不到的。现在她有困难了，我们应该帮帮她。"

会后，周副区长率区直各有关单位领导，在张家界中医院领导的陪同下去内科二楼抢救室看望了伍友妹，并送去了慰问金。

一个普普通通的农村妇女被这么多领导来看望，伍友妹的子女受宠若惊，眼眶湿润。

周副区长走到伍友妹的病床前，握住她的手说："伍大姐，你受苦了，你是我们市里的道德模范，你的事迹我听说过，社会反响强烈，你是一个好人。"

"她的丈夫就是那个被人们称作'拐杖校长'的覃东荣吗？"周副区长转

身问她身边的区教育局副局长叶如星。

叶副局长说："是的。"

周副区长说："她的丈夫'拐杖校长'对你们教育战线的贡献是很大的，现在他的家属有困难了，你们教育局要多多关心她呀。"

叶副局长点点头。

随即周副区长和蔼地对伍友妹的长子覃梅元说："你是伍友妹的长子？"

覃梅元说："她是我的继母。"

"继母也是你的母亲，你是家里的长子，要挑起护理你母亲的重担，你母亲是个好人，要好好地把她护理好！"

覃梅元激动得说不出话来，点点头，流下感激的泪水。

随后，周副区长转过身，继续握住伍友妹的手，说："伍大姐，你安心养病，党和政府及社会好心人都会关心你的，争取早日治好出院回家，这点钱是这些单位领导给你捐的，你收下吧！"

伍友妹热泪不止，不愿接钱，周副区长只好将5000元钱塞进伍友妹的枕头下，转身离开抢救室。

几天后，市委机关工委书记李林、市编委主任袁宏卫、市妇联副主席石继丽等许多市级单位的领导也前去中医院看望了伍友妹，并送去慰问金。

张家界电视台新闻频道记者许化，对市妇联石继丽副主席、市交通局工会主席进行了采访。当记者问及两位领导为什么要对伍友妹进行救助时，两位领导说："伍友妹是一个好人，她家那么困难还抚养别人家的孩子，并送他们上学，这种精神很值得我们学习。现在她有困难了，我们就应该帮助她，这也是弘扬社会正气的体现，希望社会上的好心人都对这个'编外妈妈'奉献出一点爱心。"

伍友妹在张家界中医院内二科抢救室整整躺了54天。

7月10日，伍友妹终于能开口说话了。她想，自己住院54天来一直躺着，子女为护理自己身体都垮了，而自己好起来的希望很渺小。虽然农村合作医疗能报销60%，但不能再让党和政府及社会好心人为我治疗而操心了，于是决定出院回家。

第二十八章　模范重病牵人心　青山依旧驻精神

主治医生及病友都劝她不要回家，在医院治疗还是有效果的，但伍友妹出院回家的心意已决，子女们只好请求中医院的救护车将他们的母亲送回了家。

回家18天后，伍友妹渐渐消瘦了，茶水不进。7月28日凌晨四时逝世，不到58岁。

7月29日下午3时许，教字垭镇七家坪村这个偏僻的小山村来了几辆小汽车。车上走下来的是张家界市区宣传部、文明办的领导，在教字垭镇及镇中心学校的领导陪同下，一行人臂缠黑纱，胸戴白花，手持花圈，怀着无比沉痛的心情悼念了这位被称作"编外妈妈"的市道德模范伍友妹，并亲切慰问了伍友妹的家属。

当天晚上，天空没有一点星光，伸手不见五指，在200瓦的强光照耀下，七家坪村支两委为伍友妹召开了一个简短而隆重的追悼大会。

伍友妹倒床后，经过72天疾病的折磨，身体逐渐消瘦，由120斤减轻到不足70斤！身高渐渐变矮，原本不到150厘米的身高，去世时收缩不到140厘米！

第二天凌晨三时，被伍友妹收养的第一个贫困生伍良平，边哭边往师母的头部、腰部、腿部及两脚之间有空隙的地方堆放瓦片，使师母不在灵柩内晃动。伍良平用食指将师母嘴唇外的白色残留物擦掉。

伍友妹的长子覃梅元看到继母两眼不断地流眼泪，他知道这是因为继母不放心，她没有完成丈夫交给她的任务。

覃梅元哭泣着说："小伯，您就放心地去吧，我会将您与爹爹开辟的扶贫助学之路一代一代地走下去的，我会将您没有做完的事做完！"长子的话一说完，继母伍友妹终于停止了流泪。

凌晨五时，灵柩上的大公鸡扑着翅膀大声鸣叫了两声，鸣叫声把整个七家坪村的村民吵醒了，这种声音在山谷中久久回荡。

老人说，灵柩上的公鸡一般情况下是不会鸣叫的，因伍友妹她两口子都是大善人，所以那灵柩上的公鸡就叫了，那是上天对伍友妹两口子的回报哩。说明从此以后，伍友妹的后人会富贵发达，前程似锦哩！

乡亲们遵照伍友妹的遗愿，将她埋葬在一个荒坡上，此荒坡与蜿蜒的村道不到50米。伍友妹的坟墓坐北朝南，居高临下，学生早上上学，下午放学回家，伍友妹在荒坡上总能看得见。她说自己去世后要是看不到学生上学、回家，心里会不安的。

乡亲们说，丈夫覃东荣去世时刚满58岁，而今他妻子伍友妹去世时离58岁还差5个月。他们两口子都是苦命人，他俩是为了贫困山区早日脱贫致富、早日普及九年义务教育、不让贫困学生失学而累倒的！

虽然他们夫妻只活到58岁，但他们那克己奉公、扶贫助学的精神却永远活在贫困山区人们的心中！

青山依旧，精神永驻！

附 录

缅怀东荣老校长　弘扬精神建名校

2006年9月7日下午2点，秋高气爽，在第22个教师节来临之际，张家界市永定区教字垭镇中心完小千余名师生深切缅怀去世十年但在人民心中永不磨灭的覃东荣老校长，特举行了覃东荣事迹报告会。

报告会由教字垭镇中心完小副校长覃遵兵主持。

覃遵兵说，今天，我们全校师生隆重集会，深情怀念为我校发展做出卓越贡献的覃东荣老校长。我们举办报告会的目的，就是践行社会主义荣辱观，弘扬覃东荣老校长廉洁奉公、舍己救人、爱生如子、扶贫助学、以校为家、淡泊名利、以身作则、艰苦奋斗的精神，为早日把我校建成全省、全国名校而努力，这次报告会由熊隆奎校长主讲。

熊隆奎校长说，老师们，同学们，在进行覃东荣老校长事迹报告之前，我们先温习下"八荣八耻"，现在请师生背诵"八荣八耻"。下面我们进行覃东荣老校长事迹报告会，在我们湘西北张家界市永定区，对我们的老校长覃东荣，可以说是无人不晓，无人不敬，无人不为之动容。覃东荣，1938年3月出生，1993年7月因公负伤，瘫痪在床三年，1996年6月因伤病逝，时年58岁。他为了照料3个弟弟和常年患病的母亲，15岁发蒙读书。1962年9月参加革命工作，1985年6月入党，15次被评为市（州）区（县）镇先进教育工作者、最受尊敬的人、优秀教师、德育工作先进个人、优秀共产党员，三次区（县）记功。20世纪八九十年代，他特别注重学生的思想品德教育，率先进行素质教育探讨，首创学生思想品德"六三一"评价体系及"立体式德育网络"教育，成立家长委员会。他定期汇报，经常开展活动，使家长委员会与学生真正参与到管理学校的各项事务中。

1989年，全市德育工作先进经验交流和1994年全区教育目标管理先进经验交流现场会在我校隆重召开。同时，他也非常重视学校的少先队工作，我校1991年被评为"全省学雷锋先进集体""全国读书读报先进单位"；1992年被评为"全国少先队红旗大队""全国雏鹰红旗大队"。教字垭镇中心完小捷报频传，为党和国家培养了大批德才兼备的有用人才，许多学生进入大学深造，成为国家的栋梁之才。如1986年完小毕业的彭朝华考入北京大学，2005年博士毕业，分配到中国原子能研究院工作；彭朝阳考入中国人民解放军信息工程学院，1997年大学毕业，考入北京大学读硕士研究生，2001年毕业后在深圳某公司任高层白领；石振清，1993年考入清华大学，毕业后考入中国科学院读研究生，2002年留学美国，攻读博士学位，现在特拉华大学读博士后；覃岭考入复旦大学；吴胜举、覃大卫考入同济大学；覃雯、王勇、管庆华、吴冰清、李卓、曾凯、吕贤猛、熊超、熊大新等学生考入全国重点大学；学生熊冬梅被评为全国十佳少先队员；从我校2002年毕业的熊敏同学在这次全省十运会上荣获女子64公斤级举重冠军。

全校师生要学习和发扬覃东荣老校长的精神，为党创建安全、和谐、有序的校园而努力，以优异的成绩迎接新校舍的建成。他是当前进行党的先进性教育的光辉典范，是新时期一面屹立不倒的旗帜，党的先进性和社会主义荣辱观在他身上体现得淋漓尽致。

人们不会忘记他，他把辍学儿童接到家里视为亲子，送他们上学，并把他们培养成才；人们不会忘记他，他在工作中廉洁清正，不谋私利，关心同志，严于律己；人们不会忘记他，他拖着残腿、拄着拐杖上坡手脚并用爬，下坡手脚并用滑，爬遍了教字垭镇的每一个村庄，接一个个辍学儿童返回校园；人们不会忘记，他在平凡的工作中做出了不平凡的业绩，在人们心中留下了深刻的印象。我们要学习他廉洁奉公、严于律己的高贵品质；学习他求真务实的工作作风；学习他舍己救人的献身精神；学习他以校为家，舍小家为大家，加班加点，守校不计报酬为集体利益着想的奉献精神；学习他带头遵守制度、执行制度，大力推行教育教学改革的创新精神；学习他不花学校一分钱加班费，用三年时间拄拐采访、收集资料，将近万字的《教字垭镇中心完小教育史》编写出来，留给我们不计较个人得失的优秀品质。老师们，同学们，我们始终牢记老校长的重托，完成他未完成的事业，抓住新校舍建设机遇，克服校舍建设中的各种困难，齐心协力，精诚团结，努力学习，好好工作，早日将《拐杖校长覃东荣》一书编写成册，为覃东荣老校长诞生70周年献上一份厚礼！为早日将我校建成全省、全国名校而努力奋斗！

在报告会现场，记者采访了少先队辅导员覃建新、教师吴明全、教字垭镇中心学校副校长伍贤科。

少先队辅导员覃建新说，覃东荣老校长教会我如何学习、如何工作、如何做人，给了我无穷的力量。为了普及九年义务教育，为了贫困山区早日脱贫致富，为了不让每个贫困孩子辍学，覃东荣拖着残腿、拄着拐杖走访了贫困山区的每一个角落。"上坡手脚并用爬，下坡手脚并用滑"这是当地百姓对覃东荣翻山越岭家访时真实而形象的勾画。30多年来，覃东荣访问学生10000多人次，为贫困生代交书费、生活费3万元，这对一个"半边户"，自己身体残疾既要用微薄的工资供养三个子女上学，又要赡养双方父母的覃东荣来说，这些钱是多么珍贵啊！在覃东荣那爱心帮助下，我校没有一个学生因贫困而失学。

吴明全老师动情地说，覃东荣老校长和我是同村人，他的事迹感天动地！他是当前学习党中央贯彻胡锦涛总书记提出"八荣八耻"，践行社会主义荣辱观教育的好教材，他是党员、教师们学习的楷模。在我的印象中，他生活简朴，身上穿的衣服都是亲戚、他的大儿子给他的。作为一个校长，他从不沾学校的一点儿便宜，以身作则，时时严格要求自己。他从不搞特殊，与老师们同甘共苦。我亲眼目睹了他的为人，像他这样清正廉洁的人世上很少见，也只有像他这种不阿谀奉承、艰苦奋斗的人才做得出来！

　　1996年6月1日，覃东荣老校长辞世，时年58岁。噩耗传来，一传十、百传千，成千上万的师生、家长、干部、群众自发地冒雨从四面八方涌至望军岩山下的七家坪，四乡八里的人早早地站满了从覃东荣家到望军岩半山腰覃氏祖坟那2里长的崎岖山路。山冈上到处站满了人，甚至有八九十岁的老人拄着拐杖前来送行。送葬队伍宛如一条长龙蜿蜒在十分陡峭的山道上，人山人海，天哭地泣！人们胸戴白花，臂缠黑纱，庄严、肃穆，为覃东荣校长召开追悼会，沉痛悼念这位头顶没有辉煌光环，但深受百姓尊重拥戴的覃东荣老校长。

　　教字垭镇中心学校副校长伍贤科说，熊隆奎校长讲得好，讲出了覃东荣老校长一生的感人事迹。同学们听得很认真，很多人眼眶湿润了，师生真正地受到一次精神与灵魂的洗礼！覃东荣老校长公伤住院瘫痪后，我接替了他的工作，接任教字垭镇中心完小校长，他身上很多东西值得我们学习。

　　最后，大会在师生齐唱《小小渡船》动情的歌声中圆满结束。

　　这场报告会开了整整两个小时，《法律与生活》杂志社张家界站站长杨建国，永定电视台记者李文彬、覃松辉对此次报告会进行了全程报道。

　　随后记者采访了覃东荣收养的第一个贫困生伍良平、覃东荣的同事赵如秋、覃东荣的领导罗振声、永定区教育局教研室黄士祥、教字垭镇副镇长周岐锋。

　　伍良平哽咽着说，我现在家住教字垭镇竹园坪村，是一个个体司机，是覃东荣校长收养的第一个贫困生。我们深情缅怀悄然逝世十周年的覃东荣校长，弘扬他那伟大的献身精神。覃东荣校长的精神不仅只属于他自己，也不仅属于教育战线，而应该属于整个社会。

　　我们由衷地感谢共产党培养出一个把自己的全部心血献给贫困山区教育事业的教师楷模；成就了一个在学生出现险情时，宁愿舍弃自己生命的"焦裕禄式的共产党员"；造就了一个在自己三个子女正在读书已相当贫困的情况下，毅然把我们这些不沾亲带故的辍学儿童收养在家，并把我们培养成才的默默耕耘的"孺子牛"。

附　录

我们这个社会，是一个共产党领导的和谐大家庭，到处都有爱心，每个角落都充满了温暖。每当我唱起"这是心的呼唤，这是爱的奉献，这是人间的春风，这是生命的源泉……"这首歌时，泪水就不由自主地往下流，不禁使人想起20年前那一幕幕、一桩桩看似平凡却又耐人寻味的往事。

我小时候，母亲长年得病，家境一贫如洗，欠下一身外债。1985年秋季开学，我和妹妹伍凤华被迫失学在家。我们的好校长把我接回他家，从此我吃住在他家一待就是七年。

第二年，我妹妹伍凤华，还有吕飞跃、吕启银、代新华、陈霞陆续被覃校长收养，成为我的异姓"兄妹"。覃校长管我们吃，管我们住，还为我们垫付书杂费。而当时覃校长的家又是一番怎样的情景呢？妻子伍友妹是农民，一个典型的"半边户"家庭，全家经济收入仅靠3亩贫瘠的责任田和覃校长不到200元的工资。他家不仅有一个身患慢性前列腺炎、终年吃药的七十多岁的老父亲，而且还有三个子女正在读书，一个读高中，两个读小学。他家原来只有一间木板房，为使我们这些收养的六个孩子有屋住，他拄着拐杖率领家人，顶着烈日利用一个暑假担砂石，到处借钱，在原老屋场上修建了三间平房。本来就举步维艰的家境，又多了我们六张嘴吃饭，这是一个怎样强撑的家庭呀，这是一个怎样强撑的校长呀！

覃东荣校长因在洪水中舍命抢救落水儿童杨贤金，造成左脚骨折，落下终身残疾，从此拐杖不离身，人们亲切地称呼他"拐杖校长"。35岁的他沦为终生残疾，可他无怨无悔。覃校长身残志坚，他以工作为重，舍小家为大家，以校为家。只是每两周的星期六下午，他总是借钱称几斤猪肉为我们六个贫困孩子改善伙食，并叮嘱我们要努力学习，其他的事都不要想。

可是，当我们长大后，再也没有机会报答他了，因为覃校长再也不会复活了，再也不会回来了。他为了贫困山区的教育事业而累倒，因调查师生受灾情况而负伤，瘫痪在床三年。

1996年6月1日儿童节下午5时15分，又是一个难忘的日子，这天，覃校长全身开始腐烂（脚上腐烂得能看得见骨头），他撇下六个养子，撇下他的同事、亲人，与世长辞了。他去世后，乡亲们在身上没有发现一分钱，只找到一张他生前欠别人多达2万元的账单；乡亲们为他的遗体穿衣时，在他家找了半天却找不到一件像样的衣服，不是补丁就是洞，最后，只好将两件破烂不堪有洞的运动衫穿在他遗体上。

站在旁边的我悲痛欲绝。我们六人太无用了，太对不起覃校长了。我们为什么不早点走向社会，挣点钱，哪怕为他买一件衣服、称一斤糖，这样的话我们的心里也会好受些。俗话说："受人滴水之恩，必当涌泉相报。"可我们受他那大海之恩，却无法回报他半滴……

覃校长不仅是教师们的楷模、党员干部的楷模，而且也是保持共产党员先进性教育和学习"八荣八耻"、践行社会主义荣辱观的新教材，是新时期一面永不倒下的光彩夺目的旗帜。他对我们的恩情比泰山还重，比大海还深，他献身贫困山区教育的精神与滚滚的长江水一样源远流长。我们如何报答他呢？让我们六人给他立块碑，以纪念"再生父亲"覃东荣的养育之恩，为了弘扬正气、弘扬先进，警示腐败，永葆共产党的先进性，我们将与他生前的学生、同事一起尽快将他那献身贫困山区教育事业的一生写出来，书名定为《拐杖校长覃东荣》。将他的感人事迹拍成电影、电视剧，所得稿费、版权费全部用于"覃东荣教育基金会"，以便将覃东荣校长生前扶贫助学的精神发扬光大，一代一代地传下去，直到我们这个社会没有一个失学儿童。

同事赵如秋说，我叫赵如秋，30年前是一位民办教师，1965年参加教育工作，1976年秋季由于种种原因，离开教育战线，在家务农一直到现在。

忆往昔，想今朝，眼泪汪汪。覃东荣的动人事迹历历在目，感人肺腑，肝肠寸断。转眼间，覃东荣同志不知不觉离开我们已有10个春秋了。在这十年间，我们每时每刻都在想念他。

崇山峻岭，莽莽苍苍。大山深处，静静地躺着一位教育先驱，他就是人称"拐杖校长"的覃东荣。每年清明节，草是那样的碧绿，山是那样的挺拔。汨汨溪流，盘绕着有人新添土的覃东荣坟墓。来为他扫墓的学生、同事、家长依然如潮。为什么一个头顶没有辉煌光环的山村教员逝世十年，人们还不能忘记他呢？是什么力量驱使人们要为这位已故10年的教师年年扫墓致哀呢？因为我们现在物质生活水平提高了，日子好过了，但需要精神食粮，需要覃东荣同志那舍己救人、扶贫助学、清正廉洁、把自己的全部心血献身到贫困山区教育事业的伟大献身精神。党的十七大告诉我们，反腐倡廉是我党的立党之本，覃东荣就是反腐倡廉的好教材。构建和谐社会就需要覃东荣那样见义勇为、助人为乐、敬业奉献、诚实守信、尊老爱幼、甘于献身的人。

1972年9月，覃东荣调到我村小学任负责人。他第一次来到甘溪峪小学，看到校舍破烂不堪，心里很难过。随后，他常带领老师们在溪里挑沙、运岩头。附近的村民被老师们的精神所感化，纷纷加入挑沙运岩的队伍中，这些举动感动了上级领导。在各级政府及教育主管部门的支持下，一栋八间两层教学楼终于落成了，覃东荣会心地笑了。师生们可以在明亮宽敞的教室里上课了。

有一件事，虽时隔34年，到现在回忆起来，还是令我毛骨悚然！

覃校长关爱他的学生，为了抢救落水学生，"而立"盛年的覃东荣却失去了一条腿，沦为终身残疾。

他更关心他的同事。每当我想起困难时期覃东荣校长在自己经常吃不饱饭的情况下，两年如一日，每天给我分饭吃时，我的泪水情不自禁地往外流。

为了弘扬先进，弘扬正气，警示腐败，我们不能让覃东荣的精神永远埋在土层深处。我们这个社会需要更多像覃东荣那样的人，为了把保持共产党员先进性教育成果引向深入，成立覃东荣先进事迹报告团很有教育意义。在反腐倡廉中，要使贪污腐败分子投案自首；使那些正走向犯罪边缘的贪污腐败分子悬崖勒马。迎着党的十七大东风，我们打算早日把覃东荣献身贫困山区教育的感人事迹写成书，出版发行，还想把他的感人故事拍成电影、电视剧。

覃东荣校长，安息吧，人们永远怀念您。青山是你的屏障，大地是你的温床，你的不朽师魂将激励一代又一代新人，为构建和谐社会做出我们应有的贡献！

原教字垭镇联校校长罗振声说，人活在世上到底为了什么，覃东荣校长的一生给我们带来了答案。我与覃东荣校长共事15年，在我心目中他确实是一位为山区教育事业呕心沥血、勤劳踏实、埋头工作、无私奉献的"孺子牛"！

我于1977年下学期调到教字垭公社任学区主任。三年后，1980年下学期覃东荣调到教字垭公社最偏远的中坪小学任校长。该校四位老师中只有他一人是公办教师，其他三位教师都是本村的民办教师。那时的民办教师的工资都是以记工分为主在生产队分粮食。放学后，本村的三位民办教师都回家了，只有覃东荣一人坚持在学校住宿，做到以校为家。实际他家离学校还不到两公里，可是他为了工作，为了不使学校的财产流失，舍小家为大家。一个星期中，只有星期六晚上回家。星期天下午又赶到学校工作。每天晚饭后他拖着残腿、拄着拐杖深入各组进行家访。有时在漆黑的夜晚，他手脚并用爬回学校已是深夜。在家访中他不知跌了多少跤，受了多少伤。家访回来本来就夜深了，但他还要坚持批改作业、深钻教材、精心备课，准备第二天的上课内容。他对工作一丝不苟。我清楚地记得，那时学区每周要开一次负责人会议，而他家在教字垭学区和中坪小学之间，每次散会后返校路过家门口而不入。他为了工作，为了及时落实会议精神，以大禹治水路过家门而不入的精神，来处理学校与家庭的关系。他这种精神深得当地老百姓的好评，大队干部、学生家长都称他为"一心一意为公"的好老师。

为了适应形势发展，扩大办学规模，教字垭公社学区欲办一所具有竞争力的完全小学。1981年暑假，教字垭公社学区经过集体研究决定，将邻近的凉水井小学并入大桥小学，组建教字垭公社中心完小，任命覃东荣为教字垭公社中心完小校长。

他为改变学校落后的面貌，他以实事求是的科学态度、深入细致的调查研究，制订出相应的整改方案。他主要从师生的政治思想入手，着手教育教学改革。学生政治思想工作不单纯是学校的事，而与社会、学生家长密切相关。他首创学生思想品德"六三一"评价体系及"立体式德育网络"教育，成立家长委员会，定期汇报，经常开展活动，使家长委员会与学生真正参与到管理学校的各项事务中。德育工作成绩显著，市教委在教字垭镇中心完小召开了德育工作先进经验交流现场会，覃东荣同志在大会上作了德育工作经验介绍，他本人被评为"市德育工作先进个人"。

他大胆进行教改尝试，经常开展语文"注·提"实验教学、程序导学，数学"三算"教学、"尝试"教学，思品"立体式德育网络"教学，普通话演讲等比赛活动，激发教师对教改的兴趣，提高了学校的教学质量。在每年的统考和调考中，教字垭镇中心完小的成绩始终名列市（州）区（县）前茅。

　　学校教育的好坏教师是关键，教师的一举一动直接影响着学生。他非常注重教师的为人师表，对学校管理严格。学校制定了一系列的教师行为规范、考勤考绩、家访、四率、辅导等各项管理制度。他本人带头执行，模范遵守。有一次，他因对未达到就读小学一年级年龄的新生家长做解释，开会迟到了两分钟，他不仅交了两元罚款，还写了检讨。数十年如一日按时上班，年年出满勤。为了减轻学校的经济负担，他义务守校、不计报酬地加班加点折算成标准工作2500多天。他身患重病，左腿残疾，依靠拐杖行走。每当上课时，他扔掉拐杖坚持站着讲课，曾多次难以坚持下去，摔倒在地，但是又爬起来坚持讲课，不少学生被他这种精神感动得热泪横流。

　　覃东荣家访全靠拐杖行走，他踏遍了教字垭镇村村寨寨的每个角落，到处都留有他的足迹。遇到上坡、台阶时，他就手脚并用地往上爬；遇到下岭时，他就手脚并用地往下滑。覃东荣用他那种"手脚并手爬"的真情，感染了那些实在送不起孩子上学的家长；唤醒了那些厌学不想读书的无知儿童；走进了贫困山区乡亲们的心田，当地百姓亲切地称他为"拐杖校长"。在覃东荣的感召和帮助下，教字垭镇中心完小没有一名学生因贫困而失学，入学率、巩固率年年都是双百，成为贫困山区率先普及九年义务的创优集体。

　　更为怀念的是覃东荣同志清正廉洁、不谋私利，为党为人民的教育事业勇于献身的高贵品德。他从不搞特殊，一贯坚持领导与老师同甘共苦，领导与老师同餐。有好菜，有油水的菜，他宁愿让同事吃，而他自己从不沾学校的一点儿便宜。他规定，上级领导来校检查工作时，不下馆子吃饭，不在酒店住宿，递烟递根根烟。他要食堂管理人员秤几斤肉在学校食堂招待领导。吃饭时他要学校其他分管领导作陪，而他从不陪领导吃饭，他始终同老师们一起蹲在地上吃大锅菜。

　　自家生活本来就极度困难，三个子女都在上学，但为了"普九"，为了不让贫困孩子失学，他咬紧牙关，同妻子伍友妹收养了六名贫困学生。不仅供他们吃住，还为他们垫付书杂费。特别是在学生出现险情时，他能挺身而出，宁愿舍弃自己的生命。1973年覃东荣在甘溪峪村小教书时，为抢救落水少年杨贤金而身残。1993年带领老师在调查师生受灾情况的路上严重受伤，瘫痪在病床三年，抢救无效，于1996年在张家界中医院去世。

他淡泊名利，1989年上级给我联校一名省劳模指标。在全联校教职工评比会上，许多老师提名他为湖南省劳动模范候选人，他坚决推辞，不参加竞选。

他被当地百姓称为"焦裕禄式的共产党员"，被教委领导誉为"一条山区教育战线默默耕耘的孺子牛"。他虽然去世10年了，但他那种忘我工作、为国家为人民勇于献身的高尚品德永远激励着我们；他那种高尚的风格教育启示着人们；他的身影在人们心中永存；他那种把自己的全部心血献身到贫困山区教育的老黄牛精神，永远值得全社会人们特别是党员干部、教师们学习。在反腐倡廉、永葆共产党员先进性的社会主义经济大潮中，我们太需要像覃东荣同志那样的人。

永定区教育局教研室黄士祥说，覃东荣是我一生中最尊敬的校长。我1983年调入教字垭完小，和覃东荣校长共事7年，和他一起工作是一种享受，可以学到很多东西。当年我任六年级语文老师、班主任兼学校会计，说实在话，因他自己什么事都过得硬，勤正廉洁、一身正气、坚持原则，学校财务透明、公开，阳光理财，所以学校财务工作年年被评为先进单位，直到现在教字垭完小一直沿用这种传统。刚才这些同志讲的覃东荣校长的事迹都是发自内心的，讲的都很真实。覃东荣校长是用爱心和责任来工作，他的事迹精神真的值得当今党员干部、教师学习。虽然覃东荣校长去世十年了，但是我们教字垭人民还是不能忘记他，每年清明节，人们自发为他扫墓。想起从1983年至1985年覃东荣校长给我三父子赶菜吃，我真的很感动。我爱人是农民，父母年老多病，爱人在家干农活，两个儿子随我到教字垭完小读书，老大读三年级，老二读一年级，当时学校有规定，教职工子女是不准搭餐的，所以每天早晚两餐我三父子只好吃我那一份菜。覃东荣校长每天将自己一份菜的大半拨入我碗中，他自己只吃一点菜和汤，时间长达两年。你想他家爱人也是农民，三个儿女都在读书，老大读高中，比我家还困难！想到这……黄士祥擦眼泪，说不出话……

  教字垭镇分管教育的副镇长周岐锋说，我虽然来教字垭镇工作时间不长，但我听说了一些有关覃东荣校长的事迹。想不到我们教字垭镇还有这样一位去世了10年还被师生、群众铭记的共产党员！覃东荣同志的事迹让师生、群众流泪，这说明覃东荣老校长的精神在师生们中产生了共鸣，师生们从中受到了教育，心灵受到了洗礼。虽然他去世前告诫师生，死后不要宣传他，但在物质文化生活不断进步的今天，在当今"八荣八耻"的学习中，我们不能让他的精神永远埋在土层深处，我们很需要他这种艰苦奋斗的精神，他的精神值得全社会特别是党员、教师们学习，我们教字垭镇干部群众已自觉形成向覃东荣学习的高潮。我们要把覃东荣精神作为一种校园文化进行传承，让更多人关注支持我们贫困山区的教育事业，以便将覃东荣同志扶贫助学的精神传承下去，覃东荣同志永远活在我们贫困山区人民的心中！

张家界市教育系统学习覃东荣事迹选编

2012年1月28日《光明日报》头版头条刊发长篇通讯《岁月带不走最美师魂——追记张家界市教字垭镇中心完小原校长覃东荣》，同年2月14日，张家界市委书记胡伯俊在《光明日报》发表了题为《学习弘扬最美师魂　建设世界旅游精品》署名文章后，在社会上产生了强烈反响。

胡伯俊指出，覃东荣以自己的实际行动诠释了当代人民教师的崇高师德和共产党人的高尚情怀，在学生、同事和当地群众中树立了一座精神丰碑。他的崇高精神和品格值得全市每一名教育工作者、每一名党员干部学习，时代呼唤更多"覃东荣"式的人物。我们一定要认真学习宣传覃东荣同志的先进事迹，大力弘扬"最美师魂"，努力做到心系群众、爱岗敬业、艰苦奋斗、乐于奉献，争创一流业绩，不断开创建设世界旅游精品和富民强市的新局面。

全市各级各部门特别是教育系统积极响应市委书记胡伯俊的号召，在全市掀起学习"最美师魂"覃东荣的高潮。

选编1

张家界崇实小学

弘扬覃东荣事迹　争做师德模范

2012年2月17日，张家界崇实小学组织200多名教师集中学习了《光明日报》头版头条刊发的覃东荣优秀事迹和张家界市委书记胡伯俊在《光明日报》

发表的《学习弘扬最美师魂 建设世界旅游精品》一文，大会由崇实小学北校区校长罗中主持，副校长张炜作学习覃东荣先进事迹报告。听完永定区教字垭镇中心完小原校长覃东荣从教30多年如一日、爱岗敬业、严谨治校、爱生如子、无私奉献的事迹后，全体教师特别感动，决心大力弘扬"最美师魂"，努力学习他的精神，争做师德模范。

在报告会现场，记者采访了张家界崇实小学两名青年教师。郑艳凤老师说："这个学期刚开学的时候，刘晓华校长组织我们全校教师一起观看了中央电视台2011年度感动中国十大人物颁奖典礼盛况，里面的人和事至今还感动着我。今天我们学习了覃东荣老师的事迹，更是深深地震撼了我。没想到我们家乡竟然也有如此优秀的教师。覃老师说过，教师的最高境界就是对孩子的一切负责。他是这样说的，也是这样做的，而且这一做就是34年，这种对教育的挚爱，对学生的负责，深深地感动了我。虽然覃老师已经走了，但是他留下了人们对他永远的怀念。这样一个平凡而伟大的人，值得我们每个人学习，他的这种忘我奉献的精神，正是我们这些80后青年所缺乏的，今后我会更加努力地工作，用爱和耐心来诠释人民教师的真谛，争做覃东荣式的师德模范。"

汪宇老师说："我被覃东荣校长崇高的精神深深地触动了。通过覃校长的优秀事迹，我能感悟到他坚定的信念、踏实认真的做事态度，这些事迹真实地再现了覃校长为了每一个孩子、为了每一个学生、为了教育奔波忙碌，为了不让贫困孩子辍学，爬遍青山绿水的人间大爱。更重要的是他淡泊名利，他用他的博爱、大爱、真实和挚爱，用他全身的奉献，诠释着作为一个人民教师最伟大的一面。虽然覃校长离我们远去了，但他伟大崇高的精神值得我们每一个教育工作者学习，我相信，岁月带不走'最美师魂'。"

（红网张家界在线2012年2月17日讯 通讯员 田贵学 杨三春）

选编2

传承雷锋精神　学习最美师魂——张家界市一中举行"贯彻市委胡书记指示　学习覃东荣精神"座谈会发言摘录

张家界市一中积极响应市委胡伯俊书记的号召，于2012年2月24日组织召开"贯彻市委胡书记指示 学习覃东荣精神"座谈会，会议由张家界市一中党总支书记覃正明主持。今年是雷锋去世50周年、毛泽东给雷锋题词49周年，会议遵从如何贯彻落实胡伯俊指示，围绕"学习雷锋精神和学习覃东荣精神"的主题，畅所欲言、各抒己见。大家一致认为，覃东荣精神与雷锋精神一脉相承，虽然覃东荣去世近16年，但和去世50年的雷锋一样，灵魂不朽，精神长存。现将这次座谈会的发言摘要刊登出来，目的就是引导全市各行各业，将胡伯俊的指示落到实处，把学习雷锋和学习覃东荣精神，与本职工作紧密结合，着眼于建设社会主义核心价值体系，着眼于推进社会公德、职业道德、家庭美德、个人品德建设，着眼于提升公民思想道德素质和社会文明程度，真正做到爱岗敬业、乐于奉献，在建设世界旅游精品的进程中建功立业，以优异的成绩向党的十八大献礼。

张家界市一中党总支书记覃正明发言：要将向覃东荣学习活动同加强师德修养结合起来。我们老师学习他的精神，就是要心系学生，尊重学生人格，不偏爱、不歧视学生。在自己的工作中，一切以学生的发展为重，一切以学校的发展为重，脚踏实地、全心全意地做好本职工作。要把向覃东荣同志学习活动同加强学生思想教育结合起来。张家界市一中全体师生要以和覃东荣同志是校友为荣，鼓励全校师生以覃东荣同志为榜样，心怀天下，敢为人先，勤奋学习，刻苦钻研，打好基础，做好实事，为社会做贡献，为建设祖国多做贡献。要把向覃东荣同志学习活动与创先争优活动相结合。学校各支部要以学习覃东荣同志的事迹和精神，深入推进创先争优活动。把学习覃东荣同志精神化作工作的动力，推动学校全面发展，以优异的成绩向党的十八大献礼。

张家界市国光实验学校校长王宏星发言：如何把"最美师魂"传承并发扬光大，使"覃东荣"式的人物在学校不断涌现并成为一种时尚，将学校打造成让领导放心、群众满意、学生向往的品牌学校，为全区、全市经济社会发展做出积极的重大贡献，成为我心头挥之不去的问题。2012年，我校将以师德师风建设年为契机，进一步加大师德师风建设力度，造就一大批"师心慈、师仪端、师风正、师志坚、师学勤、师业精、师纪严、师德高"的优秀教师群体，让爱岗敬业、执着追求、无私奉献成为教师的一种常态，让"最美师魂"在学校不断传承。

张家界市一中工会主席、办公室主任宋宇国发言：时代需要最美师魂，时代呼唤最美师魂。我们学习覃东荣精神，要在自己的工作中切切实实地努力，踏踏实实地立足本职岗位，用疼爱子女之心爱学生，以珍爱生命之情爱事业，洗尽铅华，淡泊名利，乐于奉献。在今天，我们学习雷锋，要增添新的内容，我认为覃东荣精神和雷锋精神一脉相承，学习覃东荣精神就是学习雷锋精神。作为教师，覃东荣为我们树立了光辉的榜样，学雷锋不再是空洞的口号，所以我们要向覃东荣看齐，让生命赋予使命，让职业变成事业，兢兢业业地工作，为自己光辉的事业做出无私奉献。

张家界市一中高二年级生物教师吴强军发言：作为一名教师，我和覃东荣老师还有一定的差距，所以我要向他学习。首先要做到的就是爱岗敬业。既然选择了教育事业，就要像覃东荣那样对工作严格要求，做事认真。做好本职工作，利用课余时间辅导学生。作为一名教师，必须热爱学生。没有对学生的爱就不会有真正的教育，爱是教育的前提。所以我要真心实意地关心学生，了解学生的个性、兴趣和爱好，尊重学生的人格。作为一名教师，还要乐于奉献，我将全身心投入到教育事业中，时刻想到学校的发展，积极主动完成学校安排的各项工作。

张家界市国光实验学校八年级政治教师覃海英发言："横眉冷对千夫指，俯首甘为孺子牛。"我们要学习覃东荣一生勤俭节约、廉洁奉公、淡泊名利的精神，他主动将省劳模荣誉让给别人，他真诚拒绝《人民日报》记者的采访，他抱着残腿拄着拐杖甚至手脚并用跋山涉水劝学。这种不为名、不为利，鞠躬尽瘁、死而后已的精神感天动地。他以高尚的人格和最美的师魂在人民心中树立了一座精神丰碑，诠释了一个共产党人的本色。他是人民教师的一面镜子、是一本真实版的教科书、是当代师德和师魂的鲜活教材。我们要向他学习，学习他为教育无私奉献的人生追求；学习他勇于开拓的敬业精神；学习他爱岗敬业、为人师表、爱生如子的高尚师德，进一步增强社会责任感和历史使命感，坚定信念，爱岗敬业，恪尽职守，无私奉献，为构建和谐校园，促进课堂改革与发展做出更大贡献。

张家界市国光实验学校七年级信息技术教师屈福建发言：虽然覃东荣校长离开我们16年了，但他那思想过硬、一身正气、舍身营救学生，在自己相当困难下收养辍学儿童，大力进行教育教学改革的伟大献身精神在我心中永不磨灭。作为一名普通的人民教师，理应时刻不忘师德的厚养，把他的精神融入到实际工作中，爱岗敬业，立足本职，从自身做起，从现在做起，干一行，爱一行，学一行，精一行，以严谨务实的作风完成每一项任务。国家的富强在于教育，教育的发展在于教师，教师有责任和义务培养学生的奉献意识。

张家界市一中346班学生吕源发言：在这个新兴的时代，很多人都会想"雷锋精神到底还要不要"？读了覃东荣故事后，我的回答是"要，当然得要"。雷锋不仅仅是一个时代的榜样，更是一个民族的榜样，覃东荣校长的行为正是雷锋精神的最佳体现。

张家界市一中364班学生李咏华发言：我们要学习覃东荣的"春蚕到死丝方尽，蜡炬成灰泪始干"的精神，只管默默地奉献自己的一切，不管有没有回报。

张家界市一中352班学生李琪韵发言：覃东荣的事迹，让我学会了与别人相处要团结友爱，要互相帮助，要把广大人民群众的利益放在第一位。让我学会了做任何事都要敬业，要严格约束自己，认认真真，脚踏实地。让我学会艰苦奋斗，勤俭节约，不要乱花钱，把钱用在该用的地方，要把有限的资金以最小的投入换取最大的收益，帮助需要帮助的人。让我学会奉献，乐于奉献，帮助他人，积极促进全社会和谐。

张家界市一中330班学生卓泽俊发言：覃东荣老师，虽然没有健全的体魄，但有高尚的灵魂，不断战胜困难的勇气；覃东荣老师对待工作的准则是"严格、严厉、严肃"，宁愿自己苦，也不愿让学生受一点儿委屈。岁月的风拂不去爱的光辉，只会让这种精神更加熠熠生辉。

张家界市国光实验学校105班贾楚淇发言：通过学习《岁月带不走最美师魂——追记张家界市教字垭镇中心完小原校长覃东荣》的通讯，以及市委书记胡伯俊的读后感，我深深地感动了。学校号召我们以此为契机，向雷锋同志学习，争做好人好事。2月19日，风雨交加，班上组织了几位同学集中在学校附近的公交车站站台，为那些未带雨具、在寒雨中煎熬、焦急等待公交车到来的人们撑伞。在寒冷的天气下，我们送出人间真情，温暖着整个公交车站台，我们用实际行动传承雷锋的无私奉献精神。

张家界市国光实验学校104班学生李登渭发言：如今的社会，有些人任何事都拿钱来衡量，人与人之间相互攀比，形成了不良的社会风气。而覃老师却是一个极为勤俭节约的人，甚至两个月不吃一顿荤菜，但他对于自己收养的6个孩子却丝毫不吝啬，经常改善他们的伙食，比待自己的亲生子女还要尽心尽力。覃东荣老师这种勤俭节约的品质值得我们学习和发扬，他无私奉献、不求回报的精神更是值得广大人民学习，如果大家都能献出自己的一份微薄之力，那社会就会变得更加美好和谐。我们不能只说不做，我们要在今天跨出第一步，学习弘扬最美师魂，传承中华传统美德，为我们的未来、祖国的未来而努力奋斗！

张家界市国光实验学校初105班学生唐昕炜发言：作为一名中学生，热爱祖国是我们的品德，勤奋学习是我们的天职。学习雷锋精神，以覃东荣为榜样，不是喊口号，而是要踏踏实实做事，老老实实做人，安安静静读好书。同学们，今天学习好人好事，明天就弃之不理，你坚持了什么？国家提倡低碳生活，你为环保做了什么？正是有了像雷锋这类的革命人士、无数像覃东荣这样可爱可敬而又默默无闻的庞大群体，我们伟大的祖国才在历经艰辛之后看到了复兴的曙光！

张家界市一中341班学生向艳萍发言：岁月带不走"最美师魂"，这使我们看到了一个爱岗敬业、严谨治校、爱生如子、无私奉献的学习榜样。我们作为学生，要学习覃校长的精神，每位同学都要增强奉献意识，自觉奉献，乐于奉献，主动关爱他人，帮助他人，积极促进社会和谐，为建设世界旅游精品营造良好的人文环境。

张家界市一中政治教师李玲令发言：我作为一名中共党员和教育工作者，担负着教书育人的重任，为了认真履行教师职责，严格遵守中小学教师职业道德规范，形成自己良好的师德师风，争做一名师德高尚的教育工作者，我要在平时的工作和生活从七个方面严格要求自己。一是爱国守法，拥护党的领导，自觉遵守法律法规，全面贯彻国家教育方针，不做违背党和国家方针政策的事情。二是爱校敬业，热爱学校，积极进取，精于业务，无私奉献，自觉维护学校荣誉，切实改进教育教学方法，减轻学生课业负担，高质量地完成教学工作。三是教书育人，以培养创新能力为目标，造就有理想、有道德、有文化、有纪律的德智体全面发展的社会主义建设者和接班人，帮助同学们树立科学的世界观、人生观和价值观。四是为人师表，坚守高尚情操，遵守社会公德，关心集体，团结协作，尊重同事，尊重家长，自觉抵制社会不良风气，将精力全部投入到教书育人中。五是终身学习，崇尚科学精神，树立终身学习理念，拓宽知识视野，更新知识结构，不断提高专业素养和教育教学水平。六是关爱学生，尊重学生人格，保护学生安全，关心学生健康，维护学生权益，不以任何形式体罚或变向体罚学生。七是尊重家长，主动与家长保持联系，认真听取家长的意见和建议，取得他们的支持与配合。

张家界市一中高一历史教师黄志鹏发言：覃东荣同志的先进事迹对我触动很大，他在那么艰苦的条件下，做出那么大的牺牲，把自己的一切全都奉献给了党和人民的教育事业，在他身上所体现出来的心系群众、爱岗敬业、艰苦奋斗、乐于奉献的精神，是我们在任何时候、做任何工作都需要大力弘扬和传承的，正如胡伯俊书记所讲的覃东荣同志的崇高精神和品格值得全市每一名教育工作者、每一名党员干部学习。

覃东荣是我们学校的第二届学生，这既是我校的荣誉和骄傲，也是对我们每一位一中后来者的鞭策和指引，当前全市上下正在市委、市政府的领导下，为建设世界旅游精品和富民强市的目标而努力。近几年来，随着"三年有改观，五年大变样"计划的实施，我市的城市建设和城市面貌有了很大变化，但是硬件的东西可以在短时间搞上来，而软件的人文环境、市民素质却不是一两年就能提上来的。我们不仅要教好书，更要育好人，要让一中的学生走在大街上，即使不穿校服，从言谈举止中一眼也能看出他是一中人。作为一名党员教师，把学生教育好，把学校建设好，就是对"最美师魂"的最好弘扬，就是对建设世界旅游精品的最好贡献。

张家界市一中333班学生罗海燕发言：有一个名字跨越时间的洪流而依旧响亮，他就是雷锋，他助人为乐，不求回报。他的精神让我们鼓掌赞扬，他的精神就如高悬天空的北极星，为人们提升道德品质指引着正确的方向。

雷锋同志逝世50周年了，雷锋精神仍值得我们学习。其实，稍稍留意就会发现，我们生活中总有那些人，乐于助人，无私奉献，就像雷锋一样给人民送去温暖和光明。覃东荣就是这样的人，他就是当代的雷锋。

"人的生命是有限的，可是为人民服务是无限的，我要把有限的生命投入到无限为人民服务中去。"这是雷锋的名言，也期待着越来越多"雷锋"式的人物将此作为自己的名言。弘扬雷锋精神，是时代的强音，社会的呼唤。让我们高唱雷锋之歌，与时代同行，与文明同在！

张家界市一中高一年级语文教师符译元发言：九年前，我曾站在党旗下高举右拳，发下誓言："我将对党忠诚，积极工作，为共产主义奋斗终生，随时准备为党和人民牺牲一切。"那庄重肃穆的情景，深深地定格在我的记忆里，至今仍历历在目，时刻警醒着我，鞭策着我。

"我的生命是党给的，我的知识也是党给的，我要报答党的恩情，把我的一生献给党和人民的教育事业，要让所有读不起书的孩子都有书读。"这句话，言语虽轻，然而分量却重，深深地打动了同样作为教育工作者的我。说这句话的人就是离开我们16年的覃东荣同志。桃李不言，下自成蹊，覃东荣同志的人格力量，来自于他的无私奉献，甘为人梯，他用自己的实际行动为我们诠释了大爱无言。

德高为师，身正为范，选择了教师这个职业，就是选择了奉献的人生。作为一名人民教师，我们的身上肩负着国家、社会和每个家庭、每个孩子的希望，作为一名党员教师更应以身作则，严于自律。

我们的身边有许多这样平凡的人，我也愿意成为这样平凡而又不平凡的人，我愿意为我们衷爱的事业努力钻研，奋力拼搏，做到爱生如子，想学生之所想，急学生之所需，将覃东荣式的精神真正带入我的生活、我的工作，成为一名优秀的党员教师，以无言的爱坚持这份令我骄傲的事业。

张家界市一中332班学生龙慧发言：没有教室，没有课桌，没有讲台，但这的的确确是一堂课——一堂上给心灵的课。

教师的职责是传道授业解惑，教书的最高境界是对学生的一切负责。师者育人，大爱无疆。不知道长眠黄土的覃东荣老师能否听见我心里的呐喊：让我们向覃东荣老师致敬，向千千万万个"覃东荣"式的人致敬。覃东荣老师的事迹告诉我们：生命因奉献而多彩。

奉献就是做的比能做的多一点，许多人常问自己，我能做什么，这是他在社会十字路口的疑惑，而有这样一群人，他们常对自己说，我还能做得更多！为救孩子而落下残疾，这不算什么，只要是老师，我相信他们都会和我一样，而我要做的，是尽到我自己的责任。

奉献就是平凡中的伟大。覃东荣老师是平凡的，同时也是伟大的。覃东荣老师是张家界的魂，是中国魂中的一员。师魂，岁月带不走。16年过去了，师魂犹在；58岁为永恒，师魂犹存。这不是终结，而是升华，师魂永不会终结，还需要我们当代人为它添色加彩，因为这是我们作为张家界人的责任。

如果有人问我，活着是为了什么？我会回答：活着就是为了时刻奉献。

张家界市一中355班学生赵帅发言：老师是默默付出的一群人，他们平凡而伟大，多少年，季节轮回，多少个春夏秋冬，老师就像红烛，燃烧着亮丽的生命，奉献了几多血汗，却不求青史留名。

当我读完《岁月带不走最美师魂》，我被深深感动了，泪水洗涤了心灵，这个将一生都奉献给了湘西北教育事业的好老师，用他平凡的生命铸就了不朽的师魂，我要以覃东荣老师为榜样，努力学习。

（《张家界日报》2012年3月2日3版聚焦版专版

整理：本报记者 宁惠 张路 摄影：本报记者 贵术中）

选编3

武陵源区教育局机关、各学校学习最美师魂覃东荣事迹

武陵源区教育局党组高度重视市委书记胡伯俊的指示，2012年4月2日，武陵源区教育局机关全体党员举行学习最美师魂覃东荣事迹报告会。会议由武陵源区教育局党组书记、局长姚国军主持，局机关党支部书记、副局长李若祥作《岁月带不走最美师魂——追记张家界市教字垭镇中心完小原校长覃东荣》辅导报告学习。会上局党组研究决定，号召全区教职员工向最美师魂覃东荣学习。

2012年暑假学习班上，张家界国家森林公园学校、协和中心学校、天子山中心学校、索溪峪中心学校、武陵源区机关幼儿园等集中学习了师德榜样——覃东荣老师的优秀事迹《岁月带不走最美师魂》。武陵源一中、武陵源二中、张家界国家森林公园学校、协和中心学校、天子山中心学校、索溪峪中心学校等在举行师德师风建设活动中，把学习覃东荣的先进事迹列为活动的重要内容，并要求教职工结合实际写出心得体会，大力弘扬无私奉献、爱岗敬业的精神。武陵源一中、武陵源二中、武陵源区机关幼儿园等将学习覃东荣的先进事迹，作为今年下学期加强教师培训的重要工作，培养广大教师一心为教、不图回报的高尚品德，作为教职工思想品德教育的重要内容。全区各学校利用宣传窗、黑板报大力弘扬"最美师魂"，为建设世界旅游精品做出自己应有的贡献。

诗祭"拐杖校长"
覃东荣诗词选编

不朽的师魂

彭清化

师生的脑海
至今回响您亲切的教诲
家长的心里
仍然留有你家访的足迹
为了抢救学生
你倾注了所有的心力
啊 东荣校长
你"捧着一颗心来，不带半根草去"
你那不朽的师魂
永远印在大山人的心坎里

家境的贫寒
改变不了你助学的善举
身体的残疾

难不住你现身教育之大义
为了不让学生辍学
你节食收养贫困子弟
为了办学兴教
你奉献了毕生的精力
啊 东荣校长
你"捧着一颗心来，不带半根草去"
你那不朽的师魂
永远印在大山人的心坎里

寄 思
——怀念"拐杖校长"覃东荣

彭平洲

又遇一场纷纷雨
揣着清明的思念
行在教字垭镇的山湾脊梁
道旁刚盛开的桃花
依稀映照着一个熟悉的背影
拄着一根拐杖
沿路铺下不灭的师魂
断肠的纷纷雨
从天空的云雾里
从树梢的苞芽中
落在祭奠人的千张面庞上

和着恸泪

又洒落在您的墓前

浇开了那一簇簇满山的红杜鹃

一个瘦弱的身躯

曾在大山深处的土门潭里

推开汹涌的洪流

救起一个因溺水而生命垂危的学生

从此您落下一条残疾的腿

一根磨锃光亮的拐杖

伴随着您的后半生

山村的小径上

听　那些坑坑洼洼的小路上

时时奏起"拐杖"的前进曲

您便有了一个形象而亲昵的称呼

您不带半根草

走得悄无声息

每年清明

一群群四面八方涌来的人们

将您的墓前墓后

整理得干干净净

老校长啊，我们追忆您的轨迹

覃建新

多么自然的场景

整个星系最为耀眼的主持者

来到我们学生之中

和我们走到一起

此时我们的光、热和能量

在平凡的轨迹运行

追求着中华复兴之梦

回忆着数年来的老校长事迹

耿耿忠直的性格

倾注着他的一生

在别人的光芒里

沿别人的足迹顺行

老校长啊！

你无形中的生活

收养着六个贫困生

倾注给他们爱

给我们一种奉献精神

老校长啊！

你追求单纯与乐观

关心着同事与学生

牺牲自我

在事业中无怨无悔地探寻

让我们在充满激情的旗帜下

寻找你的足迹
老校长啊！
你保持着一种信念与追求
用廉洁之心
融入生活之中
让世界更加美满
铺给我们一条宽阔生活之路
老校长啊！
你的英雄事迹
数也数不清
印在我们的心中
你的这些琐碎生活细节
给我们心注满幸福的充盈力量
我们珍惜着你的教诲
完成你未完成的事业
用我们的双手
谱写出不息的生命中华复兴梦想

读你，就像你正看着我们自己

覃正胜

春雨淅沥，老是挥之不去
不仅天际的雨滴，还有纷飞的思绪

想您，那个清瘦的身影
从"拐杖校长"到"最美师魂"

走过红网论坛，走进星城的发布会
青山簇拥的你，赫然站在《光明日报》的头版
微笑，写意

故乡泥土中静静躺卧的你
会不会也哑然失笑
甚或神情严峻
笑一己之本色何必渲染成神明
气世风日下叨扰了你的清静

可是你的战友兄弟
还在缅怀你的足迹
希望弘扬你的浩然正气
拯救你全心付出的教育阵地

可是你的弟子
还在回忆你的点滴
正直，善良，无私无畏
将农民子弟的纯粹本色传递

清明时节，你泥泞的墓地
又是淳朴乡民的惦记
好人呀，捧着一颗心来，不带半根草去

你在的时候，没机会唱一首歌给你
可真的《长大后我就成了你》

这旋律，您泉下有知
请回应您的赞许，在我们想您的无数
个梦里

洁白园丁花

曹永富

待到清明三月下，
久开亮洁数白花。
呕心沥血办教育，
拐杖校长园丁花。

思念依旧

覃正胜

又是一年清明节
你是我们刻骨铭心的挂怀
多次温暖我们的心
以为早已释然的思念 再次被撞开
在这个多雨的季节
让我们怀着一颗虔诚的心
去默念您 再说一声 谢谢
您就是
一座化育青春的纪念碑
一支清奇峭拔的人生标杆
指引着未来
敬爱的老师
天堂里 安好 幸福
好想听到您的祝福
爱您的人思念依旧

忆 恩 师

覃正胜

三十年前进校门，
高飞远望少年心，
课堂见您颔首处，
心头顿喜赛娘亲。
清明独忆师恩重，
梦萦幽思清癯影。
人生接力无穷已，
当思奋进报师恩。

人生最爱家国情

李文锋

山一程，水一程，
人生几多山水情。
孝父母，尊长辈，
人生最痛儿女情。
亲学生，爱祖国，
人生难得师生情。
叹寒暖，惊风雨，
人生无言父母情。
中国梦，教育梦，
人生最爱家国情。

山一程，水一程，
人生为公明如镜。
草一春，花一春，
花香留给酿蜜人。
一根拐杖撑人生，
一腔热血浇桃李。
春蚕到死丝方尽，
信仰灯塔照子孙。
中国梦，教育梦，
人生最爱家国情。

七律·情追师魂

吴金平

佳节清明桃李笑，
野田夫家只生愁。
雨润原草泥土柔，
万人悼荣灵魂足。
山呼地唤贤子千，
满眼蓬竿君一山。
金平尊堆知昔年，
清明复登忘归园。

七律·大爱永恒

田奇华

清风细雨雾绵绵，
热泪鲜花祭故贤。
治校忘家肝胆照，
救人舍己左腿残。
一根拐杖千重爱，
满腹心思万户欢。
今日常提中国梦，
须将大爱献家园。

对联三副

宋德珍

英灵工作蓬莱客，
德范犹薰杏园人。

青山绿水悲先生，
落花啼鸟泣东荣。

教泽宏施忆昔日幸沾化雨，
音容还逝痛今朝惟仰高山。

万古流芳

赵如秋

拐杖校长覃东荣，
英雄事迹留一生。
舍己救人是标兵，
教育战线他有名。

精忠报国为人民，
助人为乐献爱心。
从不图名不图利，
万古流芳众人敬。

情满潇湘

常真中

诗情一动满潇湘，
祭奠覃公大爱长。
东海远眺瞻气宇，
荣宗砥励兴学堂。
老骥伏枥谁接力，
师德化人我颂扬。
千岁鹤归迎晓月，
古谊世范永流芳。

《一封公开信》

尊敬的各级领导：

　　我们是湖南张家界市永定区教字垭镇部分党员、教师及群众。在全国深入开展学习党的"十八届六中全会"精神、党员干部进行"两学一做"专题教育学习之际，湘西北贫困山区优秀共产党员"拐杖校长"覃东荣迅速成了无数人自发学习的焦点。

　　每年清明节，成百上千的群众、师生自发来到这位已故校长的坟茔前扫墓、祭奠；每当教师节来临的时候，当地的人们就会想起他，用召开报告会、座谈会等形式来缅怀他。

　　2012年1月28日《光明日报》头版头条刊发该报主任记者唐湘岳、通讯员张留采写的长篇通讯《岁月带不走最美师魂》，时任张家界市委书记胡伯俊阅读后，在2012年2月14日《光明日报》发表署名文章《学习弘扬最美师魂 建设世界旅游精品》；2015年6月14日《新华每日电讯》第三版刊发该报记者袁汝婷采写的长篇通讯《岁月深处的"一个也不能少"》。覃东荣同志的先进事迹经《光明日报》《中国报道》《中国新闻周刊》《校长》《中国校长》《中国经济周刊》、光明网、人民网、新华网、中国网、新浪、搜狐、网易、雅虎、央视网、经济网、中国新闻网、凤凰网、中国共产党新闻网、中国文明网、中国教育基础网、中华网、中国青年网、中国广播网、中国校长网、《湖南日报》《三湘都市报》《海峡都市报》《科技新报》《湘潮》《湖南教育》《当代商报》、湖南人民广播电台交通频道、湖南电视台都市频道、湖南教育电视台、红网、湖南在线、湖南教育网、为先在线、《张家界日报》《安庆晚报》、张家界电视台等全国几百家媒体转发报道之后，在社会上产生了强烈反响，引起了国家有关部委、湖南省委省政府、省委宣传部等领导对学习宣传最美师魂覃东荣事迹的关注与重视。中央委员、湖南省委原书记周强说："最美师魂覃东荣是湖南的光荣，要把他的后续报道搞好。"湖南省原副省长李友志说："今后要多出版《拐杖校长覃东荣》这样的好作品，多宣传覃东荣同志这样的好典型！"并在百忙之中为本书题词"拐杖人生 不朽师魂"。

全社会已自觉形成学习不朽师魂覃东荣舍己救人、扶贫助学、廉洁奉公、艰苦奋斗、献身贫困山区教育崇高精神的高潮，人民网的关注度已超过138万。

在湘西北张家界市，只要提起覃东荣，可以说是无人不晓、无人不为之动容。覃东荣，男，土家族，1938年3月出生，中共党员，高中文化，小学高级职称，1993年7月因公负伤致残，1996年6月1日因伤病逝，时年58岁。

为了照料3个弟弟和常年患病的母亲，1953年，15岁的覃东荣在共产党和人民政府的帮助下发蒙读书。1962年9月，覃东荣参加革命工作，1985年6月入党，先后在青鱼潭、七家坪、宋柳、甘溪峪、罗家岗、中坪、教字垭七所乡村小学担任负责人32年，1964被评为大庸县"五好青年"，1970年、1973年、1977年、1981年、1982年、1983年、1984年、1988年8次被评为区（县）级先进教育工作者，1985年、1987年、1990年3次区（县）级记功，1964年、1985年、1991年分别被评为市（州）级"最受尊敬的人""优秀教师""德育工作先进个人"。他是巩固保持共产党员先进性教育成果的活教材；是深入学习党中央关于改进工作作风、密切联系群众"八项规定"，培养和践行社会主义核心价值观教育的典型教材；是新时期一面永不倒下的光彩夺目的旗帜。党的先进性和社会主义核心价值观在他身上体现得淋漓尽致。

我们的"拐杖校长"覃东荣，他的一生是廉洁奉公的一生，是为了党和人民教育事业无私奉献的一生，是清正廉洁、两袖清风的一生。他忠诚党的教育事业，把自己的全部心血献给了贫困山区的教育事业，写下了可歌可泣的新篇章。

一、爱心奉献，树起一座不朽的精神丰碑

覃东荣爱生如子，当学生发生危险时，宁愿舍弃自己的生命。1967年他在七家坪小学任教期间，为了制止两派闹武斗，不顾个人安危，挺身而出，当即收缴了八把匕首、十几根梭镖、八把菜刀、三十多根木棒，及时阻止了一场流血事件的发生。1973年5月10日下午3时，为了抢救落水儿童杨贤金，他奋不顾身和衣从三丈多高的独木桥上跳入滚滚洪水中，舍命将杨贤金救起，而造成自己左腿骨折，35岁的他沦为终身残疾，从此离不开拐杖，乡亲们称他为"拐杖校长"。

为不让一个贫困学生失学，身残志坚的覃东荣拖着残腿、拄着拐杖，手脚并用爬遍教字垭镇的每一个角落，劝接贫困学生上学。在自家三个子女正在读书已极度贫困的情况下，同妻子伍友妹（张家界首届道德模范）收养了6个失学儿童，六年如一日地送他们上学，并把他们送到初中毕业。30年来，覃东荣访问学生10000多人次，为贫困生垫付学杂费、生活费3万多元。在他爱心的帮助下，他所管理的教字垭镇中心完小没有一个学生因贫困而失学，率先在贫困山区普及九年义务教育，成为贫困山区普及九年义务教育的"创优集体"。覃东荣不仅关爱他的学生，更关爱他的同事。1972年在自己饥饿难忍之下，两年如一日将食堂打来的一份饭分一半给同事赵如秋老师吃。人们称他为"爱心校长"。

1993年7月27日，他带领几个老师在调查师生受灾情况的路上不幸负伤致残。1996年6月1日儿童节下午5时许，他去世时，家里一贫如洗，欠债2万多元。乡亲们在他身上没有发现一分钱，为他的遗体穿衣时，在他家却找不到一件像样的衣服，不是补丁就是洞，最后只好将几件旧衣和两件破烂的运动衫作为寿衣穿在他的遗体上，在场的人无不为之流泪、叹息！噩耗传来，苍天悲泪，老天鸣不平，下着倾盆大雨，成千上万的人们自发地冒雨从四面八方涌来，为他开追悼会，为他送葬，人山人海，天哭地泣……

覃东荣献身贫困山区教育事业35年，真正做到了"捧着一颗心来，不带半根草去"。

二、加强管理，带出"国家级"先进队伍

"倾注一腔激情，奉献教育事业"，这是覃东荣教学的初衷，也是他奋进一生的思想基础。自覃东荣参加工作来，一直担任校长，但他从来没有离开过讲台，五次因劳累过度晕倒在课堂上，苏醒后坚持给学生上完课。当时学校条件极为艰苦，没有教师办公室。覃东荣找裁缝缝了一个大布袋，放学后他把教科书、备课本、学生的各科作业装在布袋里背回家，第二天把批改好的学生作业本背回学校。7年如一日，他的肩上起了一道深深的痕迹，背偏向一侧，变了形。学生及家长亲切地称他为"包袱校长"。

他非常重视师生的思想品德和少先队工作，率先进行素质教育探讨，首创学生思想品德"六三一"评价体系、"立体式德育网络"教育，成立家长委员会，让家长监督管理学校，办让人民满意的教育。他顶住各种压力，改革传统的教学模式，带领老师们大胆探索，带头自制课件，先后开办各学科教学实验课题班，教学质量稳步上升，始终名列市（州）区（县）前茅。"四率"、德育工作、少先队工作、财务工作、工会工作、教育目标管理等始终走在市（州）区（县）前列。他把一所名不见经传的贫困山村小学办成了"湖南省学习雷锋先进集体""全国读书读报先进单位""全国雏鹰红旗大队""全国少先队红旗大队"，是山村小学的一面旗帜。1989年大庸市德育工作先进经验交流现场会及1994年永定区教育目标管理先进经验交流现场会都在他管理的这所山村小学隆重召开。

三、勤政廉洁，诠释了一个共产党人的本色

覃东荣以工作为重，舍小家为大家，以校为家，在教字垭镇中心完小工作13年间，为了减轻学校负担，节假日义务守校、不计报酬地加班加点折算成标准工作日2500多个。学校其他领导及老师们多次在会上要给他补助守校加班费，都被他婉言谢绝了。在不花学校一分钱加班费的情况下，他带领部分老师经过三年的努力，将一部近万字的《教字垭镇中心完小教育史》撰写出来，流传后世。

他廉洁奉公、一身正气，积极做遵守规章制度的表率。虽因公开会迟到了两分钟，不仅交了两元罚款，还主动将检讨贴在学校的校务栏上。他以身作则，与同志们同甘共苦，从不搞特殊。上级领导来完小检查工作时，虽是几个炒菜，招待客人，可他从不作陪，要学校其他分管领导作陪（只限1人作陪），而他始终同老师们一起蹲在地上吃大锅菜。他随联校领导每次到村小、片小检查工作时，从不吃招待餐。一次，他看到某校为他们检查人员炒了几盘比较丰盛的菜，他严厉批评了该校负责人，拄着拐杖气冲冲地走到办公室工作去了，宁愿饿一餐。他永葆共产党员的先进性，反对请客送礼，不收家长一针一线。他淡泊名利，1989年，上级领导看到教字垭镇联校政绩显赫，贡献突出，将一个省劳动模范名额下放到该联校，许多人推选他为省劳模候选人，可他谢绝不参加竞选。1995年，瘫痪在床的他婉言谢绝《人民日报》记者对他的专访。人民称他为"硬码校长"。

在生命垂危的时刻，还不忘党的恩情，叮嘱家人不要忘记替他交党费。他被当地百姓称为"焦裕禄式的共产党员"，被教委领导誉为"一条山区教育战线默默耕耘的孺子牛"。

四、硕果累累

在覃东荣、伍贤科、覃大云、熊隆奎、李刚林、胡大勇、陈建平、熊劲松、李凡意九任校长及全体教职工的共同努力下，教字垭镇中心完小捷报频传，为党和国家培养了大批德才兼备的有用人才，许多学生进入大学深造，成为国家的栋梁之材。如1986年在教字垭镇中心完小毕业的彭朝华、彭朝阳分别考上了北京大学、中国人民解放军信息工程学院，2005年彭朝华博士毕业，分配到中国原子能研究院工作，1997年彭朝阳大学毕业后，考入北京大学读硕士研究生，2001年毕业后在深圳某公司任高层白领；石振清，1993年考入清华大学，毕业后，考入中国科学院读研究生，2002年留学美国，博士毕业后，在特拉华大攻读学博士后，现在美国某实验室工作；覃岭考入复旦大学，现在法国巴黎综合理工大学攻读博士；吴胜举、覃大卫考入同济大学；覃雯、王勇、管庆华、吴冰清、李卓、曾凯、吕贤猛、熊超、熊大新等学生考入全国重点大学；学生熊冬梅被评为全国十佳少先队员；熊敏在2006年全省十运会上荣获女子48公斤级举重冠军……真是不胜枚举、桃李满天下。

覃东荣校长是为了贫困山区的教育事业而累倒的。虽然覃东荣校长离开我们二十年了，但他那廉洁奉公、一身正气、舍身营救学生，在自家相当困难的情况下收养失学儿童上学的伟大献身精神，在我们贫困山区人民心中影响至深，反响强烈，永不磨灭。人死精神在，我们不能让覃东荣的精神永远埋在土层深处，在深入学习"八项规定"、勤俭节约、反腐倡廉，进一步学习"十八届六中全会"精神及"两学一做"专题教育学习之际，我们需要他那清正廉洁、舍己救人、扶贫助学、清贫治教的崇高精神。

张家界既有世界上独一无二的风景，也有思想品德高尚的土家儿女。为了更好地宣传张家界的教育与文化，繁荣湖湘文化，弘扬中华民族的先进文化，为了弘扬正气，警示腐败，永葆共产党员先进性，唤起更多人来关注贫困山区的教育，献身于贫困山区的教育，我们想成立"覃东荣教育基金会"；还想把他的感人故事拍成电影、电视剧、话剧，以教育后人，将覃东荣同志那扶贫助学、艰苦奋斗的火炬一代一代地传下去；我们还想组成覃东荣先进事迹巡回报告团，使覃东荣校长的事迹传遍三湘大地、中华大地，让更多的人投身于科教兴国的伟大事业中来。

覃东荣同志不仅是教师们学习的榜样，而且也是全社会人们特别是共产党员、干部学习的楷模！我们要求各级党委政府、教育主管部门、新闻媒体来我们这里调研，听一听我们老百姓对覃东荣同志评价的心声！

覃东荣永远活在我们山区人民心中！

覃东荣一生活动年表

覃东荣，男，土家族，高中文化，1938年农历三月十一出生在湖南辰沅道大庸县西教乡七家坪村一个贫苦农民家庭。父亲覃服周，母亲吴幺妹。

1953年3月—1956年8月，覃东荣在大庸县第十三完小读书。

覃东荣家境贫寒，为了照料3个弟弟和体弱多病的母亲，1953年3月，15岁的他终于在共产党的帮助下踏入穷人的学校——大庸县第十三完小发蒙读书，大龄少年的覃东荣十分珍惜这来之不易的学习机会，刻苦学习，连跳三级，小学六年只花三年提前毕业。

1956年9月—1959年8月，覃东荣在大庸县第二中学初中部读书。

1956年7月，覃东荣以优异的成绩考入大庸县教字垭中心完小附设首届初中班。为了筹集书杂费，他同二弟覃正柏跟随父亲覃服周在大庸县东部沅古坪粮店挑"死库粮"搞勤工俭学。

在大庸县第二中学读书期间，他经常在学校垃圾堆捡演草纸、鞋子及袜子，供一家人穿。

1959年9月—1962年8月，覃东荣在大庸县第一中学高中部读书。

1959年9月，覃东荣以优异的成绩考入大庸县第一中学高中部学习，三年的高中学习，他得到在贵州省体委工作的四叔覃遵众的资助。1962年7月，24岁的覃东荣顺利完成高中学业。

父母苦苦支撑，总算供他读完高中。由于家中实在没办法送他上大学，1962年9月他在大庸县枫香岗公社青鱼潭小学当民办教师。

1962年9月—1964年8月，覃东荣在大庸县枫香岗公社青鱼潭小学任教，任负责人。

1964年5月，在青鱼潭小学工作的覃东荣经邓国凡、陈泽厚介绍光荣地加入了中国共产主义青年团，同年被评为大庸县"五好青年"、湘西州"最受尊敬的人"。

1964年8月，覃东荣与大庸县中湖公社石家峪村的向佐梅喜结良缘。

1964年9月—1971年8月，覃东荣在大庸县教字垭公社七家坪小学任教，任校长。其间，他经常背学生过溪过河，狠抓学生的思想品德教育，争做好人好事。

由于学校没有办公室，从1964年9月开始，他用一个用青布缝的大布袋将学生的作业、自己的教科书、备课本，背回家批改、备课。每天一大包，几十斤重，风雨无阻，7年下来，他的背偏向一侧变了形，肩上起了一道深深的裂痕。学生及家长亲切地称他为"包袱校长"。

1966年农历六月十八，覃东荣的长子覃梅元出生。长子出世刚6天，贤妻向佐梅突发高烧不退，仙然辞世。覃东荣每月筹措20元为长子请奶妈。

1967年6月，正在上课的覃东荣突然晕倒在地，脸色惨白，苏醒后忍痛为学生上课。

1968年9月，七家坪小学两派学生闹武斗，双方用匕首、标枪、木棒、菜刀等武器正要打斗时，覃东荣不顾个人安危，挺身而出，立即收缴了8把匕首、8把菜刀、10几根标枪、30几根木棒，及时阻止了一场流血事件的发生。

1969年8月25日，覃东荣从教字垭学区报到回家，途经趴龙潭地段时，听到有人喊救命，他便奋不顾身地跳进激流中将学生吴胜发抢救上岸，实施人工呼吸后，吴胜发脱离了危险。因为他严格的教育管理，七家坪小学教学质量首屈一指，附近几个村的孩子都到这里读书，学生由100多人迅速发展到200多人。

1970年他被评为"县级先进教育工作者"。

1971年1月，大庸县教育组正式录用覃东荣为国家公办教师。

1971年3月—1972年8月，覃东荣在大庸县兴隆公社宋柳小学任教，任校长。

1972年6月，覃东荣与大庸县禹溪公社军家垭大队的伍友妹结婚。

1972年9月—1979年8月，覃东荣在大庸县兴隆乡甘溪峪小学任教，任校长。

1972年9月，覃东荣带领老师们在溪里运岩挑沙，附近群众深受感动，纷纷加入到运岩挑沙队伍中。在兴隆公社，甘溪峪大队及各级教育主管部门的支持下，一栋两层8间砖石结构的教学楼终于竣工。

1972年10月，覃东荣看到甘溪峪小学民办教师赵如秋带红薯到学校当正餐，他在自己饥饿难忍的情况下，两年如一日，每餐将自己的四两饭分一半给他，使他渡过难关。

1973年5月10日下午3时，甘溪峪小学六年级学生杨贤金不慎从独木桥上掉入洪水中。覃东荣听到呼救声，飞速跑到桥边，和衣跳入三丈多高的土门潭中，舍命将杨贤金救起，而却造成自己左腿骨折，昏死过去，从此离不开拐杖。乡亲们亲切地称他为"拐杖校长"。

1976年9月，伟大领袖毛泽东逝世，覃东荣在甘溪峪小学全体师生沉痛悼念毛主席的大会上，悲痛欲绝，号召教师化悲痛为力量，搞好教学。

1976年10月7日，覃东荣拄着拐杖，带领老师们砍柴烧炭搞勤工俭学，被滚下的圆木打伤腰部。

在甘溪峪小学工作期间，1973年、1977年覃东荣被评为"县级先进教育工作者"。

1979年9月—1980年8月在大庸县兴隆公社罗家岗小学任教，任校长。

1980年农历正月初三，母亲吴幺妹去世，覃东荣大哭三天三夜，茶水未进，哀毁骨立。

1980年9月—1981年8月在大庸县教字垭公社中坪小学任教，任校长。

1981年9月—1993年8月，覃东荣在大庸市教字垭镇中心完小任教，任校长，并担任教字垭镇联校业务校长兼联校纪检组长。

覃东荣狠抓少先队工作，号召向雷锋同志学习，1983年教字垭公社中心完小被评为"湘西自治州雷锋式的中国少年先锋队中队"。

1981年至1984年，他连续四年被评为"县级先进教育工作者"。

1983年至1985年，覃东荣每天将自己一份菜的大半拨入同事黄士祥的碗中，使黄士祥三父子渡过难关，而他自己只吃一点菜和汤。

1985年6月11日，经熊朝流、吴珍荣介绍，覃东荣光荣成为中国共产党预备党员，1986年6月转为正式党员。

1985年8月，大庸市教委领导看到覃东荣的身体每况愈下，想给他换个工作，任某学区主任，但是覃东荣回绝了，继续担任教字垭镇中心完小校长。

1985年，他提出"深化教育教学改革，向40分钟课堂要质量"的主张。1985年9月10日第一个教师节，覃东荣出席湘西自治州优秀教师表彰大会，被湘西自治州人民政府授予"州优秀教师"。同年大庸市（县级）人民政府为他记功。

1985年9月—1993年7月八年间，覃东荣在自家三个子女正在读书已相当贫困情况下，陆续把伍良平、伍凤华、吕飞跃、吕启银、代新华、陈霞六名辍学儿童收养在家中，不仅供他们吃住，还为他们垫付书杂费。

1986年5月，由于学校电线老化短路，覃东荣的房间被烧，棉被、被子、床单、帐子及书籍烧成灰烬。

1986年暑假，军家垭村的一名家长想将自己的孩子转入教字垭镇中心完小读六年级，提着薄礼来到覃东荣家。覃东荣得知来意后，严肃批评了她，并要她把东西提回去。

1987年暑假，为了让6个贫困孩子有屋住，覃东荣拄着拐杖带领一家人顶着烈日利用暑假在茹水河担沙石，四处借钱，四个月后在自己老屋场上修建了三间平房。

1988年4月29日，覃东荣被湘西自治州职改办授予小学高级教师职称。

20世纪80年代，覃东荣率先进行素质教育探讨，首创学生思想品德"六三一"评价体系及"立体式德育网络"教育，成立家长委员会，让家长监督管理学校，办让人民满意的教育。

1989年3月，大庸市教委在教字垭镇中心完小召开了德育工作先进经验交流现场会，覃东荣在大会上作了德育工作先进经验介绍。

1989年4月，上级领导看到教字垭镇联校成绩显赫，贡献突出，就将省劳动模范名额分到教字垭镇联校，在全联校教职工评比大会上，许多教师提名覃东荣为省劳动模范候选人，他坚辞不参加省劳动模范竞选。

1989年6月，覃东荣同教字垭镇联校几名领导、三名精通业务的教师去一所小学进行第二次教学评估检查。中午吃饭时，覃东荣看到该校为他们检查人员炒了几盘比较丰盛的菜。覃东荣严肃批评了该校校长的做法，拄着拐杖气冲冲回到办公室工作去了。

20世纪八九十年代，为适应社会发展的形势，提高教学质量，覃东荣顶住各种压力，改变传统的教学模式，带领老师们积极大胆推行教育改革，勇于开拓试验，带头自制课件，先后开办了语文"注·提""电教听说训练"，数学"三算""尝试法"，思想品德"立体式德育网络"教育课题实验班。

1990年，覃东荣预感自己的身体不行了，想在有生之年将教字垭镇中心完小的教育史写出来留给后人。覃东荣与覃遵兵、覃金春、黄士渊、吴明浩、覃子畅等利用休息日、放学后的时间深入采访、撰写，历经三年的努力，一本近万字的《教字垭镇中心完小教育史》于1992年10月9日问世。

1990年，永定区人民政府为覃东荣记功。

1991年8月31日，覃东荣因给想就读一年级学生的家长作解释，开会迟到了两分钟，不仅交了两元罚款，还将自己的检讨贴在学校的校务栏上。

1991年，教字垭镇中心完小被评为"市德育工作先进单位""湖南省学习雷锋先进集体""全国读书读报先进单位"。同年，他因成绩显著，他被授予"全市德育工作先进个人"。

1992年，教字垭镇中心完小被评为"全国少先队红旗大队""全国雏鹰红旗大队"。教字垭镇中心完小，整体搬迁到原教字垭镇"五·七"中学校区。

1992年8月，被收养的学生伍良平考上张家界旅游职业学校。覃东荣听说伍家为凑不齐3000元的学杂费而欲哭无泪，他东借西凑，筹得一千元现金拄着拐杖送到伍家。同年，被覃东荣收养的学生代新华初中毕业后，以优异的成绩考入湖南省物资学校。

1992年11月，市、区教委领导在教字垭镇中心完小进行教育目标管理检查，覃东荣回自己的房间取资料时，由于劳累过度，头晕眼花，头撞在砖柱上，头上起了一个大疱，他强忍剧痛拄着拐杖把资料送到资料室，检查结果为优秀等次。

1992年12月，省政府教育工作督导评估组成的检查团一行十几人对教字垭镇中心完小教育目标管理进行复检，学校出纳装的是根根烟。检查结果同样是优秀等次，教字垭镇中心完小成为全省普及九年义务教育的创优集体。

1993年7月23日，覃东荣拄着拐杖带领十几位老师、群众在洪水淹没之前转移完教字垭镇中心幼儿园财产。四天后，下午3时许，覃东荣带领几名老师在调查师生受灾情况的路上，一头栽倒在石阶上，不幸负伤致残，从此瘫痪在床三年。

从1981年9月—1993年7月，覃东荣担任教字垭镇中心完小校长13年间，他以校为家。据不完全统计，覃东荣义务守校、加班加点不计报酬折算成标准工作日2500多个。他与同事们同甘共苦，从不搞特殊化。上级领导来校检查工作，不递包包烟，只递根根烟；住宿不进旅社，只住学校；招待不下馆子，只在学校食堂炒几个菜招待客人。他从不作陪，而是要学校其他分管领导作陪，他始终同老师们一起蹲在地上吃大锅菜。为了不让一个学生因贫困而失学，覃东荣拄着拐杖上坡手脚并用爬，下坡手脚并用滑，访问学生10000多人次，为贫困生垫付书杂费、生活费3万多元。教字垭镇中心完小没有一个学生因贫困而失学，入学率、巩固率年年都是双百。

1994年5月，永定区委、区人大、区政府、区政协四大家领导在时任永定区教委主任王立章的陪同下率领200多人在教字垭镇中心完小举行教育目标管理先进经验交流现场会。

1994年，教字垭镇中心完小少先队辅导员向小桃被评为"全省优秀少先队辅导员""全市十佳少先队辅导员"。

1995年3月，原中共中央总书记、国家主席、中央军委主席江泽民来张家界视察，瘫痪在张家界中医院病床上的覃东荣听说后异常兴奋，当看到江总书记在张家界国家森林公园的题词"把张家界建设成为国内外知名的旅游胜地"十八个大字时，感动得热泪盈眶。

1995年5月，《人民日报》的一名记者听说覃东荣的英雄事迹后，想对他进行专访，被躺在病床上的覃东荣坚决拒绝了。

  1996年6月1日下午5时15分，覃东荣因医治无效与世长辞，时年58岁。他去世后，家境一贫如洗。乡亲们在他身上没有发现一分钱，又找到一张他生前借别人多达20000多元的账单；乡亲们为他的遗体穿衣时，在他家翻了半天，都找不到一件像样的衣服，不是补丁就是破洞，最后只好含泪把两件破烂不堪的运动衫作为寿衣穿在他的遗体上，乡亲们忍不住哭了。噩耗传来，成千上万的人自发地冒雨从四面八方涌来，为他开追悼会。送葬队伍宛如一条长龙蜿蜒在崎岖的山路上，人山人海，天哭地泣！……

  被当地群众称为"焦裕禄式的共产党员"、被教委领导誉为"一条山区默默耕耘的孺子牛"的"拐杖校长"覃东荣，从此离开了他奋斗一生的教育事业。

  2007年9月，覃东荣妻子伍友妹被评为张家界市首届助人为乐道德模范。

  2008年7月28日凌晨四时许，伍友妹逝世，不到58岁。张家界市委宣传部、文明办，永定区委宣传部、文明办，教字垭镇党委政府及中心学校的领导为市首届道德模范"编外妈妈"伍友妹敬献了花圈，并亲切慰问了她的家属。

不能忘却的记忆
——谨以此文献给已故尊敬的覃东荣校长

石振清

教字垭镇中心完小，是我记忆中最早的学校之一。虽然我和哥哥在那里只读过一年多的书，但那里的一切都令我终生难忘，尤其是那位再普通不过的覃东荣校长。

小时候，我家里很穷。1977年恢复高考后，父亲以优异的成绩考入吉首大学中文系。父子三人同时读书，苦了我那没机会读书的母亲，她没日没夜地干活，有时候还填不饱肚子。好不容易盼到父亲毕业了，全家人欣喜若狂。这下好了，我和哥哥天天可以见到父亲了，妈妈也多了个帮手。可几天后，幻想破灭了，父亲被分配到离我们家很远的山区学校大庸二中教书，妈妈也只好认可了。

妈妈和往常一样，早晨让我们兄弟俩吃完早饭去上学后，便锁上门，到田里干活了，一整天都不回家。天黑时才回家做饭，真是"早上出门一把锁，晚上回家一把火"，我们兄弟俩放学后就像一双流浪儿。哥哥比我大两岁，点子多，常常翻墙而入家中，吃好了饭，再给我从门缝中递点出来。我们常用这种办法把家里的米偷出来换零食吃……有一次，妈妈突然发现了，翻开我们的作业本，一看尽是大叉，一怒之下，罚我和哥哥跪了半夜。

农忙假到了，父亲回家支农来了，听了母亲的诉说，半晌说不出话来。于是，他决定把我们母子三人带在他身边。

我们要就读的学校，就在我父亲任教的中学下面。接待我们的是一位挂着拐杖、身材修长的男子，看上去苍老、疲惫，与年龄不大相称，穿着一身洗得发了白的蓝色中山装，消瘦的脸上留着一些不整齐的胡子，头发也乱蓬蓬的。他一见到我们就迎了上来，"石老师，欢迎您把儿子送到我们学校来。"父亲马上答话，说："谢谢覃校长，我这两个城边来的孩子很顽皮，还请校长多多费心啊！""哎呀，他就是校长！"我把哥哥拉了一下。"天哪，这和我们原来学校的校长完全不一样啊！头发梳得不整齐，又没戴眼镜，衣服穿得又不好。"

　　交谈中，我们走进了学校的大门。说是大门，不如说是学校与外界隔了一道简单的界线。围墙中间装了一个门框，连一扇门也没有。校园内，两栋房子，一栋集教师办公餐宿为一体，另一栋是教室。周围都是土墙，有的地方还是用河卵石堆砌成的。窗户倒是有，但多数没有玻璃。操场不是很宽，孤零零地竖着一个篮球架，唯独那面鲜艳耀眼的五星红旗迎风飘扬，编好班见到了班主任，我们便回到了新家。

　　妈妈在门口焦急地等待着我们："儿子，搞没搞入学考试？学校好不好？……"妈妈一连串的提问，让我差点儿流出眼泪。我有些后悔了，这哪像所学校？父亲看出了我的心思，安慰我说："兄弟俩要努力读书，转学不容易，这所学校的校长看在我们是同行的面上，才收下你们呢。别看学校破旧，教学质量可在全县、全州是数一数二的，今年上半年还被评为'全州雷锋式的中国少年先锋队优秀中队'。"

　　我的班主任很年轻，也是本地人，穿着简朴，看得出他和覃校长的关系很好，也很尊重覃校长。

　　一个星期天，晴空万里，天气炎热，我和哥哥到教字垭镇中心完小去玩，星期天的学校显得异常安静。突然，某个教室里传出一声刺耳的声音，好奇的我们想去看看究竟。我们悄悄地走近教室，一看原来是我们的班主任和校长，两人已是满头大汗。原来我们的班主任会木工，在为我们修整课桌；覃校长会泥工，在为我们修补教室呢。我回家把看见的情况告诉了父亲，父亲说："有的事情你们还不知道，你们的覃校长真是一位铁人。全家六口人，只靠他一个人的工资养家糊口，本身就很困难，他还收养了六名失学的学生，供他们吃住和书杂费。节假日义务守校，加班加点不要学校一分钱。星期天他在学校修墙、补路、栽树，好多活都是他亲手所为。10年前，他为了在洪水中抢救一个落水学生，不幸左腿骨折，成了终身残疾，从此身不离拐杖。他心地善良，把自己的口粮攒下来换民办老师的杂粮吃……你们兄弟俩长大后，要像你们的校长那样做一个有爱心的人！"

我是一个"半边户"教师的儿子，深知"半边户"教师的家庭到底有多穷。我什么都知道了，我突然对覃校长肃然起敬！他那消瘦的脸上乱七八糟的胡子、旧得发黄的制服，刹那间，是那样引人注目，就像那面高高飘扬永不褪色的五星红旗。

期末到了，一年一度的统考来了，我们班也做好了准备，全学区要进行教学质量排队，我们班年年都在前面。我的成绩上升很快，老师也很喜欢我。覃校长对老师很严厉，不准老师打骂、体罚学生，提倡科学先进的教育方法，学生也喜欢老师。

监考的是外校的老师，很凶。数学卷子发下来后，我一看，简单得很，我便一口气做了一大半，只有一道应用题费了点时间。做完后我检查了一遍，就把笔放进了文具盒。前几天，妈妈给我在供销社买了个新文具盒，真是漂亮，我很喜欢，于是在盒内垫上了一层保护纸。题目检查完后，我一面欣赏那漂亮的文具盒，一面等着终考铃声。突然，一双大手伸到我的面前，毫不客气地拿走了我的文具盒，这个监考老师和另外一个监考老师嘀咕一阵后，便走进了办公室。终考铃响后，我被带进了校长办公室，好多老师的脸上都逝去了往日对我的笑容，就是连班主任也百思不得其解，"怎么会这样呢？"我来到覃校长的面前，低下头。他说话了："石振清，不要怕，你说说这文具盒是怎么回事？"他的声音是那样轻柔和蔼，丝毫没有批评我的意思，这时，我才想起来，在垫文具盒时，我撕了一张旧练习本上的纸。我便强忍着泪水，说出了事情的原委："我并不知道那后面有做过的练习题，我也没有偷看过。"覃校长点了点头，说："石振清，我相信你，只要你没有舞弊，就不要怕别人说，你回去吧。"我双手接过覃校长递来的文具盒，头也不回地回到了家里。

几天过去了，父母没有任何反应，学校没有把这件事告诉父母，使我免去了一顿皮肉之苦。没多久，我就随父亲的工作调动而转学了。离开学校的那天，我远远地看到消瘦的覃校长站在校门口目送我们远去。我真后悔，我为什么不去和受师生、家长尊敬的覃校长道一声别呢?

我一直以优异的成绩读完了小学、初中、高中，直到进入大学。在这期间，我受过很多委屈，但覃校长的话一直激励着我，使我战胜了很多困难。

好多年过去了，我在外地也听说了覃校长的很多先进事迹。我敬佩他，是他让我懂得了如何做人，怎样面对现实；是他先进的办学理念，使我的成绩直线上升。他用那铁人一般的意志、大山一样的胸怀，水一般的柔情改变着中国贫困地区落后的教育。虽然中国有千千万万个像覃校长这样把自己的一生献给教育的优秀教育工作者，但我认定覃东荣校长应该是这些优秀者中的佼佼者!

安息吧，覃东荣校长!人民不会忘记您，您的学生永远不会忘记您!我们要把您那清正廉洁、舍己救人、扶贫助学的火炬一代一代地传下去!

作者简介：石振清，湖南张家界永定区人，1993年张家界一中高中毕业后考入清华大学，1998年考入中国科学院读硕士研究生，2002年赴美国攻读博士学位，2005年在美国特拉华攻读博士后，2007年完成博士后，现在美国某实验室工作。

关于开展向覃东荣同志学习活动的部分党员、教师、群众代表签名单

（影印件共有1098人签名）

跋

  这是最好的时代，也是人们的思想容易受到波动的时代。我们一面搭乘着经济腾飞的列车，在物欲横流的社会中争夺着名与利；另一面却又在富足的物质生活中放慢了灵魂与道德的脚步，忘却了及时补充精神食粮。当今社会，我们需要一个有信仰并有信心为坚持这个信仰直面坎坷的公民，我们需要一个呼喊民声并竭尽全力保民生的共产党人。

  湖南张家界不朽师魂覃东荣就是这样一位好公民、好共产党人。他高举共产主义旗帜，坚信社会主义美好；他站在平凡的教师岗位上为普及九年义务教育殚精竭虑；他舍小家为大家，心系百姓疾苦，一生清正廉洁。覃东荣廉洁奉公、舍己救人、艰苦奋斗、大力推行教育教学改革的崇高献身精神在贫困山区人们的心中永不磨灭。他的事迹彰显了为民而活的崇高品德，成为人们争相学习的楷模！

  人去精神留。在2005年保持共产党员先进性教育学习时，当地部分党员教师群众不想让覃东荣同志的精神永远埋在土层深处。他们说，覃东荣的精神不应该只属于他自己、他的家人，而属于整个社会，还是要违背他的遗言，将他夫妇献身贫困山区教育的感人事迹撰写出来，予以推介。

  欣闻纪实性文学作品《不朽师魂》一书即将出版发行，我甚为高兴。为顺应当地民众的呼声，湖南省作家协会会员、张家界市山村教师向晏漪在张家界宣传、教育、文联等部门支持下，经过八年的实地采访，并根据亲身感受精心构思写成的，多面而真实地反映了山区中小学大力推行教育教学改革、全力落实普及中小学义务教育的史实，是我省乃至全国的教育教学改革和普及九年义务教育工作的缩影。从他的身上，人们可以领略到一大批教育工作者高尚的人格、博大的胸怀和执着的追求。这就是师德，这就是师魂！

应该肯定，值得推广！

该书主要记录了覃东荣同志的助学义举。1986年覃东荣的月工资不到200元，家里穷得叮当响。在家庭经济状况相当困难的情况下，为了普及九年义务教育，为了贫困山区早日脱贫致富，他同妻子伍友妹毅然收养了6名失学儿童，6年如一日抚育他们直至他们初中毕业。1996年儿童节，他去世时死不瞑目，担心有学生失学，家境一贫如洗，欠债2万多元。乡亲们为他的遗体穿衣时，竟找不到一件像样的寿衣，最后只好含泪将几件旧衣及两件破烂的运动衫作为寿衣穿在他的遗体上！

出版本书，一是希望让更多的人了解覃东荣，学习覃东荣精神，希望社会上出现更多像覃东荣这样的共产党员、这样的教育工作者；二是想让人们了解贫困山区发展教育的艰辛，激励更多人来关心支持贫困山区的教育；三是想将他的感人事迹拍成电影、电视剧、话剧等，想从该书的销售利润，及根据该书改编的电影、电视剧、话剧等版权费、播出利润中拿出一部分成立覃东荣教育基金会，扶助贫困学生，将他扶贫助学的火炬永远传承下去，同时也希望更多的爱心企业、爱心人士能够了解这个基金，并伸出关爱援助之手。

《不朽师魂》的主人公覃东荣非文学艺术塑造的典型，而是现实记录的真实人物。他1938年出生于湘西北大庸县西教乡七家坪村一个贫苦农民家庭，土家族，中共党员，1993年因公负伤致残，1996年因伤病逝，时年58岁。他的一生平凡而伟大，他的一生中许多事迹令人感动，催人泪下。

"倾注一腔激情，奉献教育事业"，这是他的初衷，也是他一生奋进的思想基础。覃东荣虽出身寒门，但其先祖父"孝悌忠信"礼仪尚存，让他从小就受到熏陶。因此，覃东荣从小就能精心照料三个弟弟及长期生病的母亲，并随父亲下地干活，用其稚嫩的双肩撑起这个贫困的家。稍长，家乡解放，即沐党恩，思想开始成熟，15岁时，他在党的关怀下走进学校读书识字。他由衷地热爱共产党，热爱新社会。当他念及两个适龄的弟弟还没上学，同时看到周围与他同样大小的孩子也还没有上学时，又萌生了一种想法：要让所有的孩子都能上学读书。为了使三个弟弟完成学业,他千里徒步找工作。中华民族传统美德的熏陶,使覃东荣自强不息、厚德载物。共产党的教育培养、新社会的无声感召,使覃东荣乘风斗浪、勇往直前。他忠诚党的教育事业,真正做到了鞠躬尽瘁、死而后已!

"工作鼎心切意,作风清正廉洁",这是覃东荣校长始终坚持的人生信条。他勤奋工作,人们授予他"孺子牛"的光荣称号。他自己却永远也不满足,一直身躬力行,任劳任怨地拼搏。他任校长32年,却坚持第一线的教学工作,曾5次因过度劳累而晕倒在讲台上,大家急忙扶起他,要送他去医院,他苏醒之后立即推开学生说:"我没事,不要紧的!"又站起来肚抵讲台,继续把课上完。为了保生留生,一个也不能少,他身先士卒,带头家访,拖着残腿挂着拐杖走遍了教字垭镇的每个角落。遇着坡陡路滑,上坡他就手足并用爬,下坡就手足并用滑。30多年中,他访问学生10000多人次。在覃校长与全体教职员工的共同努力下,教字垭镇中心完小筑起了一道堤坝,他既是防止学生流失的"安全堤",又是实现九年义务教育的"责任堤"。于是,教字垭镇中心完小的入学率和巩固率年年都是双百,成为全省贫困山区普及九年义务教育的创优集体。

覃东荣一贯以校为家,在教字垭镇中心完小工作的13年间,每逢节假日,为了使得老师们得到正常的休息,也为了减轻学校的经费开支,他不计报酬地加班加点、义务守校折算成标准工作日2500多个。此外,他为维护学校安全和学校财产不受损失还做了大量工作。

覃东荣校长只讲贡献,只重务实,他是廉洁奉公的榜样。有一次他开公开会迟到两分钟,不仅主动交出两元罚款,还将自己的检讨贴在校务栏里。凡上级领导来校检查工作设招待餐只许专管人员作陪,自己绝不参与。他自己到村小或片小检查工作时,却坚决不吃招待餐,也不收受任何礼物。最感动人的是,他在临终之际,没有任何要求,只叮嘱家人不要忘了为他交党费,人们缅怀他是"焦裕禄式的共产党员"。

"坚定教育信念,大胆锐意改革",这是覃东荣校长与时俱进、革固鼎新的重大举措。学校应该永远代表社会的进步力量,教师应当永远确立主流的社会价值观，在日新月异、社会文化日益多元化的今天，教育工作者必须勇立潮头，与时俱进，大胆作为。覃东荣同志从教35年，除三年瘫痪在床外担任校长32年，其中大部分时间是在我国实行改革开放（1978年）以后。覃东荣校长迎着改革开放的大潮，与时俱进，率先在全市进行素质教育探讨，成立"立体式德育网络"教育，此成果曾在全市推广。他带头自制课件，先后开办语文"注·提""电教听说训练"，数学"三算""尝试法"，思品"立体式立体德育网络"教育课题实验班，教学质量稳步上升，始终名列市（州）区（县）前茅。1989年，全市德育工作经验交流现场会及1994年全区教育目标管理先进经验交流现场会都在他工作的学校召开。他把一所贫困山区小学办成了"湖南省学习雷锋先进集体""全国读书读报先进单位""全国雏鹰红旗大队""全国少先队红旗大队"，成为山区小学的一面旗帜。

"耕杏坛三十载，播真爱暖心田"，这是覃东荣校长教育实践30多年的一条教书育人的成功之路。覃东荣校长为了兑现自己"要让所有读不起书的孩子都有书读"的誓言，一生都为党的教育事业鞠躬尽瘁。他懂得，爱心是师德素养的重要表现。他以身作则，率先垂范，对学生付出了大爱、真爱，而且对学生一视同仁，绝不厚此薄彼，真正爱生如子。30多年来，他为贫困学生垫付学杂费、生活费累积达3万多元。他对学生有求必应。学生如有缺席，立即组织家访。有一次他和六年级班主任吕志雄到10多公里远的伍秋霞家家访，凌晨三点才返校。学生如出现不舒服的情况，立即求医救治，有好多次是校长亲自背学生上医院。

最让人敬佩的是他家境清贫，但还收养了六个贫困孩子在他家免费吃住6年，并供他们上学。现这六人都已学有所成，成了社会主义的建设者和接班人。

从覃东荣同志身上我们看到一个真正共产党人的光辉形象。他为了不让贫困孩子失学，本来贫困的他负债2万元。他临终前告诉家人，他死后不要为他买寿衣，就穿旧衣，把节约下来的钱多扶助几个贫困生，不然他死不瞑目！他这种无私奉献的精神感天动地！

"拐杖校长"覃东荣为救落水儿童导致左腿骨折，终身致残。覃东荣的一生是在用心血做事情，用生命谱写文章，这怎能不叫人肃然起敬！

覃东荣校长的一生，是关爱、情牵学生的一生。学生们也永远不会忘记他的恩情。

《不朽师魂》一书有广泛的社会价值，我们学习它可以得到很多启迪。习近平总书记在"十八大"报告"努力办好人民满意的教育"一节中指出：坚持教育为社会主义现代化建设服务，为人民服务，把立德、树人作为教育的根本任务，全面实现素质教育，培养德智体美全面发展的社会主义建设者和接班人，努力办好让人们满意的教育。

"把立德、树人作为教育的根本任务"的教育方针人人都得遵循，人民教师都要讲究师德，覃东荣校长就是师德的典范。

另外，从构建和谐社会的历史任务来看，《不朽师魂》一书也值得一读。如果全社会的人都能像覃东荣那样一心为公、清正廉洁、广献爱心，又何愁社会不和谐？

《不朽师魂》的撰写、出版、发行得到多方的支持和援助，首先要感谢各级领导、各赞助单位及个人对此书出版发行的大力支持。

感谢湖南省人大常委会副主任、原副省长李友志在百忙之中为该书题写书名、撰写序言，省政协原副主席、省文联原主席谭仲池对该书出版资金作出批示，原张家界市委书记胡伯俊就该书出版发行作出批示，并在《光明日报》撰文号召全市教育工作者、党员干部向最美师魂覃东荣同志学习，张家界市人大常委会原副主任彭清化为主人公写歌词。

作者在采访、写作过程中，得到覃东荣生前的领导、老师、同事、学生及家长的支持。

覃东荣的堂兄覃正业老人记忆力极好，他讲述自己同主人公千里徒步去贵阳投亲找工作；群众李光银提供了有关七家坪的一些风土人情、史事；覃东荣的邻居吴明众讲述了他同覃东荣三父子一起在沅古坪挑"死库粮"的故事；覃东荣内兄弟向佐周、向佐明、向佐顺三次冒雪带向晏游爬到"天子堰"实地踏看，讲述有关"天子堰"的传说；覃东荣的班主任老师陈德鸿讲述了主人公读高中时艰苦求学的事迹；覃东荣的学生伍良平及其家长伍海生含泪讲述了主人公夫妻如何收养六名失学儿童，并送他们上学的感人事迹；覃东荣的同事赵如秋在甘溪峪村土门潭现场，激情讲解当年主人公跳入洪水中如何抢救落水学生杨贤金的场景；覃东荣堂弟覃正模在现场深情介绍当年他将两间土砖屋借给主人公，供收养的六个学生居住的情景；覃东荣的学生李家友、覃大群为我们讲述了她母亲覃银妹为主人公做媒，并促使主人公与向佐梅结成百年之好的一些趣闻；甘溪峪村群众石之仓、石家主形象地讲述当年主人公拄拐背送学生回家的场景；覃东荣的同事罗振声、曹太儒、黄士祥、吕志雄，学生陈自明、石振清、伍凤华、吕启银，覃东荣同学吴月生等为我们提供了丰富真实而感人的手写材料。在此深表感谢！

张家界市电视台副台长李文锋，湖南诗词协会常真中，覃东荣的同事覃建新、赵如秋、曹永富，覃东荣的学生覃正胜，教师彭平洲、田奇华、吴金平、宋德珍等为主人公写诗词或对联。

退休教师石福初对文章的内容提出了修改意见；永定区委机要局原局长宋毅利用休息时间看书稿，并对书稿章节标题提出了修改意见；教师彭平洲在初稿创作之时经常将书稿拿到家里修改，在遣词方面作了许多努力；教师覃建新撰写了书稿的某个章节及对后记撰写提出合理的建议；自由撰稿人屈先登对初稿的部分章节进行相应调整并修改润色；张家界日报社总编室原副主任李康学对初稿结构作调整，并修改润色；退休老教师陈子玉很重视本书的出版工作，不顾年岁已高，就该书体裁、构架及内容提出了可行性建议；教字垭镇联校原校长罗振声不顾年纪大，仔细审读书稿提出修改意见，并对某些章节标题作了修改。在此表示感谢！

感谢爱心人士陈湖苏、许云静、吴贵方、秦泰东、聂井周、陈银周等照相，覃松辉、覃正顺摄像，覃松辉、卢利文制作光碟。

感谢光明日报高级记者、湖南记者站原站长唐湘岳、通讯员张留，新华社湖南分社记者袁汝婷等采访报道过主人公及主人公妻子伍友妹所有的记者朋友！

另外还有一些朋友也为我们提供了不少帮助，因篇幅有限，不能一一列举，请谅解！

本书能顺利出版得到了各级领导、爱心单位及个人的资金支持。感谢湖南省文艺创作扶助基金会常务理事长管群华，省文联组织联络处处长谢群，张家界市委原常委、市委宣传部原部长肖凌之、余怀民，张家界市委常委、市委政法委书记刘绍建，张家界市委常委、市政府原副市长田华玉，张家界市人大常委会副主任、市财政局原局长吕毅，张家界市副市长邹菊芳，张家界市原副厅级干部、永定区委原书记刘泽友，永定区委书记、区政府原区长祝云武，张家界市财政局局长毛志刚，张家界市教育局局长彭发勇，张家界市文体广电新闻出版局局长杨余茂、总工程师钟毅，张家界市文联主席刘晓平，市文联原党组书记朱法栋，永定区政协主席、区委宣传部原部长欧湘云，永定区副区长龚建梅，永定区文体广电新闻出版局局长杨若飞，湖南省雷锋精神研究会、张家界市委市政府、张家界市委组织部、张家界市委宣传部、张家界市财政局、张家界市教育局、张家界市文体广电新闻出版局、张家界市文联、永定区委区政府、永定区委组织部、永定区委宣传部、永定区教育局、永定区文体广电新闻出版局、教字垭镇党委政府等对此书出版发行给予批示或给予资金支持。如果没有你们的赞助和支持，本书的出版将成泡影。衷心谢谢你们，祝好人一生平安！

在撰写过程中，虽然笔者已经竭尽全力，但因水平有限，未能将主人公的事迹恰如其分地表述出来，存在不当之处，敬请广大读者提出宝贵意见，以便再版时加以完善。

衷心感谢所有关心支持本书撰写、出版、发行及覃东荣教育基金成立的各界人士！在此一并致谢！

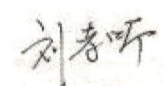

刘孝听

（作者系湖南省社会主义学院巡视员、湖南省中华文化学院副院长）

2017年9月于长沙